EL DIABLO ILUSTRADO

EL DIABLO ILUSTRADO

CASA EDITORA ABRIL

Edición: *Margarita Mosquera Argüelles*
Corrección: *Marbelys Sánchez Águila y Fidel Díaz Castro*
Diseño interior y cubierta: *Rafael López Viera*
Ilustraciones de interior y cubierta: *José Luis Fariñas*
Realización: *Armando Fernández Hernández y Mayra Fuentes Mesa*

© El diablo ilustrado, 2006
© Sobre la presente edición:
Ediciones Abril, 2006

Primera edición, 2003
Cuarta reimpresión, 2008

ISBN: 959-210-275-9

Casa Editora Abril
Prado No. 553 entre Dragones y Teniente Rey,
La Habana Vieja. Ciudad de La Habana. Cuba
CP. 10200
e-mail: editora@editoraabril.co.cu
Internet: http://www.editoraabril.cu

*A dos héroes que me empinan
desde su cristalina mirada de mañana:
José Julián y Abel*

PREFACIO

Como amanecer infantil con juguete nuevo, me entusiasmó la idea de hacer este libro. Siempre hay una dosis de ego latiendo en el que escribe, pero mi regocijo mayor, al no ser plenamente autor de estas glosas, era hacerle un regalo a quienes nunca contesté personalmente. Puedo tener ahora, al menos un gesto, hacia la amistad nacida de la relación **cristalizada** —como dijo Sthendal que sucede con los amores cuando los separa la distancia— entre mis textos en "El diablo ilustrado" y la **carta del lector**. Aprovecho entonces para agradecerles, a los compañeros(as) de diabluras, esa pureza e imaginación que es, a fin de cuentas, quien me crea y moldea a su antojo. No se trata de una broma poética; cada día, la juventud que escribe a la revista Somos Jóvenes me demuestra que existo como uno más, encargado de dejar testimonio entre un cosmos de señales bienhechoras que, de la herencia de los siglos —y a pesar de sus densas oscuridades—, hace emerger un tiempo espiritual mucho más humano, solidario, enamorado. Si acaso algún mérito me puedo adjudicar es el de haber creído un día en la existencia de los soñadores y que, dándoles un nombre y una silueta multicultural, se confabularían todos a su alrededor para humanizarlo. De manera que el autor del libro es **nosotros**.

No todas las citas señaladas en negritas tienen el nombre de su creador —lo cual no quiere decir que me pertenezcan—; la necesidad de expresar me tensa la memoria, brotan entonces frases que no recuerdo en qué lectura o fragmento de vida me fueron sopladas —o acaso las inventé—, y esas van sin crédito. Quizás me robo alguna que otra paternidad mas, renunciando a todas, evito ser injusto con nuestros fantasmas.

Este libro no es simplemente una recopilación; en sus páginas me han llovido muchas voces y, he procurado, además, atenuar reiteraciones que abundaron en los artículos publicados. De todos modos, se me escaparán obsesiones inefables pero, al menos, serán mitigadas.

Antes de dar paso a las diabluras, agradezco al colectivo de la revista y a sus directores Félix López, Fidel Díaz y Ernesto Pérez, la enamorada osadía de publicarle a un amigo anónimo o, digamos que de nombre tan extraño como...

El diablo ilustrado

Yo vivo para amar

Yo vengo de cualquier parte y ando por todos los siglos. Vago por calles y montes, gestos y libros, sueños y canciones con la absoluta libertad del espíritu errante que no se guarda nada para sí. Sólo pretendo —es mi gran ambición— que, tras las coincidencias y discrepancias inevitables en el sendero de un puñado de razones, aparezcas dispuesta(o) a estrechar esta mano tendida hacia la última verdad.

Quisiera tener rostro, pero soy hijo que filtra y asimila pensamientos de incontables seres que han dejado alguna idea como huella de su existencia. Aspiro a ser hondo y travieso, acorde con la noble herejía de esos fantasmas que me animan. Tampoco tengo nombre, pero para salvarme del anonimato —y por si quieres llamarme alguna vez— digamos que soy, en honor a un inseparable amigo común...

El diablo ilustrado

Debilidades: Tú no tenías ninguna.
Yo tenía una: Amaba.

Bertolt Brecht estaría algo resentido con su amada, quizás por no ser plenamente correspondido, cuando define aquí al amor como una debilidad —aunque en el fondo esto no debe ser más que una ironía poética. Aún en el caso de que esa persona no se entregue con la intensidad con que uno lo hace, el amor es una fuerza; por eso coincido plenamente con Emerson: **el que no ama ya está muerto.**

Amar delirantemente es lo mejor que nos puede pasar, es el don más elevado de nuestra especie: nada como mirar el infinito espacio circundante con los ojos de quien siente que no le alcanza la vida para darla.

Sólo el amor engendra melodía —escribió nuestro José Martí—, porque no hay música de la existencia humana que no se deba a él. La armonía de la vida, el equilibrio necesario para tener paz con uno mismo se debe, en buena medida, a la purificación que seamos capaces de lograr cada día, ese intento de ser mejores que nos eleva hacia el amor.

Lo que se hace sin amor está condenado al fracaso. Hay quienes le otorgan al interés material la capacidad de inspirar obras perdurables; yo vivo convencido de que, hasta en los casos donde haya mediado por alguna razón el dinero, han sido las grandes pasiones las creadoras de las verdaderas joyas: las del espíritu, las de la belleza. Dice (o canta) el trovador Silvio Rodríguez, recreando una frase del Maestro: **sólo el amor convierte en milagro el barro... sólo el amor alumbra lo que perdura... sólo el amor consigue encender lo muerto.**

No por gusto el refranero popular ha dictado: **el amor es la fuerza que mueve la tierra** —aunque a veces tengamos la impresión de girar contrario por la cantidad de cosas descabelladas y cavernícolas, que se ven; tantas, que Eduardo Galeano define:

El mundo al revés nos enseña a padecer la realidad en lugar de cambiarla, a olvidar el pasado en lugar de escucharlo y a aceptar el futuro en lugar de imaginarlo: así practica el crimen y así lo recomienda.

Se refiere a la sociedad global mercantilista que nos propone un culto común y universal —sin detenernos en su utilidad o en su autenticidad— a lo nuevo por lo nuevo, simplemente por tenernos prendidos a la moda; moda que pretende crear un ser sin rostro, sin raíces: todos soñando con vestirse iguales, con comer lo mismo, anhelando objetos similares, adormecidos con ídolos espectaculares y huecos, todos por alcanzar el "nivel" que otorgan las marcas —patrón por el que proponen juzgar a las personas. Dice una canción de Rubén Blades y Willy Colón:

Era una pareja plástica, de esas que veo por ahí:
él pensando sólo en dinero, ella en la moda en París.
Aparentando lo que no son,
viviendo en un mundo de pura ilusión,
diciendo a su hijo de cinco años:
    no juegues con niños de color extraño.
Ahogados en deudas para mantener
Su estatus social de boda o cóctel.

Este ilusionismo está al alcance de unos pocos, es la zanahoria que pone el mercado como carnada para que saltemos como conejos por la vida aspirando a ser el hombre (o la mujer) "de éxito". Pero lo peor es que, aun en el caso de que la mayoría —o la totalidad de los habitantes del planeta— tuvieran esa remota posibilidad, seríamos un mundo de marionetas fabricadas en serie, sin tradiciones, sin peculiaridades, sin identidad. Volviendo a la canción de Blades y Colón:

**Era una ciudad de plástico, de esas que no quiero ver,
de edificios cancerosos y un corazón de oropel.
Donde en vez de un sol amanece un dólar,
donde nadie ríe, donde nadie llora,
con gentes de rostros de poliéster,
que escuchan sin oír y miran sin ver,
gente que vendió, por comodidad,
su razón de ser y su libertad.**

A pesar de esa brutal irracionalidad de nuestro tiempo, tú y yo sabemos que **todo es muerte menos el amor.** Con él nos salvamos y él sabrá diseminarse por entre los mortales como la única "epidemia" capaz de hacer la luz que nos saque de la prehistoria.

Durante los siglos han sido muchas las definiciones que se le han dado. Platón —filósofo de la antigüedad— decía: **el amor es una enfermedad mental muy grave.** (¡Viva el estado de coma! ¿Verdad?) Y pensar que a los enamorados cándidos les dicen que sufren de amor platónico. Ya ves, Platón era un filósofo que hoy mandaría a los románticos al psiquiatra. Hay quienes creen todavía, que los apasionados son gente turbada, tonta, que lo toma todo con demasiada "lucha" y por eso su: *te vas a morir joven compadre, coge las cosas con calma, no seas iluso.*

Napoleón, por su parte, afirmaba, con su psicosis bélica: **la única victoria sobre el amor es la contienda.** Lo cual me parece muy sabio; muchos creen —erróneamente— que una vez conquistado un objetivo, digamos el corazón y el cuerpo de otra persona —simplificándolo como ese viaje desde conocerse hasta llegar a la cama—, ya se alcanzó la victoria. Y el amor es una guerra —en el buen sentido de la palabra, y si tal palabra lo puede tener— que nunca acaba, cuando se plantea como una lucha por llegar más lejos en ese otro ser —y con ese otro ser, en el caso de la relación de pareja , o un reto que se traza uno consigo mismo ante el horizonte, como una exploración hacia los más divinos y remotos parajes de la perfección o la compenetración humana. **Los que llegan a creerse que ya arribaron a la cima del amor comienzan a rodar cuesta abajo** pues, precisamente, amar es como cavar indeteniblemente hacia la suprema felicidad que nunca se tiene del todo, gracias a un detallito: el alma es insondable. Trátese en el sentido de pareja o en otro cualquiera —digamos en la dedicación hacia un oficio, los estudios, en fin, una determinada acción que realicemos—, quien pierde la capacidad de asombro, la entrega total delirante, el actuar cual si le fuese en ello la vida, está marchitándose y se desliza hacia la mediocridad. Por eso soy partidario de la máxima: **quien quiera aprender del amor, nunca dejará de ser alumno.**

El amor es todo, lo demás es su contrario. Puede parecer muy abierta esta definición pero, en esencia, todos los valores se dirigen al amor y estos le deben su precio a los antivalores. Digamos que el peso de un valor lo da el antivalor. ¿Qué importancia podríamos darle a una alegría no perseguida por la tristeza? ¿Cuánto podríamos apreciar la vida de no estar amenazada por la muerte? ¿Cuán necesaria nos resulta una persona si no tememos perderla? **La risa vale tanto porque existe el llanto.**

Nunca se aprecia en su justo valor vivir como cuando se ha estado cerca de la muerte; es ante el peligro mortal que comprendemos lo maravilloso de la existencia. Claro, no podemos medir los conceptos en abstracto y hay que ubicarlos en cada experiencia concreta: una guerra pudo ser buena si no quedaba otra alternativa para alcanzar la libertad; una mentira pudiera hasta salvar a alguien y causar un dolor pudiera ser una cura; por eso en todo hay que ir a su esencia, más allá de simples definiciones epidérmicas. Pongamos ejemplos elementales: una inyección o una operación es punzar o herir a una persona, pero en estos casos el objetivo es sanar; puede que a alguien en mal estado físico haya que evitarle una verdad porque le resultaría letal. No se puede ser simplista; aunque en esencia la paz, la verdad, la solidaridad, la ternura deben ser los principios que rijan cada paso nuestro, hay que analizar cómo se aplican en cada ocasión porque **una interpretación extrema de una palabra puede ser tergiversarla.**

Dice una frase popular **haz el bien y no mires a quién** y creo que lo importante es actuar siempre llevado por el desprendimiento, el altruismo, la bondad, el desinterés; esa manera de existir siempre es premiada por la vida.

AMOR es una palabra muy manoseada, pero no puede tener otra definición que la más elemental: sentimiento (o conjunto de ellos) elevado y puro de una persona hacia otra, hacia proyectos, hacia el mundo que le rodea, o imagina, o lucha por crear. Más allá de eso, cada cual tiene el derecho de llamar amor a lo que desea y así, ha quedado el término asociado a simple atracción física, a elemental empatía espiritual; hay quien usa la palabra para sacar un provecho de otro o hasta quien se disfraza con ella. Ahora bien, todo el que la emplee en un sentido que no esté directamente ligado a la pasión más arrolladora, noble y desprendida, está violándola.

Todos hemos nacido para el amor... es el principio de nuestra existencia, como también es el fin. Coincido con Disraeli, lo que se hace sin él está vacío, hueco. Los que sobreponen intereses o simplifican a placeres elementales el amor, están consumiendo un simulacro de vida y van por el mundo muertos, aunque no lo sepan.

Todo ser quiere hallar el amor y el amor, a su vez, rebasa lo que puedan alcanzar todas las miradas; es como una infinitud que está en cualquier lado y dichoso aquel que tiene alma para penetrar sus exquisitos misterios y llenarse con la mayor cantidad de él aunque nunca lo abrace.

El amor está a nuestro alrededor, en todo lo que nos circunda, esperando por las almas que den con él. Quiero dejarte con un texto en el que este sublime sentimiento se dirige en varias direcciones. El enamorado, muy joven, le escribe a una muchacha llamada Blanca, en una noche de lluvia, una especie de cartacuento. Está sufriendo el exilio en España y se mezclan las nostalgias por su patria oprimida con la de romances sin sentido. He aquí uno de esos casos excepcionales en que, por amor, hacen hasta una guerra —y para que no cupieran dudas de su espíritu de paz, le puso a esa guerra un apellido: necesaria.

Pasa cuidadosamente por estas líneas de nuestro José Julián Martí, a sus 22 años:

Ni patria, ni amor. ¿Entiendes tú que un corazón lata en vano, y no sepa el miserable por qué late? ¿Entiendes tú, que un alma se sienta repleta de vigor, ardiente para amar, henchida con intentos generosos, —y no sepa en qué ha de emplear su fortaleza, ni encuentre cosa digna de poseer sus ansias ni halle dónde verter su generosidad? —Así vivo yo. Yo siento en mí una viva necesidad, un potente deseo, una voluntad indomable de querer: yo vivo para amar: yo muero de amores, —y he querido encarnarlos en la tierra, y una fue carne y otra vanidad, y otra mentira y otra estupidez, y entre tantas mujeres para los ojos, no halló el alma una sola mujer.

La patria me ha robado para sí mi juventud.

Mi corazón se va lleno de ira de esas necias criaturas que lo usan, que lo desean, que lo aman quizás, pero que no son capaces de entenderlo. —Y vivo cadáver, encerrado en extraño país; —avergonzado de tanto necio amor. Y vivo muerto. Si hallas tú alguna vez unos ojos más claros que la luz, más puros que el primer amor, más bellos que la flor de la inocencia; —para mí los guarda, para mi ansiedad los educa, dilo al instante, hermano mío, a esta alma enamorada que se muere por no tener a quién amar.

Donde hay alma no hay fantasmas

Hay mucho de magia humana en mi existencia. Soy como un imán de los siglos hacia el que gravitan disímiles textos que, una vez filtrados por el bien que inspiras, van a dar a estas hojas. Ideas, en un inicio dispares, se repelen, se increpan, se miran de reojo y, poco a poco, tentadas a la convivencia, se van acomodando entre sus puntos comunes: se reconocen y hasta se gastan alguna que otra broma con tal de resultarte familiar.

Soy fruto de muchos pensadores; mi edad, por tanto, es toda y es ninguna. Dependo totalmente del descubrimiento de tu mirada para hacerme presente. Viajando de tus ojos a tu imaginación, entre aciertos y desaciertos, voy emergiendo como un ente al que lo definen tus reflexiones. Aspiro a escalar hasta ese punto cimero de una idea para dejarte allí una sencilla huella de amor. De ser así, queda en tus manos —es decir: en tu interpretación—, inmensamente agradecido y eternamente tuyo...

El diablo ilustrado

"Hay que inventar" es una frase escuchada a cada rato y no precisamente como llave del progreso humano. El "invento" —para algunos—, lejos del resultado de un estudio científico-técnico o del virtuosismo del arte, es una forma turbia de asumir la vida para sacarle provecho. De esta manera, INVENTAR es el verbo que designa la cualidad de ser pícaro, buscavidas, negociante o, en fin, vivir del cuento —sin ser escritor.

Dice un amigo trovador en una canción:
Pasas la vida calculando cual si hubiera guerra
usando al pobre Maquiavelo como espada,
si el viento está del Sur gritas poemas de tu tierra,
si está del Norte usas *slogans* de piratas.
Tu voz, una veleta.
Tu patria, una bufanda.

Calculadores y oportunistas: pobres seres que andan buscando astutamente el hueco turbio por donde colarse, cazadores de ocasiones para sacarle provecho sin valorar las consecuencias de sus actos. No les importa a quién dañen: el caso es salir a flote, porque —desde su corta visión— la vida es una selva y por tanto su ley es la del más fuerte.

Este tipo de personaje suele decir que **el dinero es como un sexto sentido, sin él no podemos desarrollar los otros cinco.** En otras palabras, estamos hablando del pragmatismo maquiavélico. Pragmatismo es el pensamiento que sólo acepta las cosas por su valor práctico, por el provecho que se les pueda sacar; y maquiavélico, es el comportamiento definido por una famosa frase que ha marcado a Maquiavelo: **el fin justifica los medios.** De este engendro "filosófico" se desprende que no importa a quién se aplaste, el caso es llenarse el bolsillo.

El pretexto para asumir una postura tan ruin sin tener complejo de serlo —porque a nadie le gusta reconocerse un indigente moral— es que los tiempos son duros y hay que "escapar", lo cual converge con el "sálvese quien pueda" muy usado en buena parte del mundo —lo que me hace sospechar que hay un gran barco que se hunde. No deja de tener razón el "pícaro" en eso de que los tiempos son difíciles; pero su justificación me recuerda que **quien no sabe bailar le echa la culpa al piso.**

El escritor Eduardo Galeano describe este mundo patas arriba:

Caminar es un peligro y respirar es una hazaña en las grandes ciudades del mundo al revés. Quien no está preso de la necesidad, está preso del miedo: unos duermen por la ansiedad de tener las cosas que no tienen, y otros duermen por el pánico de perder las cosas que tienen. El mundo al revés nos entrena para ver al prójimo como una amenaza y no como una promesa, nos reduce a la soledad y nos consuela con drogas químicas y con amigos cibernéticos. Estamos condenados a morirnos de hambre, a morirnos de miedo o a morirnos de aburrimiento, si es que alguna bala perdida no nos abrevia la existencia.

Es la mentalidad que siembra la sociedad de consumo con su sacrosanta competencia, donde la tabla rasa que lo mide todo es el resaltar por encima de los demás a fuerza de tener. **Vales en tanto tengas** es el credo que sirve de motor impulsor a lo que llaman "modernidad" o "progreso". A base de propaganda, intentan convencernos de que esas son las reglas de la naturaleza: el mercado es competir, por tanto a unos les tocará ganar y a otros perder; tienes la oportunidad de ser un triunfador y si no lo logras no te puedes quejar: "te tocó", "la vida es así", no tienes "talento". Cada día se torna más, el mundo, una manada de lobos donde los pobres —inmensa mayoría— deben lanzar dentelladas para escalar y los ricos —cada vez menos— tienen que levantar muros para esconderse de la realidad y no caerse.

Si es cierto que esta época incrementa la injusticia con ese poderío diseminado desde una sociedad irracional, hay que decir que ningún tiempo ha sido fácil. En el siglo XIX Martí describe el suyo de esta manera:

¡Ruines tiempos, en que no priva más arte que el de llenar bien los graneros de la casa, y sentarse en silla de oro, y vivir todo dorado; sin ver que la naturaleza humana no ha de cambiar de cómo es, y con sacar el oro afuera, no se hace sino quedarse sin oro alguno adentro! ¡Ruines tiempos, en que son méritos eximio y desusado el amor y el ejercicio de la grandeza!

Por eso hay que crear un mundo distinto, donde el orden sea otro; donde todos tengan, no esas ilusorias oportunidades, sino las reales: como la de pleno acceso a la educación y que sea ella —no el canibalismo— quien conduzca al trabajo decoroso, algo que será un derecho en un mundo donde se mida al ser por lo que ES y no por lo que POSEE, y en el que cada cual tenga lo que tiene que tener.

En cualquier época han existido quienes buscan la felicidad en su crecimiento espiritual y quienes la buscan en la acumulación de objetos, desconociendo, estos últimos, que **el primero de los bienes, después de la salud, es la paz interior,** como dejó escrito La Rochefoucauld.

No te dejes arrastrar por quien esgrime al temporal como bandera de la piratería humana; a ese le podemos decir que el estado del tiempo lo da el Instituto de Meteorología. Y, venga el cielo despejado o no: **donde hay alma no hay fantasmas.** El que se cree "vivo", que "se las sabe todas" y es un "bicho" porque escala ladinamente, no es más que un pobre ser vacío, con un proyecto de vida limitado y es el tiempo quien le pasa la cuenta: **el medio más fácil de ser engañado es creerse más listo que los demás.** Precisamente, la dificultad mayor de esos seres estriba en que desprecian e ignoran a los otros, **quien se cree un hombre (o mujer) de éxito no escucha al supuesto perdedor.** Por lo regular su mecánica de pensamiento lo lleva a tildarte de iluso, tonto; entonces no tienes más remedio que pensar como Courteline: **pasar por idiota a los ojos de un imbécil es un placer de infinito buen gusto.**

Un breve cuento del poeta libanés Khalil Gibrán Jalil, quien vivió entre los años 1889 y 1931, pone en juego estos valores:

Una vez un hombre desenterró en su camino una estatua de mármol de gran belleza. Y se la llevó a un coleccionista que amaba todas las cosas bellas, y el coleccionista la compró por un alto precio. Y se separaron. Y mientras el hombre volvía a su casa con su dinero, pensó y se dijo a sí mismo: ¡Cuánta vida este dinero representa!

¿Cómo puede alguien darlo por una simple piedra esculpida, muerta e ignorada en el seno de la tierra por un millar de años?

Mientras tanto, el coleccionista que estaba mirando su estatua y pensando, se dijo a sí mismo: ¡Qué belleza! ¡Qué vida! ¡Qué sueño de alma grande! y tan fresca como el suave dormir de un millar de años. ¿Cómo puede alguien dar todo eso por dinero, muerto y sin sueños?

Sé que las carencias engendran miserias humanas, pero no porque la gente de bien pierda valores sino porque en los momentos duros se caen los antifaces y el verdadero rostro de cada cual queda al desnudo: en tiempos de bonanza cualquiera parece un caballero o venerada doncella.

Cuando quieras sopesar a un ser humano, no hay nada mejor para colocar en la balanza que su concepto de triunfo en la vida. Sólo estarás ante dos tipos de especie: los que buscan la vía más fácil y rápida —no importa cuán turbia— para TENER y los que se trazan un largo sendero —no importa cuán empedrado— para llegar a SER. Valen, al final, los que se imponen retos a sí mismos porque saben que **lo que hagas sin esfuerzo y con presteza, durar no puede ni tener belleza,** al decir de Plutarco.

Vivimos ciertamente en días donde se intenta robotizar a la humanidad con la filosofía del mercado. Poderosos medios masivos expanden por el mundo la pseudocultura del TENER, la que les interesa a los mercaderes imperiales. Bajo el pretexto del entretenimiento nos embobecen proponiéndonos un modo de vida fatuo, sin espíritu, sin razón. De ahí que esté de moda la banalidad, la desilusión. Por suerte, habitamos una isla que se ha dedicado a enfrentar la ley de la selva —esa que le siembra colmillos a las personas para que se muerdan unas a otras en busca del estatus tasador. Pero no estamos a salvo de las influencias; por eso topamos, de cuando en cuando, con uno de los que ven en el hombre al lobo del hombre (léase también: mujer, y loba) y se refieren peyorativamente a la gente emprendedora, soñadora, desprendida, honesta y hasta creen, incluso, que esas virtudes son sólo una máscara para ocultar el rostro de gente como ellos. Y es que, como dijo Martí: reconocer la virtud es practicarla. En eso se conoce al que es incapaz de la virtud, —en que no la sabe conocer en los demás. El hombre que lo niega todo, a quien se niega es a sí mismo.

Pena debemos sentir por los "pícaros" que desperdician su vida llevando como máxima el eslogan de los mercaderes: **time is money**, que no quiere decir —como dulcemente solemos traducir— **el tiempo es oro** (lo que, poéticamente, apruebo: el tiempo es algo muy valioso) sino **el tiempo es dinero**; con lo cual se pone al ser humano al servicio de las cosas, en lugar de estar las cosas al servicio de los seres humanos.

Nada de esto es nuevo: son las leyes económicas que rigen al capitalismo, las que han ido desarrollando, en la competencia de su mercado, la necesidad creciente de estimular a los consumidores. De manera que **no es un mercado diseñado para satisfacer las necesidades del hombre (y la mujer): tienen que diseñar al hombre (y la mujer) para satisfacer las necesidades del mercado**. Para que los compradores sean cada día más compradores y no decaiga la competencia, tienen que sembrar la sed de avaricia con más intensidad; de ahí que todos los mensajes que recibe un ser humano —desde que se levanta hasta que se acuesta— mediante vallas, prensa, televisión, radio, etc. sean: *compre, compre, compre, usted puede tener; puede ser tan importante como* la estrella del cine, del deporte o equis duque o princesa, si logra tener lo que ellos exhiben. En la medida en que los medios masivos se desarrollan, este bombardeo deshumanizador es más intenso; pero, en esencia, son las viejas leyes que Martí interpretó desde sus génesis nada menos que en el Nueva York de 1886. Te propongo detenernos en este fragmento de un artículo que escribió entonces, para entender mejor esa ola de avaricia que baña a buena parte del mundo de hoy:

En este aire sin generosidad, en esta patria sin raíces, en esta persecución adelantada de la riqueza, en este horror y desdén de la falta de ella, en esta envidia y culto de los que la poseen, en esta deificación de todos los medios que llevan a su logro, en esta regata impía y nauseabunda, crecen los hombres de las generaciones nuevas sin más cuidado que el de sí, sin los consuelos y fuerzas que trae la simpatía activa con lo humano, y sin más gustos que los que puedan servir para la ostentación del caudal de que se envanecen, o los que apagan los fuegos de la bestia o la fiera que desarrolla en ellos su vida de acometimiento y avaricia. No es el hermoso trabajo, ni la prudente aspiración al bienestar, sin el que no hay honor, ni paz, ni mente seguras: es el apetito seco, afeado por el odio y desdén a los oficios en que se la logra con honradez y lentitud. Lo que admiran es el salto, la precipitación, la habilidad para engañar, el éxito; y se fían en el que ha engañado más.

La existencia, ese tiempo y espacio del que disponemos para habitar el único mundo conocido hasta ahora: el de los vivos, debe aprovecharse buscando el enriquecimiento espiritual que es, a fin de cuentas, el que nos acerca a la felicidad. No es desdeñable la lógica aspiración a mejorar las condiciones materiales, pero el objetivo vital no debe ser TENER sino CRECER. Dijo un gran escritor indio, Rabindranath Tagore: **el que lleva su farol a la espalda, no echa delante más que su sombra.** Deja pasar al pícaro, ese no va lejos; proyéctate hacia el mañana cultivando virtudes y tendrás sorpresas en cada amanecer y la salud mejor —la de quien vive en paz consigo mismo. El éxito es fácil de obtener, lo difícil es merecerlo, como escribiera Camus. No te propongas escalar sino respirar la vida y darle todo tu empeño a cada obra que te propongas; si te lo reconocen, bien, y si no, también; de todos modos eres como quieres ser.

El mal tiempo y el tiempo hermoso están dentro de nosotros, no fuera; en tus manos está tu felicidad. Tu mundo puede ser un poema si sabes leer los versos que te circundan a cada instante. Nunca pienses que eres poca cosa para emprender la más elevada maravilla. Si no me crees a mí, escucha a Walt Whitman:

¡Quienquiera que seas!, el movimiento y la reflexión
                    son para ti,
El navío divino surca el divino mar por ti.
¡Quienquiera que seas!, eres el hombre o la mujer
    por quienes la tierra es sólida y líquida,
Eres el hombre o la mujer por quienes el sol y la luna
    están suspendidos en el firmamento,
Para nadie más que para ti son el presente y el pasado,
Para nadie más que para ti es la inmortalidad.

Cada hombre para sí y cada mujer para sí,
    es la palabra del pasado y del presente,
    y la palabra verdadera de la inmortalidad;
Nadie puede adquirir por otro —nadie,
Nadie puede desarrollar por otro —nadie.

Quien pida amor ha de
inspirar respeto

Soy todo rasgos de tinta sobre unas páginas en blanco. Sólo quiero acercarme a ti para develarte los secretos hallados en el tiempo.

Se suele hablar mucho de las diferencias de cada época y casi siempre el hoy es definido muy moderno y distante del ayer. Algunos pregonan que con el paso de las generaciones se van mutilando los sueños; sin embargo, no todo el mundo fue un apasionado en tiempos pasados, como en el presente no escasean quienes son capaces de darse enteros por un esbozo de ilusión. Lo que sucede es que, en toda época, los grandes poderes imponen socialmente sus intereses, pero lo que trasciende de ellas es la poesía, casi marginal, de los espíritus más cristalinos.

Hace siglos que lo humano es lo mismo: amor frente al desamor. Podrá expresarse de maneras diversas, mas siempre se trata del que busca dentro de sí —en batalla contra su propia oscuridad— la belleza con qué mirar y darse, y de los que buscan afuera el paliativo a la carencia espiritual porque la luz del alma languidece.

Entra conmigo a este recodo de los tiempos, arriésgate a viajar mentalmente con un amigo que se hace llamar...

El diablo ilustrado

Dice un proverbio chino que **aquel a quien amamos no tiene defectos, si lo odiáramos carecería de virtudes.** Coincido plenamente, cuando uno se enamora pierde, por lo regular, todo juicio crítico con respecto a ese "ejemplar" que roba los sentidos. Se llega hasta el punto de suavizar sus defectos —los que reconocemos porque son tan evidentes que nos dan en la nariz, ya que lo más común es pasarlos por alto.

Romain Rolland en su novela *Juan Cristóbal* afirma que: **El amor está en quien ama, no en aquel a quien se ama. El amor vale tanto como vale el que ama.** Desde mi punto de vista, sólo le otorgo parte de razón. Es cierto que el espíritu que ama impone la altura del vuelo de la relación y que a veces le otorga al otro ser virtudes inexistentes, pero si la otra parte no está a esa altura, o no llega a ponerse alas similares, no podrán llegar juntos muy lejos. Si dos personas se atraen y una de ellas, en un inicio —por falta de cultura o de ejercitar su sensibilidad— se queda corta en su propuesta, pero la misma relación despierta al espíritu adormecido, entonces se llega a la armonía común. Si se sostiene la desigualdad, los días se encargan de traer la decepción. Así que yo terminaría parafraseando a Rolland de esta manera: **El amor vale tanto como valen los que aman.**

Shakespeare juega también con la teoría de los amantes y sus espejismos cuando sentencia que **el amor, como ciego que es, impide a los amantes ver la diversidad de tonterías que cometen.** Tiene razón don William pero... ¡cuán dulces e inolvidables resultan esas nimiedades y tonterías! Yo diría, incluso, que a veces el descuidarlas va apagando el amor. No me refiero a ñoñerías y cursilería —a las que también acudimos con frecuencia— sino al gesto de ternura que no puede faltar en cada momento para que la vida, cotidianamente amorosa, no se convierta en rutinariamente tediosa. Decía lo de ñoñerías porque a veces se cree que con el "puchi puchi" y "cosi cosi", o acudiendo a frases y gestos gastados, se mantiene a la enamorada(o) y **dejar rodar una pasión por el mal gusto de las frases huecas es una de las tantas maneras de llevarlo al barranco.** No se trata de convertirse en eco de novelas rosa sino de hurgar en el otro ser buscando siempre llegar más lejos en su alma, entregarle más cada día, cada instante, para no ceder espacio al estancamiento. **Sólo el crecimiento espiritual mutuo —que entraña un goce físico siempre descubridor— le da a una relación el tesoro de la pasión eterna.**

La superficialidad, o permitir que el deseo niegue a la razón, es algo tan peligroso como dejarlo todo a la reflexión olvidando los sentidos. Hoy están de moda telenovelas sentimentaloides que explotan a manos sueltas la cursilería y hay quienes se dejan arrastrar por esas pasiones primitivas y, miméticamente, quieren después reproducir ese mundo, con personajes diseñados epidérmicamente. Nuestro José Martí, en época en que este tipo de novelilla aparecía por capítulos en los periódicos, le escribe a su hermana:

No creas, mi hermana Amelia, en que los cariños que se pintan en las novelas vulgares, y apenas hay novela que no lo sea, por escritores que escriben novelas porque no son capaces de

escribir cosas más altas —copian realmente la vida, ni son ley de ella. Una mujer joven que ve escrito que el amor de todas las heroínas de sus libros, o el de sus amigas que los han leído como ella, empieza a modo de relámpago, con un poder devastador y eléctrico— supone, cuando sienta la primera dulce simpatía amorosa, que le tocó su vez en el juego humano, y que su afecto ha de tener las mismas formas, rapidez e intensidad de esos afectillos de librejos, escritos —créemelo Amelia— por gentes incapaces de poner remedio a las tremendas amarguras que origina su modo convencional e irreflexivo de describir pasiones que no existen, o existen de una manera diferente de aquella con que las describen. ¿Tú ves un árbol? ¿Tú ves cuánto tarda en colgar la naranja dorada, o la granada roja, de la rama gruesa? Pues, ahondando en la vida, se ve que todo sigue el mismo proceso. El amor, como el árbol, ha de pasar de semilla a arbolillo, a flor, y a fruto. —Y en Cuba, se empieza siempre por la fruta.

El amor es un proceso sin fin en el que los cuerpos se entienden cada vez mejor en la medida en que se compenetren las almas. En cuanto a aquello de que *el amor es ciego*... no recomendaría *hacerse el sueco* ante los defectos de la pareja; ir atajándolos con tacto y delicadeza, en lugar de obviarlos, es evitar que crezcan como hierba mala. Las reservas ante las inconformidades, con tal de ser complacientes, levantan un muro invisible que poco a poco va nublando la imagen del otro y así, ladrillo a ladrillo, llega el momento en que los amantes están separados por una muralla de silencio o rencores incomprensibles. **La honestidad es como una vacuna: duele al momento de ponértela pero te evita la enfermedad que conduce a la muerte.**

Casi todos los grandes personajes de la cultura universal han expresado su concepto de amor —el resto de los mortales también, aunque no trascienda de la misma manera. Hay quienes lo asumen como algo fugaz; un buen ejemplo es un verso de Neruda: **amo el amor de los marineros que besan y se van.** Y, mira qué cosa, fue el gran poeta chileno un hombre que vivió muchos años enamorado de la misma mujer.

Otro gran escritor, León Tolstoi, era bastante escéptico al respecto, al juzgar por este pensamiento: **Decir que uno puede amar a una persona por toda una vida es como declarar que una vela puede mantenerse prendida mientras dure una existencia.** Y, vuelve la contradicción, ya que en una obra monumental como su novela *La guerra y la paz* él narra grandes pasiones que vencen al tiempo.

Se podría inferir de estos casos que, no siempre los poetas viven como escriben o escriben como viven —algo así como **haz lo que digo y no lo que hago**— pero creo, más allá del capitán araña, que el amor es algo sin recetas y que uno lo asume en distintas etapas de la vida de maneras diversas; sobre todo si la propia experiencia nos hace madurar y elevar el concepto de amor. Ojo: no confundir MADURAR con ir cayendo en la rutina; la vida, al que aprende de ella, le va otorgando fases que lo llevan a dirigir la búsqueda de la felicidad en direcciones cada vez más precisas.

Cuando se es muy joven se suele ser un poco "marinero" porque se está descubriendo la sexualidad y no se piensa entonces en la vejez ni en la muerte. Se vive sin preocupaciones que no sean las de saciar deseos o ilusiones muy poco razonadas. En la medida en que se va madurando, con las reflexiones que traen esos propios hallazgos y tropiezos, se comienza a pensar más en la profundidad de las relaciones, en la compenetración; se deja de viajar por viajar corporalmente y se va hacia la búsqueda de la esencia, de la paz a la que sólo se arriba en el examen profundo de ese otro ser. Esta PAZ no implica acomodamiento o falta de pasión, todo lo contrario, es la serenidad que ofrece una relación la que nos permite dejar atrás intercambios en un sentido elemental para avanzar hacia "locuras" más elevadas y hondas. El tiempo nos ha dado otras necesidades como la de reproducir el amor en los hijos —que a su vez da una consistencia más espesa a la ternura— y eso hace que nuestros sueños comiencen a apuntar hacia una relación de pareja estable. Claro, es necesario dar con la media naranja, lo que no es fácil, pero **mientras más lejos ve el alma, más posibilidades hay de distinguir esa pieza única de sus sueños en la infinita multitud.**

Volviendo a Tolstoi y su ejemplo de la vela, creo que si una pareja encuentra la senda de crecer y mejorarse mutuamente cada día, puede ser esa la luz que nunca se apague. De todos modos, no soy de los que creen que el amor se deba medir por el tiempo de duración sino por el impacto que cause esa experiencia con otro ser; como dice Luis Eduardo Aute en una canción: **me bastan solamente dos o tres segundos de ternura** —aunque unos segundos más no están de más.

Pero sigamos por las diversas definiciones. Jacinto Benavente, no sin cierta dosis de estoicismo, dice: **el verdadero amor, el amor ideal, el amor del alma, es el que sólo desea la felicidad de la persona amada, sin exigirle en pago nuestra felicidad.** Aquí voy a medias con Jacinto. Si bien la clave del amor está en dar, en querer, hasta por encima de uno mismo, a ese ser y en vivir para que se sienta una reina (o rey) del espíritu, no creo que sin recibir, sin ser reciprocado, se pueda entregar mucho. **El amor sólo se da cuando cada parte de la pareja se ofrece por entero a la otra,** tiene que fluir en ambas direcciones, así cada cual recibe lo que entrega.

Dice un amigo trovador:
canción adentro
una muchacha da por fin con el traspatio de mi ser
 donde yace el poder
  de toda esa bondad
   del que no quiere más
    de lo que sabe dar.

El amor depende de los seres que lo buscan; así, será más elevado si la meta común es más alta. Su camino está lleno de conformismos, superficialidades, mentiras, egoísmos; los que saben vencer juntos estos obstáculos, a fuerza de entrega y de mejorarse uno en el otro, tendrán una relación que merezca un nombre menos manoseado; pero bueno, **el hábito no hace al monje.** Pule tu espíritu para que te merezcas la compañía de un alma fina y honda: **si eres un cactus nunca tendrás mangos.** No creas en los que se vanaglorian de conquistas por tener posibilidades económicas; esos amores que brotan de los lujos o ventajas ofrecidas son contratos económicos y su sabor es amargo.

Quien pida amor ha de inspirar respeto, dice nuestro José Martí. Si no es por tu alma, por lo atrayente de tu inteligencia, por la simpatía de tu bondad o si no son tus virtudes las que llaman a ese otro ser, no se harán cómplices tuyos ni la felicidad ni el tiempo. Cada cual halla en la vida lo que se ha ganado.

Si alguien se acerca a ti por las riquezas materiales que tienes, no es a ti a quien ama sino al modo de vida que le dan esos recursos; si alguien se acerca a ti por lo que aparentas, la convivencia le quitará el velo de los ojos y serás entonces la caricatura del (o de la) que te habías inventado; si alguien se acerca a ti por atracción física, tu suerte está echada a cara o cruz cuando llegue la vejez, o cuando se haga sentir esa cotidianidad que le exige a las almas; si alguien se acerca a ti por tu espiritualidad —aun en el caso de que tu físico no le sea inicialmente del todo seductor— irás creciendo ante sus ojos y los deseos irrumpirán como una cascada desde las entrañas de su ser.

Es cierto que en los misterios del amor no hay receta pero, así mismo, como nunca se aparearán una jirafa y un oso, no se puede esperar fortuna en una relación de dos seres con almas que no afinen.

No puedo dejarte mensaje más hondamente enamorado que el de nuestro Martí:

Se va por la tierra andando como extraño y como loco, buscando seno donde reclinar la cabeza, labios donde poner los labios, hogar en que dar calor al corazón. Y se halla, y todo es bello de repente: abandónase el espíritu a los placeres de la confianza: germen caliente reanima el perezoso jugo de las venas. No es amor la solicitud de los presuntuosos, ni las vanidades de la mujer, ni los apetitos de la voluntad. Amor es que dos espíritus se acaricien, se entrelacen, se ayuden a levantarse de la tierra en un solo y único ser: nace en dos con el regocijo de mirarse: alienta con la necesidad de verse; crece con la imposibilidad de desunirse: no es torrente, es arroyo; no es hoguera, es llama: no es ímpetu, es ternura, beso y paz.

Hay locuras que son poesía

Voy por las huellas de culturas diversas para conformar mi cuerpo en estas páginas; cito, parafraseo, concuerdo y discrepo desde mi experiencia existencial: juego entre letras para encontrarme y encontrarte.

Sólo vale este punto de convergencia —esta esquina donde coinciden las calles de nuestras inquietudes— si tras él, por el sendero de la meditación, arribas al puerto que te lance a una hermosa aventura espiritual.

No creo en la victoria de un tiempo pragmático; bajo la fiebre del oro hay un mundo sereno de algas, de rocas, de conchas y peces con su poética de paz y profundidades de las almas. A navegar te invito por este océano de razones con el viento de cura y amor. Desata los cabos de la mente y sumérgete con este buceador de textos al que puedes llamar simplemente...

El diablo ilustrado

Alguien dijo que **hay un cierto placer en la locura que sólo el loco conoce** y hay en esta expresión un juego semántico entre el desquiciado en sentido literal y en el metafórico. Existe el ser que por equis enfermedad de la mente pierde la coherencia de pensamiento, el sentido lógico de la vida, pero por otra parte, está el que desafía esquemas, prejuicios, limitaciones y asume su cotidianidad con poesía. A este también, los seres convencionales lo tildan de loco. Dice una canción de Silvio:

**Hay locuras para la esperanza,
hay locuras también del dolor,
y hay locuras de allá donde el cuerdo no alcanza,
locuras de otro color.**

**Hay locuras que son poesía,
hay locuras de un raro lugar,
hay locuras sin nombre, sin fecha, sin cura,
que no vale la pena curar.**

Creo muy importante saber diferenciarlas: las locuras que conducen al desastre, como las guerras, las discriminaciones, las miserias; las del pobre enfermo mental y las locuras que conducen al amor: las que saltan por encima de las convenciones, las cuentas y los vicios para darse al prójimo.

Vivimos tiempos de frases acuñadas para matar los sueños: "fin de la historia y de las utopías", "eso no vende en el mercado" y muchas otras que llevan en el fondo una incitación al convencionalismo, al vivir dentro de esquemas pseudohumanos, pragmáticos, que nos dictan las películas hechas en serie donde las historias son manidas, los sentimientos elementales y de fondo a los efectos especiales —lo espectacular epidérmico como barniz para ocultar la carencia de poesía—; las canciones llenas de lugares comunes, de estribillos sonsos y sonoridad amelcochada, interpretadas por figurines eróticos diseñados a la moda, entre otras muchas vías de la maquinaria del entretenimiento hueco, creado para congelarnos el alma (no lo hacen por malos, simplemente para convertirnos en animalitos consumidores).

Dicen unos versos de Fernando Pessoa:
No quiero rosas mientras haya rosas.
Las quiero cuando no las pueda haber.
¿Qué he de hacer con las cosas
que puede cualquier mano coger?

Ir más allá de esas fronteras adormecedoras debe ser propósito de cada instante y **el conocimiento es el arma para salir a cazar sueños.**

Dijo Aristóteles que **no hay un gran genio sin mezcla de locura** y es que se le llama locura a lo que debería ser natural: vivir descubriendo, inconforme con uno mismo y con los límites que imponen las rutinas. Por eso es que resulta un bicho raro, un desquiciado, quien rompe moldes preestablecidos y sale cada mañana a hurgar en las entrañas de los misterios imantadores que tiene la existencia humana. Dice Juana García Abás en su poema "Aviso":
**todo lo que nace corre el riesgo
de ser colgado al revés.**

Y ya que el mundo no está precisamente al derecho, creo que es un lujo estar de cabeza. Si te dedicas por entero a algo y desbordas de pasión y entrega por eso, saltan los que dicen: *mira ese, está quimbao, tiene ratones en la azotea*. Jonathan Swift escribió: **cuando un genio aparece en el mundo se reconoce por una señal: todos los estúpidos se confederan para atacarlo.** Y es que la mediocridad —hija de la falta de dedicación— no soporta el talento ajeno, ya que la pone en tela de juicio. El que se conforma con ser hoy como fue ayer, el que no busca saltar a cada momento sobre sí mismo y proponerse cada día

metas más nobles y altas, termina apocado, huraño, marchito; y vuelvo a la poesía de García Abás:
  nada parece más la muerte
  que esta pánica sensación de equilibrio.
Por eso hay que escapar de las redes del conformismo y de la envidia que le tienen los automomificados a los emprendedores, pues, los azota la creatividad en su dejadez.
Dijo nuestro José Martí: **emplearse en lo estéril cuando se puede hacer lo útil; ocuparse en lo fácil cuando se tienen bríos para intentar lo difícil, es despojar de su dignidad al talento. Todo el que deja de hacer lo que es capaz de hacer, peca.** Nunca te quedes sentado al borde del camino. Digan lo que digan los aletargados, sube el listón siempre: busca el salto que empine tus cualidades, no para alardear o presumir sino para elevarte y poder ofrecer más a tus semejantes.
Nos aconseja el poeta Mario Benedetti:
**No te quedes inmóvil
al borde del camino
no congeles el júbilo
no quieras con desgana
no te salves ahora
ni nunca
         no te salves
no te llenes de calma
no reserves del mundo
sólo un rincón tranquilo
no dejes caer los párpados
pesados como juicios
no te quedes sin labios
no te duermas sin sueño
no te pienses sin sangre
no te juzgues sin tiempo...**
La vida va tejiendo como una telaraña que incita a acomodarse en ella; va poniendo reglas y costumbres que nos espantan la experimentación, las ansias de abrir caminos con que nos dota la niñez. No se trata de seguir siendo un vejigo sino de andar por los años manteniendo ese arrojo, esa intrepidez, esos ojos de descubridor que se tienen en la infancia y de no dejar que en el ánimo impere el conservadurismo que día a día corroe el espíritu. Cuando nos creemos adultos, dejamos de hacer lo que

sentimos por temor a parecer ridículos: quieres correr por la orilla del mar pero alguien te mira; quieres saltar o jugar con otro ser querido pero pueden pensar que estás muy grande para eso; quieres dedicarte a algo que te atrae pero temes perder algunas ventajas que te da otra actividad; quieres romper con ataduras pero hay que arriesgar... En fin: cálculos, prejuicios, comodidades, temores, que te van disecando en vida. **Quien deja de tomar su dosis de osadía, enferma gravemente de cordura.** En el amor, en el estudio, en el trabajo; en cada vistazo que eches a tu alrededor, a la naturaleza, a un ser humano, debe ir contigo el dulce loco o loca que puedes ser. Retomo al trovador Silvio Rodríguez:

> Hay locuras que son la locura:
> personales locuras de dos.
> Hay locuras que imprimen dulces quemaduras,
> locuras de diosa y de dios.
> Hay locuras que hicieron el día,
> hay locuras que están por venir,
> hay locuras tan vivas, tan sanas, tan puras,
> que una de ellas será mi morir.

No es exclusividad de nuestra época que los seres quienes anteponen la bondad al interés o los que viven tanteando versos en la vida, sean señalados peyorativamente por los que encierran en un limitado círculo vicioso su existencia. Claro, en un mundo que pretende imponer la mentalidad de mercado —donde se mide a la gente por el estatus material—, debemos coincidir con Mirta Yáñez:

> de poeta y de locos
> solamente algunos
> tenemos un poco.

Abundan por ahí los padrinos de la inmovilidad. Los que aconsejan —o más bien, desaconsejan— en nombre de razonamientos similares a: *ya todo está inventado, sé práctico para que tengas ganancias*, o que ante cualquier viso de imaginación te dicen, con una mueca: *deja eso que no da na', pon los pies en la tierra que hay que vivir*. ¿Qué será *vivir* para ese pobre ser? Es la mentalidad del que invierte sus neuronas en culebrear por la vida arrastrándose en la ambición. De tan apegado a la tierra, el cielo lo aprisiona con su infinitud y se va reduciendo hasta morir esfumado en la nada. A alguien le escuché cierta vez unos versos que juegan humorísticamente con el convencionalismo:

Dijo el hada madrina: —Todo será como antes.

Dogmática de mierda, no sabe lo que dice.

Y es que hay quienes se dedican a sentarse plácidamente, dejando que el tiempo le pase por el lado y se le escape hacia el futuro, como si el reloj no avisara de todos los placeres del descubrimiento que se fugan a cada segundo; **sólo el que vive para andar sabe que la felicidad está en el viaje.**

Acomodarse es el lema de esos tontos incapaces de emprender una aventura sana, pura, que ponga en riesgo su rutina; y de esos que encierran su vida en el confort o los placeres más elementales. Es muy común verlos asfixiarse, en su reducido mundo carente de ilusiones, quejándose de su mala fortuna. El poeta Kavafis parece decirles a esos seres:

No lamentes tu suerte, tus obras
fracasadas, las ilusiones
de una vida que llorarías en vano.
...Y sobre todo no te engañes, nunca digas
que es un sueño, que tus oídos te confunden;
a tan vana esperanza no desciendas.

Sabiamente el refranero popular nos advierte que **hay quien no ve más allá de sus narices**; tú conocerás a algunos. Te ven escribiendo un poema y se burlan, los invitas a escalar montañas y te dicen: *¿para qué?... ¿van a dar algo allí?* Todo lo relacionan con ventajas materiales y lo que no les da en la cuenta es ridículo para ellos. Tienen la sensibilidad atrofiada por el interés. La máxima filosófica de estos personajes es: **ya todo está inventado.** La búsqueda, el desciframiento, es para ellos una de las tantas maneras de perder el tiempo —ese que tanto ellos malgastan por creer que la línea del horizonte que observan es el fin del mundo.

Si el hombre, y la mujer, no hubiesen soñado con tener alas como los pájaros, no se habría inventado el avión. Julio Verne escribió: **si un hombre se imagina una cosa, otro la tornará en realidad.** Y es el propio Verne el mejor ejemplo. Muchos de los inventos que su poderosa imaginación noveló se han hecho realidad con el tiempo; como el submarino, el batiscafo, los viajes a la Luna, etc. En su época lo tildaron de loco; y así sucede con todo el que se traza un sueño como proyecto. Por eso, **pon un grano de audacia en todo lo que hagas,** como aconseja Gracián, y deja a los escépticos cuchicheando: **muchas cosas se juzgan imposibles de hacer, antes de que estén hechas,** como sentencia Plinio.

La imaginación es el ojo del alma —escribió Joseph Joubert—, con ella vemos hacia lo por hacer. Y para que la imaginación vuele alto es necesario alimentarla con los conocimientos, ya que **una imaginación sobre bases ignorantes puede parecerse mucho a la insensatez.** Cada paso en la vida, cada suceso que acontece a nuestro alrededor —por muy insignificante que parezca— está dotado de infinitas sorpresas, plagado de misterios atrapantes que la ignorancia es incapaz de apreciar. De ahí que la imaginación que parte del desconocimiento y del espíritu empobrecido puede arrasar con lo circundante, como el elefante en la cristalería. El mismo Joubert aclara que **aquel que tiene imaginación pero carece de conocimientos, tiene alas pero no tiene pies.**

De todo esto se desprende que **aquel que es demasiado precavido realiza muy poco en la vida,** como sentenciara Schiller y que la **osadía, de mano con la imaginación, debe estar avalada por el saber.** A esto yo le agregaría: hacer el bien como primicia.

Cada tiempo, en apariencia, es un manojo de intereses ruines; pero en su subsuelo está oculto un inagotable manantial de poesía esperando por los que se arriesgan desde la pasión y el conocimiento. Nuestro Martí dejó escrito:

¡No hay trono que se parezca a la mente de un hombre libre, ni autoridad más augusta que la de sus pensamientos! Todo lo que atormenta o empequeñece al hombre está siendo llamado a proceso, y ha de sometérsele. A las poesías del alma nadie podrá cortar las alas, y siempre habrá ese magnífico desasosiego, y esa mirada ansiosa hacia las nubes.

A veces hace falta liberarse de uno mismo, del enmohecimiento en que algunas costumbres —o hábitos de un mundo cargado de rutinas— nos van sumergiendo. Parafraseando una vieja canción, el escritor Ronel González nos advierte: **para subir al cielo se necesita cielo.** Sólo las sanas y elevadas aspiraciones nos llevan a ascender en la vida.

No te equivocas porque no te arriesgas
no te arriesgas porque no eres valiente.
No te equivocas, no te arriesgas,
no eres valiente, no eres poeta.

Este llamado que nos hace Félix Luis Viera nos convoca a ser poetas, no en el sentido literal del ser que se dedica a hacer versos —algo que nunca está de más—, sino en ese sentido más amplio que es el de mirar a nuestro entorno con ojos de descubridor y hurgar en los pequeños detalles de la vida con el corazón abierto y los brazos dispuestos a emprender el vuelo hacia las luces que avizoran los sueños. Un trovador amigo mío, amante de vagar por los montes, expresa su gran hallazgo en un pequeño detalle de la naturaleza:

Orquídea malva en la ladera de un barranco
todas las muertes valen tu verdad.
Llevo el destello tuyo como un manto
que me libra de las sombras de esta edad.
Soy el bardo prendido a un catalejo
mirando con tus ojos la ciudad.

Dale pureza e imaginación a tu vida, deja que los tontos se rían y que los necios crean que valen porque tienen —en su existencia de piedra. Como dijera nuestro Emilio Ballagas:

Suéñalo
con un sueño que está detrás del sueño,
un sueño no soñado todavía,
al que hay que ir,
(¡no sé cómo decirlo!)
como arrancando mil velos de niebla
y al fin el mismo sueño fuese niebla

No es un camino fácil. Los dulces locos encuentran regularmente la oposición de esos que dicen tener los pies en la tierra —esa tierra que reducen a sus posesiones o posiciones que caben en dos metros cuadrados. Verdaderamente tienen los pies en la tierra quienes pueden apreciar su inmensidad, en el espacio y en el tiempo, y saben que la vida es un misterio infinito que les depara insondables sorpresas.

Retomando el poema de Ballagas, por mucha oposición que encuentres, no abandones los dictados de tu espíritu:

De todos modos, suéñalo
en ese mundo, o en este que nos acerca y nos apaga
donde las cosas son como son, o como dicen que son
o como dices que debieran ser...
Vendríamos cantando por una misma senda
 y yo abriría los brazos
 y tú abrirías los brazos
 y nos alcanzaríamos.
Nuestras voces unidas rodarían
hechas un mismo eco.

La vida no viene envuelta en papel celofán; uno la teje a cada paso contra el viento de los fatuos intereses, torpes esquemas, que pretenden empequeñecer el espíritu. Dice un refrán que **en el mundo, para que sea mundo, tiene que haber de todo**; con esto se justifica mucha mala acción. Creo que en el mundo —para que algún día llegue a ser mundo— tendrá que existir la oportunidad de crecimiento para todos; la posibilidad de llegar a él y respirarlo, aprehenderlo, estudiarlo y darle lo mejor de aquello que es capaz una humanidad alfabetizada y enamorada. Lamentablemente, en la actualidad no escasea el que emite poca luz; ya que habitamos un premundo —diseñado por comerciantes universales— empeñado en ser un apagón de almas. De todos modos, sé que llevas el fuego que calienta e ilumina y eso te permite andar aun cuando la noche fuese cerrada. Como dice el trovador Raúl Torres: **no apagues el candil, o la nieve te hunde en el centro del dolor.**

Un texto del escritor uruguayo Eduardo Galeano me sirve para dejarte reflexionando o soñando:

Un hombre del pueblo Neguá, en la costa de Colombia, pudo subir al alto cielo. A la vuelta, contó. Dijo que había contemplado, desde allá arriba, la vida humana. Y dijo que somos un mar de fueguitos.

Cada persona brilla con luz propia entre todas las demás. No hay dos fuegos iguales. Hay fuegos grandes y fuegos chicos y fuegos de todos los colores. Hay gente de fuego sereno, que ni se entera del viento, y gente de fuego loco, que llena el aire de chispas. Algunos fuegos, fuegos bobos, no alumbran ni queman; pero otros arden la vida con tantas ganas que no se puede mirarlos sin parpadear, y quien se acerca, se enciende.

Las respuestas no tienen fin

Vengo a la luz de esta página en blanco como quien anda por la madrugada buscando amanecer en un alma imprevista. El ahora en que escribo –ayer para tus ojos que en este instante leen– rompe el espacio temporal transcurrido para hacerme presente gracias al hechizo de la escritura. Entramos así a reconocernos en un tiempo eterno, ese que traigo con frases de todos los sueños –esperanzas y amarguras de épocas disímiles– al que agregamos la travesura de someterlas a nuestro juicio contemporáneo e indagador de horizontes. Hagamos, pues, el ejercicio más reconfortante: el de emplear mente y espíritu para viajar hacia alguna verdad que nos acerque. Sospecho que al terminar de leer –afinando divergencias– me otorgarás la gracia de ser amigo de...

El diablo ilustrado

Afirma un proverbio chino que **la ignorancia es la noche, sin luna ni estrellas, del espíritu.** Lamentablemente no todos reconocen la oscuridad absoluta que implica para un ser humano el no ejercer su capacidad intelectual. El conocimiento es como una luz que permite a los ojos descubrir el mundo circundante y ver, además, hacia el interior de las personas y de uno mismo. Clarividencia la de los hijos del sol naciente cuando afirman: **el sabio habla de las ideas, el inteligente de los hechos, y el hombre vulgar de lo que ha comido.** Conocerás a quienes limitan su mundo temático a las prendas o la mesa, porque su vida se reduce a eso; aquel que sólo puede hablar de su dichosa moto, o el que se compra un par de tenis y no hace más que mirarse –y obligarte a mirar– hacia sus pies. ¿Y qué me dices de quien cree que, por "echarse encima" determinada marca de ropa, posee más poder y atractivo? Por lo regular uno se sienta a conversar con ellos y a los cinco minutos siente asfixia: ¡resultan tan monotemáticos, tan aburridos!

Ya lo dijo Aristóteles, **hay la misma diferencia entre un sabio y un ignorante, que entre un hombre vivo y un cadáver.** Y es que la tontería que padece todo el que no se cultiva es como una muerte en vida que le aleja de posibles amigos y hasta de parejas. A nadie le gusta tener relación con un "seso hueco" –exceptuando, claro está, a otro "seso hueco"; ya se sabe: **la mediocridad es excelente a los ojos de los mediocres.** ¿Has sufrido algo tan desagradable como caer, tras una tanda de caricias amorosas, en mutis absoluto; o como salir con un grupo de amigos y que tu novio(a) exponga una sarta de disparates creyendo estar dando una clase de oratoria? Por lo menos, te habrás sentido bastante incómodo(a) y las alas de la admiración —tan importantes para amar— se te habrán caído.

Alguien dejó escrito que **existen dos maneras de conseguir la felicidad. Una, hacerse el idiota; otra, serlo.** Obvia la ironía; pero hay, ciertamente, quienes siguen la fórmula: **a mayor ignorancia más felicidad**, que obedece a la creencia de que el conocimiento desgasta y de que mientras más conoce uno del mundo más se complica la existencia. No deja de ser cierto que la cantidad de horrores que se ven dan ganas de desconocerlos, pero **la ignorancia siempre es cómplice.** Cultivarse es aprender a conocer el mundo y encontrar un lugar en el universo. **Cultura es saber lo mejor que se ha pensado y dicho**; o sea, es aprovechar la experiencia humana. Como señalara Goethe, **con el conocimiento se acrecientan las dudas,** pero **las dudas del sabio son más inteligentes** porque son dudas que han dejado atrás muchas respuestas que el ignorante aún tiene como horizonte.

Como el suelo, que, por más rico que sea, no puede dar frutos si no se cultiva, la mente sin cultivo tampoco puede producir. La vida se expande en la medida que le aportamos sabiduría; cada conocimiento nos hace ver más lejos, ampliar el campo de placeres y profundizar en ellos. La experiencia vital nos aporta en la medida en que el saber adquirido nos permite filtrarla, sacar de ella la brújula para trazar un camino.

La duda —según la define Jorge Luis Borges— **es uno de los nombres de la inteligencia**; dudar nos incita a investigar, a indagar, en un proceso continuo que va del hallazgo de una respuesta hacia otra pregunta, cada vez más elevada, convirtiéndonos en un eterno caminante, cada vez más lúcido. Claro, algunos no le dan importancia a eso, pero ya se sabe que **el intelecto es invisible para el que no lo tiene.**

Creía Séneca que **no aprendemos gracias a la escuela, sino gracias a la vida.** Tampoco así, don Séneca. La vida enseña, pero la escuela nos enseña a aprender; el resto queda a elección de cada cual, a su afán de conocimiento. Es iluso negar la escuela, por el contrario, hay que aprovecharla y tomar de ella las bases para expandir los estudios personales.

Bacon escribió: **la lectura forma al hombre, las conferencias lo alistan; y la escritura lo perfecciona.** Con esto, sugiere un proceso que no termina en lo aprendido sino que sigue con la creación; es decir, lo que cada quien aporta tras la experiencia adquirida, lo que viniera siendo, por ejemplo, escribir. No tiene que ser literalmente escribir —no todos estamos obligados a ser escritores— pero, ciertamente, el conocimiento se adquiere y es deber ofrecer a los demás el fruto de ese cultivo; ya sea mediante un poema, la música, una novela, un artículo, una pintura o, la charla con que animamos a amigos, parientes o a la propia pareja. Escribió nuestro José Martí:

Crimen es la inteligencia cuando, con cada uso de ella, con la palabra privada como con la palabra pública, con la carta como con el discurso, con el acto como con el consejo, no se emplea sin rezagos de interés propio ni pujos de autoridad confesos u ocultos.

El conocimiento es el árbol que nos han sembrado nuestros semejantes, de su afán laborioso lo hemos obtenido, por eso debemos saldar la deuda aportándole a los demás el fruto que seamos capaces de recoger de él.

No hay peor ciego que el que no quiere leer; la lectura no sólo nos otorga información: igualmente nos dota de vocabulario, de giros idiomáticos, de capacidad para interactuar con la gente. La poesía es otra manera de captar la existencia, los sentimientos, los objetos; es como aprender a nombrar las cosas descubriéndoles nuevas dimensiones. Eliseo Diego, nos cuenta de ese mundo que crea en sus hallazgos el de poeta:

**Voy a nombrar las cosas, los sonoros
altos que ven el festejar del viento,
los portales profundos, las mamparas
cerradas a la sombra y al silencio.**

> Y el interior sagrado, la penumbra
> que surcan los oficios polvorientos,
> la madera del hombre, la nocturna
> madera de mi cuerpo cuando duermo.

La novelística, por su parte, nos adentra en épocas, personajes; nos permite aprehender tiempos y culturas, esencias humanas.

Romain Rolland escribió:

Sus libros eran para él el mejor de los refugios: estos no eran olvidadizos, ni engañadores. Las almas, que en ellos amaba, se encontraban ya fuera del tiempo: eran inmutables, fijas para la eternidad en el amor que inspiraban y que parecían experimentar e irradiar a su vez sobre aquellos que las amaban.

Una lectura nos puede llevar a mundos paralelos donde descubrimos nuevos amigos: seres que entran por las letras, cobran forma, y nos acompañan por siempre. Así, cada libro nos va colmando la inteligencia de gotas disímiles y diversas que estimulan la visión desde la que aplicamos y moldeamos la vida. Le adjudican a Buda esta frase: **Los libros son amigos pero nunca decepcionan.** No tiene por qué ser regla que los amigos decepcionen pero sí, que los libros son fieles a plenitud —aunque, igualmente, no están exceptos de errores. Lo cierto es que, a más cultura: más amplia la posibilidad de gozo, más sensibilidad para amar y ser feliz. Para Goethe **la sabiduría se halla sólo en la verdad**; otros pensadores han sostenido que **la verdad sólo se halla en la sabiduría.** Ambos criterios se complementan. Esa abstracción, a la que llamamos verdad —asociada a lo sano, lo honesto, lo puro—, no se puede buscar sin el conocimiento; y, a su vez, el conocimiento que no se funde sobre la base de las mejores huellas dejadas por la humanidad se pierde por caminos oscuros, sin salida. En fin, a diario cada cual elige su suerte y aprovecha, o no, esa cotidiana oportunidad de ensanchar su espíritu; como dijera Martí, **el ejercicio de la libertad fortifica: el cultivo de la inteligencia, ennoblece.** La libertad del individuo está precisamente en la elevada visión que otorga el conocimiento. Alguien pudiera remendar esa frase con aquello de que no todo el mundo emplea la inteligencia para el bien, pero esa sabiduría mal empleada —a la que prefiero llamar astucia— lacera el alma; por eso, más que inteligencia, le llamaría una manera de ser bruto a largo plazo. **No hay monstruos mayores que aquellos en que la inteligencia está divorciada del corazón,** expresó el Maestro.

Múltiples caminos nos conducen al majestuoso bosque de la sabiduría. Los medios masivos y la computación con sus redes de Internet, ofrecen mucha información —no siempre todo lo profunda y edificante que pudieran—; aportan también cultura los museos y las diversas manifestaciones artísticas, así como la conversación —no el chapoteo de palabras que no van a ningún lugar— con amistades o familiares. Si quisiera ser exacto: **todo lo que acontece a nuestro alrededor nos aporta cultura, siempre que estemos aptos para apreciarla.** Una simple calle, sus construcciones, la vegetación; la manera de vestirse o andar de la gente, sus ansias y pasiones, son infinitas señales que vienen de todos los tiempos y espacios hasta el presente en que las captan nuestros sentidos. La ignorancia nos hace pasarles por el lado sin verlas ni sentirlas. Por eso, **el mejor vicio que existe es aprender:** ese espíritu de descubridor que tenemos en la niñez y que poco a poco vamos abandonando por el espejismo que nos hace creer que ya lo sabemos todo. Si al niño que uno fue lo lleváramos colgado del alma de por vida, se mantuviese a flor de labios el perenne "¿por qué?" con el que exprimimos a los mayores para empinarnos. Pero sucede que llegamos a nombrar algunas cosas y nos hacemos la ilusión de que ya hemos tocado el fondo de nuestro entorno. Ocupamos, por talla, el lugar de los mayores y nos sentamos a esperar que nos pregunten; lo cual es síntoma de desconocer que **las respuestas no tienen fin, ellas esperan siempre por un niño.**

Leer la vida debe ser un ejercicio constante. **La lectura** —aseguró Joseph Addison— **es para la mente lo que el ejercicio para el cuerpo.** No debemos dejar pasar un día sin revisar la prensa, que nos ubica en el espacio que habitamos cotidianamente. Las revistas —no las de vanidades, que son chupa-chupas para párvulos de mente— nos adentran en panoramas de diversas ramas que luego los libros nos permiten profundizar; así se va ampliando el horizonte de inquietudes y las horas progresan ensanchadas, se pueblan de placeres que vienen de una sed creciente de conocimientos.

No pierdas nunca el espíritu indagador: **pregunta lo que ignoras y pasarás por tonto cinco minutos, no lo preguntes y serás tonto para toda la vida,** reza otro proverbio chino. Por mucho que estudies, siempre tendrás horizontes hacia los cuales bogar o, para decirlo mejor: en la medida en que estudies, ese horizonte estará —horizonte al fin— a la misma distancia, pero habrás avanzado más en el mar humano. Piensa que, como dejara escrito Gracián, **añade el hombre conocimientos a conocimientos: nunca el saber es bastante. Si tanto es uno más hombre cuanto más sabe, el más noble empleo será el aprender.**

Los placeres que vienen y van hacia el espíritu son infinitos y el conocimiento es quien los propicia. Ser ignorante es como meterse a vivir dentro de una botella, limitar la existencia hasta el sinsentido. Cuando alguien dice: *estoy aburrido, no tengo nada que hacer*, está declarando su carencia de inquietudes, pues, **la falta de conocimientos es el asesino del constante entretenimiento.** En proporción al cultivo del espíritu, se ampliará el prisma de intereses y, por tanto, de goces.

A cada segundo suceden incontables cosas en el mundo —económicas, políticas, culturales, científicas, deportivas, etc.— y a esto sumémosle las que han ocurrido en la historia de la humanidad. En la medida en que nuestra necesidad de saber entra a esos diversos campos, el tiempo se hace más pequeño para saciar toda esa sed; de ahí que el aburrimiento se anule. Entonces uno quisiera llevar varias vidas simultáneas para siquiera rozar todo lo que quiere aprender. Claro, si vives en una botella debes aburrirte del envase de cristal que te aprisiona; de ahí lo importante de romper los moldes y expandir el mundo de intereses mediante la indagación.

Saber, más que respuestas, te ofrece muchas preguntas: tantas, que la vida se torna una carrera descifrando enigmas cada vez más diversos y elevados.

Si te aficionas a un deporte, por ejemplo, estarás pendiente de alguna noticia, dato, un libro que te informe de él, o tendrás la oportunidad de hacer una salida a disfrutar en el estadio de un partido o seguirás con pasión las transmisiones de un campeonato. Si te gustan muchos, o todos los deportes, no te alcanzará el tiempo para investigar y seguir los eventos, noticiarios, libros, revistas que traten el tema. Si al deporte le sumas inclinaciones hacia las artes, la historia, el acontecer mundial, la ciencia, la naturaleza, etc., tu problema no será cómo ocupar el tiempo sino cómo priorizar cada minuto, discriminando entre múltiples pasiones, para invertirlo en lo que más provecho y placer te reporte.

La vida tiene goces suavísimos, que vienen de amar y de pensar escribió Martí; y, penosamente, hay quienes se pierden esos placeres. Cada instante que habitamos es un hecho nuevo: hay una transformación física y espiritual en los objetos y seres que nos rodean; en la medida en que nuestros sentidos se agudizan, por la sensibilidad que otorga la sabiduría, podemos vivir esa transformación —de la que somos parte cada uno de nosotros— con mayor intensidad. Algunos asocian ser culto con ser aburrido y es todo lo contrario: **la ignorancia es el aburrimiento más feroz que existe.** Con el conocimiento se acortan y engrandecen las horas, las conversaciones con amigos cobran espesura, la capacidad de asociaciones enriquece el humor e intensifica la emoción ante lo que acontece, hasta en sus más mínimos detalles. **Todo se enlaza, hasta se embrolla, y las cosas se miran en las cosas. Nada, amigos míos, se entiende solo,** escribió Antón Arrufat, y luego sentencia: **Sólo entre todos los hombres es vivido por completo lo humano.** De ahí el tesoro que tiene cada cual ante sus ojos y que algunos no ven: el de abrir las puertas que nos ha dejado la humanidad para entrar realmente en el tiempo.

Hay muchas vías para adentrarse en ese mágico laberinto, especialmente un buen libro. No pierdas la oportunidad que te brinda la lectura de viajar por las épocas y las almas y tendrás más definido a cada instante el lugar que ocupas en el universo —que cada vez será más tuyo.

Me adentro nuevamente en Arrufat, para apreciar hasta qué punto podemos hallar una existencia, casi real, dentro un libro:

Déjenme decirles, ahora que la noche se precipita hacia el horizonte del mar, que releer es volver a vivir, y yo lo acepto. Pero nunca se vive de igual manera, ni siquiera haciendo el amor con quien amamos. Cada momento de la vida es, sutilmente, diferente. Y releer forma parte de tales momentos. Nuestra piel se modifica. O con más exactitud: es pausadamente diversa. Releer libros amados es descubrir que ya no somos los mismos. Algo queda en nosotros, sin duda, y algo ha cambiado.

Si dejas volar a tu imaginación, con la mente despejada y dispuesta a encontrar secretos, la vida te será un encantamiento constante. La cultura te da la armonía para romper cualquier esquema que aprisione tus días; desde ella entrarás a otra dimensión. Sigue estos versos de Walt Withman y aprenderás a observar el universo como desde un mirador: se ve todo el paisaje humano y a la vez los prismáticos te permiten detallar cada minúsculo movimiento de una rama, un totí, un distante saludo:

Desde ahora me declaro libre de todo límite
    y toda línea imaginaria,
Voy a donde me plazca, soy mi señor total y absoluto,
  Escucho a los demás, considero lo que ellos me dicen,
Me detengo, investigo, acepto, contemplo;
Dulcemente, pero con innegable voluntad,
    me liberto de las trabas que quieren retenerme.

Aspiro el espacio a bocanadas.
El poniente y levante me pertenecen,
    y el mediodía y septentrión me pertenecen.
Soy más vasto y mejor de lo que yo imaginaba,
No sabía que se contuviese en mí tanta bondad.

Lo bueno es siempre bello

He vagado silbando por aceras y trillos, hurgo en rostros y gestos, salto de libros y esquelas y eternas melodías. Todo simple —e inmensamente— por rozar tu alma, por estirar mi último sueño en pos de una razón que nos conecte. Alcanzarte no es tarea de mortales y no soy poderoso fantasma, simplemente alguien que surca el devenir humano —desentrañando trazos sobre hojas de papel— para entregarte ese pedazo de luz que nos llega cual prisma en el viento. Quiero sumarte a esta pequeña cosecha de ideas sin dueño con el afán de que puedas decir: tengo alguien que de vez en cuando pasa por mi vida y deja una nota que inspira leves, pero enamoradas reflexiones. Ese alguien dice ser...

El diablo ilustrado

Para gustos se han hecho los colores sentencia una frase popular a la que se apela, por lo regular, cuando se nos critica una elección. Es como una defensa a la particularidad, al derecho estético individual. Pero hay otra que la complementa: **...y para escoger, las flores**; la cual se puede interpretar, más o menos, como: *compadre, está bien, cada cual tiene su gusto, pero hay un rango de lo agradable permisible*. Y es que, en cuestiones de lo bello y lo feo: **no todo lo que brilla es oro**, y a veces **nos venden gato por liebre**. Por eso, respecto a los dichos, me atrevería a acotar que hay gustos y gustos, flores y flores. Lo digo —o lo escribo— porque si bien la belleza suele ser muy subjetiva, en buena medida su apreciación nos la han dictado.

Creemos que nos gusta lo que nos gusta por gracia divina, porque *yo soy así* y, aunque uno es dueño de sus preferencias, no hay que olvidar que el entorno y las influencias recibidas son quienes forman o deforman ese sentido de lo bello. A nadie le puede encantar —o desagradar— lo absolutamente desconocido; el rango de elección está entre las flores que ha registrado su experiencia y cómo le han sido presentadas.

El hogar es el primer patrón estético que tenemos; todo influye: si se nace en una casa sombría o clara, con vista al mar, al monte, a una cuadra limpia o pestilente, en un barrio rico en tradiciones o en el que la gente no sabe ni por qué tienen el nombre las calles. Nos marcan así infinitos factores que van desde los colores de la maruga que te dieron tus padres cuando eras parvulito, o los cuadros que adornaban el hogar donde te formaste, hasta la literatura que lea tu mejor amigo o la canción de moda en el instante en que conquistas a —o eres consquistado por— tu primera novia(o). Por supuesto todas estas influencias van depurándose en la vida y, en la medida en que uno crece, puede mejorar —o no— la apreciación estética, en buena parte en dependencia de la cultura que se vaya adquiriendo, de la capacidad crítica que otorga ese cúmulo de conocimientos para reflexionar acerca de lo que a uno le ha gustado y por qué.

El arte, durante siglos, ha dictado patrones de belleza. Todavía se suele decir: **tan linda como una Venus**, aludiendo a la escultura devenida símbolo desde la antigüedad. Así, las distintas culturas han creado sus cánones y, con el tiempo, se han ido imponiendo y generalizando los de las civilizaciones que se han expandido por el mundo. O sea, que tú puedes deberle parte de tu gusto a los griegos o los romanos de antes de nuestra era, porque nos colonizaron los españoles de una Europa que amanecía en el renacimiento y retomaba los modelos de belleza de los antiguos del mundo homérico.

Lo que te gusta, es más lo que quieren que te guste —o lo que el entorno te ha impuesto— que lo perfilado por tu sensibilidad. Parece un simple retruécano pero piensa que, aparte de los factores mencionados, gravitantes sobre el individuo, hay uno muy poderoso que nos invade en la actualidad: la maquinaria de los medios masivos. El imperio romano de hoy, los Estados Unidos, lleva la voz cantante: mediante el cine, el video, las revistas, Internet y las cadenas mundiales de noticias expanden sus puntos de vista, sus intereses, y con ellos penetran en todos los continentes; hay países donde, por ejemplo, el cine que se ve es, en más del 80%, norteamericano.

De ser una expansión meramente cultural, nos traería problemas menores porque asimilaríamos ARTE y la desventaja se reduciría a sostener la identidad promoviendo —dentro de lo posible y con mucho menos recursos— nuestros valores; pero se expande pseudocultura, patrones dictados por mercaderes que tienen su interés depositado, no en la riqueza espiritual, sino en la riqueza literal y burda, la del dinero; y esa se alimenta del empobrecimiento del espíritu.

El universo de revistas de vanidades —o chismografía de princesas y tiendas— que tiene su expresión igualmente en la televisión, la radio, la prensa (sensacionalista y amarilla) y otros medios, disemina una estética cursi, acorde con su objetivo: elevar el consumo. Mediante reportajes a estrellas de cine, de la música, el deporte o hasta de la política, nos imponen un modo de vida. Los dueños de esos medios masivos no están interesados —no les conviene— en motivar razones, resaltar virtudes, ni en una espiritualidad poética; por eso, los dirigen a ensalzar suntuosas residencias, banquetes de bodas, intríngulis amorosas —todo un ensarte que conforma el peligroso ilusionismo de: **usted puede ser un triunfador y vivir como ellos**, que convierte a los seres humanos en ávidos clientes. Aclaro que esto también —y sobre todo— afecta al propio pueblo estadounidense, ya que su cultura más auténtica se ve desplazada por la que imponen los circuitos comerciales.

La llamada cultura del embobecimiento nos induce el gusto hacia determinada marca de auto, determinadas modas y —entre otras muchas cosas— patrones de belleza. En las revistillas o peliculillas —que hacen por miles, en serie— nos llegan los modelos —eróticas y excelsas rubias o trigueñas, estilizadas— en poses de maniquí y sonrisillas de mascarita intrigante. Por supuesto, el problema no radica en el color de la piel o del cabello, sino en que imponen un patrón homogéneo discriminador: desde esa propia mujer que se vende como objeto de deseo —despojado de sus cualidades humanas— hasta la exclusión de otros físicos que escapen de esas tallas o razas. Cuando lanzan una mulata o negra la buscan por tener las facciones de europeas. Luego brotan frases racistas como: "Es una negrita tan linda que parece blanca".

La que no fumaba ni bebía ni era glamorosa ni parecía una estrella de cine, porque era una estrella de verdad, dice en un poema Roberto Fernández Retamar, contraponiendo la belleza profunda a la superficial y discriminatoria que suele inyectar la cultura entontecedora. De aquí podemos inferir la necesidad de despojarnos de esos patrones, arraigados por la intensidad con que la propaganda bombardea en el presente y por los siglos en que los conquistadores han impuesto su visión. En su libro *Patas arriba* escribió Eduardo Galeano:

Desde el punto de vista del búho, del murciélago, del bohemio y del ladrón, el crepúsculo es la hora del desayuno.

La lluvia es una maldición para el turista y una buena noticia para el campesino.

Desde el punto de vista del nativo, el pintoresco es el turista.

Desde el punto de vista de los indios de las islas del mar caribe, Cristóbal Colón, con su sombrero de plumas y su capa de terciopelo rojo, era un papagayo de dimensiones jamás vistas.

Con su fino humor nos llama la atención sobre algo que subyace en los puntos de vista: el choque entre vencedores y vencidos. El conquistador siempre ha tratado de imponer su cultura, el conquistado ha luchado por sostener su identidad. Así, de ese choque de los españoles con los aborígenes y con los africanos traídos como esclavos, se produjo la transculturación que engendró a Latinoamérica y, dentro de ella, el ajiaco cubano. Luego llega el enfrentamiento de esta nueva cultura con la que intenta imponer el imperio de Norteamérica, especialmente con sus medios masivos —otra forma de conquista.

Por todo esto, es importante alcanzar una visión crítica desde la propia identidad, con el conocimiento que nos lleva a profundizar en los factores que influyen sobre nuestro gusto, desde la historia (la general y la particular). Sólo así escaparemos de la trampa que nos mutila la real capacidad de elegir.

Igualmente, dentro de nuestra propia cultura, hay verdaderos fetiches, como los viejos mitos turísticos pseudofolclóricos de que Cuba es tabaco, ron, palmeras y mulatas que menean escandalosamente sus nalgas. Debemos romper en la mente, tanto esos moldes, como los del mimetismo foráneo que enmarca como bella a la mujer que se parece a las modelos "massmediáticas" que, curiosamente, se parecen mucho unas a otras. Sólo la agudeza crítica nos llevará a interiorizar que **la belleza que atrae por esas influencias rara vez coincide con la belleza que enamora.**

La hermosura de postalita, que nos venden convoyada con sus productos edulcorados, nos aleja de la verdadera hermosura y, lo peor del caso es que, quienes están impregnados de ella creen tener un gusto muy peculiar, cuando sólo son *robots*, autómatas, de los patrones estandarizados que le han impuesto.

La belleza es algo muy complejo. Piensa en cómo sería la hermosura universal si, en lugar de los Estados Unidos, fuese el Congo, la potencia mundial imperante con sus medios masivos. Seguramente que las grandes caderas, la piel negra, la nariz ancha, el pelo ensortijado y los labios gruesos fueran el patrón femenino, y las estilizadas rubias serían tiradas a un lado por ser consideradas pálidas enclenques. De ser, por ejemplo, Hollywood coreano, o vietnamita, el "tipazo" sería el hombre pequeño de ojos rasgados, cara redondita y que anduviese en chancletas de palo. Los rubiotes fuertes, a lo Indiana Jones, serían lo que hoy son los asiáticos que ponen como tontos, de hazmerreir, en secuencias olvidadas, cientos de películas de tiroteos y chocaderas de carros.

Por eso hay que desechar los moldes y buscar la hermosura en los seres humanos, cada cual con el atractivo que todo origen tiene. Dice Nicolás Guillén en un poema:

Pienso que su poesía es negra como su piel, cuando la tomamos en su esencia íntima y sonámbula. Es también cubana (por eso mismo) con la raíz enterrada muy hondo hasta salir por el otro lado del planeta, donde se la puede ver sólo el instante en que la Tierra se detiene para que la retraten los cosmonautas.

Yo amo su sonrisa, su carne oscura, su cabeza africana. Su cabeza sin tostar, dicho sea para aludir a los tostadores y tostados negros burgueses que se queman la cabellera cada semana y viven esclavos del peluquero engañador. Me gusta verla, oírla (un susurro es lo que percibimos cuando habla). Soy su partidario, voto por ella, la elijo y la proclamo.

Reza un proverbio bíblico: **engañosa es la gracia y vana la hermosura.** Yo no diría tanto: creo en la gracia y en la hermosura —no en las de los patrones de los mercaderes, sino en las que brotan de la sencillez y la bondad.

La belleza emerge del interior de la persona en nuestra relación con ella. Te habrá sucedido que, a primera vista, alguien te flecha y, al cruzar tres palabras con ese ser, se desmorona su imagen. Lo contrario ocurre con frecuencia: se sienta a tu lado, digamos en el aula, alguien en quien nunca te has fijado y llega el roce cotidiano con sus travesuras; te tocan los destellos de su inteligencia, su sensibilidad; intercambian sonrisas, puntos de vista, y comienza a fluir una corriente que, poco a poco, hace atractivo su rostro hasta robar los espacios de tu mente: surge entonces la necesidad creciente de contacto. Alguien dejó escrito: **lo sorprendente y bello no es siempre bueno, pero lo bueno es siempre bello.**

Un fragmento de *El vuelo del gato*, de Abel Prieto, nos lleva a la ruptura con todos los esquemas de belleza:

Era una mujercita de aspecto quebradizo, casi esquelética y "planchada", sí, doblemente "planchada", sin Proa ni Popa (...) Amarilis impugnaba día a día, con su figura misma, todo disfraz, todo equívoco o ambigüedad, y desafiaba al universo con su anatomía tan esmirriada como explícita. Las nalguitas alicaídas, los senos imperceptibles y el perfil anguloso de sus hombros y caderas, eran atribuciones que exponía con toda franqueza: aspiraba a ser aceptada sin artificios ni mentiras ni tapujos.

Lo hermoso está en todo cuanto nos circunda: hace falta tener mente abierta para no dejarse llevar por espejismos ni, por el contrario, dejar de ver lo sublime que podemos tener ante nuestros ojos. La rutina, el esquematismo, o los prejuicios, tiran un velo en el rostro y esperamos entonces —como a tientas— la aparición de un modelo preestablecido, en lugar de hurgar buscando la verdadera belleza, la que emerge del fondo de las cosas y los seres. Dicen unos versos de Safo:

Sólo es hermoso el hermoso cuando alguien lo mira,
mas si también bueno es, lo será de por vida.

La hermosura exterior es voluble, tanto que, ante un breve intercambio con un ser inteligente, puede desmoronarse si la riqueza interior no la sostiene. Es, además, pasajera. Y retomando a Abel Prieto encontramos un típico ejemplo:

Cuentan que la Bella mantuvo una actitud valiente y digna, y un gran espíritu de lucha, cuando el deterioro avanzó sobre su Cuerpo con fuego de artillería, tanques y tropas de asalto. Se atrincheró y preparó sus armas y se sumó al plan de ejercicios aeróbicos, dietas, masajes y baños de cera, que habían organizado las demás amigas divorciadas de Amarilis. Se maquillaba desaforadamente y se veía peor y con tanta pintura empezaba a parecer una mediotiempo deteriorada y carnavalesca (ella, que había sido Lucero en el 64) y logró adelgazar con mucho esfuerzo y descubrió que le sobraban varios metros de piel y se sometió a esa cirugía que llaman estética y regresó del hospital todavía más carnavalesca, con las facciones borrosas y el rostro hecho una máscara.

Toda la retórica que han usado los poetas contra la mujer bonita y vanidosa, todo lo que han dicho para recordarnos que la belleza es transitoria y que debemos convivir con la fugacidad y lo perecedero, todo eso y tantas y tantas palabras y metáforas, quedaban como un ridículo arsenal de trastos, como un chiste malo, ante la lección de la Bella en los noventa.

Dice un proverbio chino: la gente se arregla cada día el cabello, ¿por qué no el corazón? Y es que, con regularidad, tenemos la mente preparada para ver las superficies, para dejarnos llevar por la primera impresión de maquillaje y, a veces, hasta de etiquetas de moda. Esto provoca falsos enamoramientos que luego la desnudez —la física y la que aparece cuando el alma se quita su ropaje— convierte en desilusión. De ahí la importancia de buscar en lo profundo de la belleza y no creer ni esperar por esa que asalta. La hermosura verdadera, la que trasciende sobre efímeras ilusiones, nace y crece a nuestros ojos cuando la cultiva el alma.

Khalil Gibrán dejó escrito: la belleza es eterna cuando se refleja en el espejo. Se refiere, sin dudas, a esa que permite mirarnos hacia adentro, la que brota cuando se está conforme con el otro yo que se nos para de frente en posesión de nuestra imagen. Ese doble al que instintivamente preguntamos: ¿quién soy? No hacer este ejercicio y tomar el espejo como simple rectificador de una prenda mal puesta o de un peinado o maquillaje inapropiado, es estar —no hay otro término— "embarcado"; ni la bruja de Blancanieves le daba al suyo un uso tan superficial: al menos ella indagaba y se atrevía a desafiar la feroz sinceridad del espejo mágico.

El hechizo ancestral y el arte poética del cristal azogado, están precisamente en que nos clona, colocándonos cara a cara con el sujeto que escudriña hasta lo más hondo en nuestro ser. Día a día, con ese rostro familiar y ajeno en el que tenemos la máxima confianza —porque es otro, pero uno mismo— entablamos un diálogo —o monólogo— que, en dependencia de nuestro espíritu autocrítico, nos ayuda a crecer. A él le confiamos los más recónditos secretos, le expresamos las inconformidades y, en dependencia de cómo actuamos, lograremos sacarle —o no— **la sonrisa de la paz interior. Es ella la que nos otorga la verdadera belleza.** La otra, la que inventan los cosméticos o esa feria de ropas exuberantes y llamativas que van tras el escándalo visual, es un antifaz que la lluvia del conocimiento humano destiñe. **No te quejes de infelicidad si pretendes que te admiren por las apariencias.**

Quien se regodea en la irradiación de su hermosura de modelo, se acostumbra a ser sólo eso, rostro y figura, y descuida su alma.

Que belleza le sea concedida, mas no
belleza que acongoje la mirada de un extraño,
o la suya ante el espejo, pues aquellas,
premiadas de la belleza en demasía,
estiman la belleza fin suficiente,
pierden la bondad natural y tal vez
la intimidad que el corazón revela
y bien elige, y nunca hallan amistad.

Yeats expresa en esos versos el peligro de acostarse sobre algo tan frágil como la belleza exterior. **Que me digan feo en cuanto me vean...** cantaba Pacho Alonso como pregonando que la dicha va con el que sabe darle alegría a la vida, sin complejos: el amor le toca a todos por igual, incluso me inclino a pensar que no son los "lindos(as)" quienes llegan más lejos, pues, presuponen —erróneamente— que sus dones les dan ventaja.

Cada cual tiene su par en el mundo, parece decirnos Roberto Fernández Retamar en estos versos:

Ella está sola en una mesa,
mirando quizás en el plato de sopa
la imagen movediza de su cara,
de su cara fea, que hace vacilar
el orden de todo el universo,
hasta que llega un hombre feo
y se sienta a su mesa.

La vida se nos da y la
merecemos dándola

¿Me sigues? ¿Has llegado hasta aquí? Yo anhelaba impaciente el instante en que mi voz —esa que suena como tu mente la susurra mientras recorres estas letras— te resultase familiar. Esto propicia que exprese más abiertamente lo recopilado del futuro y el pasado, porque estamos en conexión más honda: ya tengo, al menos, huellas que te permiten detectarme.

Me siento como un niño que encuentra compañero(a) para entrar a un juego de palabras, desentrañando significados de la alegría mayor: la del hallazgo, la de rozar una verdad que nos otorga el poder de ser mejores. Son menos las incomprensiones, es por tanto más potente la fuerza común para abrir el cofre del asombro donde las únicas joyas destellando sean las de nuestros ojos mirando limpiamente. Si alguien te llama en este instante, dile que, por favor, espere un rato, que estás retozando con...

El diablo ilustrado

Muchos aplican la ley del embudo: todo para mí, dijo alguien evidentemente rodeado de egoístas. He oído decir también —con no poca frecuencia— **que los tiempos difíciles arrastran mezquindades.** De manera que nunca ha existido un tiempo fácil —si no, se luchara por esa región del pasado en lugar de hacerlo por el futuro—, la presencia del lodo humano viene de la antigüedad o, al menos, de un ayer. Cierto es que el mundo de hoy, con su publicidad comercial, trata de exacerbar los instintos animales en las personas. Si a esto sumamos que esa propaganda se propone meter un mundo de lujos en las cabezas de millones de tercermundistas, que no tienen a mano a veces ni el agua, se puede suponer un caos espiritual de carácter global.

No obstante, prefiero seguir el esperanzador mensaje de un amigo trovador que dice:

**Suerte que las tormentas
son umbrales de calmas.
Suerte que hasta las penas
guardan siempre un error.
Menos mal que la niebla de estos días se entusiasma**

porque así los fantasmas se divisan mejor
porque así los fantasmas nos resguardan mejor

No le temamos a los tiempos: ellos no pueden con las buenas almas. Sucede que **en los momentos tensos, a los lobos se les destiñe el disfraz de cordero** y parecen más pero en realidad son los mismos de siempre: ahora vistos de frente. Los espíritus bien templados no creen en murallas, se crecen ante las carencias, y es en las situaciones más dramáticas donde mejor se aprecia su hermosura. Como dice Silvio Rodríguez en una canción: **quien lleva amor asume sus dolores y no lo para el sol ni su reverso.**

De los tiempos más duros de la Cuba neocolonial viene un dicho campesino que reza: **pobres, pero con dignidad.** Es que las miserias, y las virtudes humanas, están más allá de las necesidades.

Yo estoy tan amargado
por la pobreza
como lo estás tú por la inútil riqueza.

Ezra Pound arremete en estos versos contra algún tonto ricachón, para deslindar la felicidad del estatus material. Un hombre que nunca tuvo nada —su alma tuvo todo—, nuestro José Martí, dejó escrito: **Yo suelo olvidar mi mal cuando curo el mal de los demás. Yo suelo no acordarme de mi daño más que cuando los demás pueden sufrirlo por mí.**

Hay múltiples ejemplos de seres que se dejan arrastrar por las dificultades y sacan lo que tienen de retrógrados dentro: el que, a la hora de abordar un ómnibus, se lanza hacia la puerta repartiendo codazos cual si estuviera en los segundos finales de un partido de baloncesto (play off con el juego empatado) o el que viaja sentado y **le importa un comino** que vayan parados a su lado una anciana, un niño o una embarazada; el que sustrae algún producto de su centro de trabajo para venderlo en la calle; el que recibe visita a "hora inapropiada" y esconde los platos de la mesa como si toda ración —por muy corta que fuera— no tuviese mitad; el que devora la merienda que trajo de la casa en el albergue de la beca, tras el toque de silencio, atragantándosela solo, bajo la sábana; o el que tiene gran dominio en determinada materia y no quiere estudiar con otros compañeros para sobresalir en los exámenes después. En fin, hay diversos grados de bajezas humanas que vemos con frecuencia a nuestro lado y tienen como raíz el egoísmo. Retomando la canción del trovador:

Vaya con suerte quien se cree astuto
porque ha logrado acumular objetos.
Pobre mortal que, desalmado y bruto,
perdió el amor y se perdió el respeto.

Juan Ramón Jiménez advirtió: **Ten cuidado, cuando besas el pan... ¡Que te besas la mano!** y, ciertamente, quien hace un dios de los objetos, termina encerrado en sí mismo creyendo que todo se lo merece por encima del resto de los mortales. De ahí que envidie los dones o éxitos de sus compañeros y se remuerda el hígado cuando alguien celebra las virtudes ajenas. Esto lo lleva a poner zancadillas difamando o destilando veneno, como si manchar el prestigio de los demás diese prestigio. Para ese pobre mortal hay un verso de otro trovador, Pablo Milanés: **lo que brilla con luz propia nadie lo puede apagar.**

Thomas Stearns Eliot dejó escrito: **aquella persona era como el gallo, porque pensaba que el sol salía para oírla cantar.** Se refería naturalmente a ese cuya egolatría lo lleva a creerse que **tiene a Dios cogido por las barbas,** que es el ombligo del mundo; persona, por lo regular, rodeada por dos o tres que —por guataquería o tomándolo por incorregible— le ríen las gracias y le reafirman las virtudes que imagina tener, sin contradecirlo o aclararle, lo cual le impide comprender que **la vida se nos da y la merecemos dándola.**

Son dignos de lástima los acopiadores de objetos y los egoístas, porque suelen estar muy solos en la vida. La gente, en la medida en que los conoce, les cierra las puertas de la amistad; cuanto más, logran asociarse a otro egoísta. El buen amigo admira y aprecia al desinteresado, compartidor, a ese que, al decir de Joan Manuel Serrat, lleva por principio: **ayer y siempre, lo tuyo nuestro y lo mío de los dos.**

Joaquín Miller dijo: **aquel que vive para sí, vive para el mortal más mezquino del mundo.** El curso del tiempo ajusta cuentas al ensimismado, a quien no sabe encontrar la felicidad de entregarse a los otros, a quien hace sus proyectos sin tener en cuenta a sus amigos, a sus compañeros, a su país, a la humanidad. **Quien sabe darse posee la riqueza mayor, la de vivir feliz consigo mismo.**

Esta felicidad no es traducible, va adentro como una luz interior que alumbra todo camino. Es la fuerza que se autorreconoce y se convierte en buenas acciones, sin esperar nada a cambio —ni siquiera lograr éxito por ese comportamiento. **Sé de antemano que rara vez cobijan las ramas de un árbol la casa de aquel que lo siembra,** sintetiza nuestro José Martí, ejemplo ideal de ser humano que irradia bondad. En *La Edad de Oro*, clásico de literatura para niños, define:

Las cosas buenas se deben hacer sin llamar al universo para que lo vea a uno pasar. Se es bueno porque sí; y porque allá dentro se siente como un gusto cuando se ha hecho un bien, o se ha dicho algo útil a los demás. Eso es mejor que ser príncipe: ser útil.

El egoísta es como el avestruz que, ante el peligro, ante la adversidad, ante el llamado de la sociedad, esconde su cabeza en un agujero. Lo vemos en el que cambia su oficio sin buscar —incluso sacrificando— la realización humana, sino mejor sueldo; en el que no es capaz de quedarse un rato extra por ayudar a sus compañeros en el estudio, pues eso ya él se lo sabe; en el que le sobra algo en su casa y, en lugar de darlo a un amigo necesitado prefiere venderlo para sacarle ganancia. El avestruz cree que así le saca provecho a la situación y lo que logra es quedar aplazado por sus semejantes, que lo miran de reojo, porque **quien no se da a los demás siempre tendrá —al menos— un imposible: estar en los demás.**

Haz el bien y no mires a quien reza un viejo refrán. Claro que en tiempos dominados por la incitación al egoísmo esto puede resultar una herejía. La fiebre de oro imperante en el mundo llamándonos a morder el anzuelo de las modas consumistas, marea a muchos que se vuelven como peces abandonando su medio natural por vivir en una pecera. A propósito, dice una canción de un trovador amigo:

**Las calles de este tiempo
van a dar a una pecera,
las manos ya no palpan
las miradas son de cera:
la gente va adaptándose a nadar
y hace maromas por entrar a las vidrieras.**

**El nuevo dios un maniquí,
dentro de un reino de Babel,
donde el idioma universal es de papel:**

los peces se retractan de la mar,
van a la iglesia a desorar
y en el altar dejan la piel.

Ciertamente, no escasean los que renuncian a ellos mismos, consciente o inconscientemente, arrastrados por la avaricia, por el individualismo; pero también hay muchas buenas señales que no captamos si nos dejamos atrapar en la red adormecedora que marca, como una cruz, estos tiempos.

Escribió nuestro José Martí: **más bella que la luz del sol sobre la tierra es la de una buena acción sobre el rostro del bueno. La luz de las buenas acciones se parece a la luz de las estrellas.** No creas en el aparente poder del que TIENE, la verdadera fuerza está en quien SIENTE, en quien se CULTIVA, en quien conoce la felicidad de DAR y DARSE.

El individualismo, el vivir para sí, va estrujando el alma y conduce a la soledad más deteriorada; no esa de falta de compañía sino otra mucho más destructora: la de no estar ni con uno mismo. Por eso, cada día es el ideal para replantearse la existencia, para escapar de la tonta ambición y desatar acciones hacia los demás, las buenas acciones que nos elevan.

Dice Henry D. Thoreau: **si logras mostrarle a una persona lo malo que ella está haciendo, procura hacer entonces lo bueno. La gente cree sólo lo que mira. Deja que vean tus obras buenas.** Sumérgete en la marea humana que te circunda, busca el fondo de las almas; entrégate con arrojo, sin interés, y lleva contigo está máxima del Maestro: **No se debe hacer sino aquello que se puede decir.**

La limpieza de acción aligera el espíritu y te da alas para llegar hasta lo más remoto de la vida. No te duermas al borde del camino, es mucha la tristeza que espera por alguien que la apague; como escribiera Martí: **El sueño es culpa, mientras falta algo por hacer.**

Paradójicamente, a quienes no creemos en esos limitados "sueños" materiales y viajamos creativamente hacia el mejoramiento del espíritu nos llaman despectivamente ilusos. A esos ya Lennon les cantó: **dirás que soy un soñador, pero no soy el único.** No estamos solos; aunque los medios masivos de las grandes potencias pinten un mundo selvático —algo muy lógico si tenemos en cuenta que los dueños son los mercaderes—, detrás de las pantallas hay mucha gente que palpita, dispuesta a entregarse.

Si te invade en algún instante el escepticismo, mira bien a tu alrededor y hallarás un destello; quizás el espíritu de los fantasmas que nos pueblan en todas estas diabluras. Como dice Silvio en una canción:

Más de una mano en lo oscuro me conforta
y más de un paso siento marchar conmigo
pero si no tuviera, no importa
sé que hay muertos que alumbran los caminos.

Las buenas almas nunca están solas. El que sabe dar de sí lleva en su misma paz interna una infinita fiesta de sortilegios. El egoísta no tiene compañía ni rodeado de una multitud, pues ve en cada semejante un potencial despojador de sus posesiones. A ese desasosiego paranoico le canta mi amigo trovador:

Pasas la vida atrincherada cual si hubiera guerra
Aquel que se acerca es porque guarda alguna puñalada
Cuando tus planes marchan bien a Dios destierras
si apuntan mal miras al cielo suplicando arrodillada
Tu fe es una veleta
Tu dios una bufanda

La felicidad es una puerta de difícil acceso. Las fatuas ilusiones circundan a los seres y, arrastrados por ella, no saben penetrar en las riquezas y misterios de la naturaleza y del espíritu humano; son encandilados por el brillo de las lentejuelas y retuercen su camino en una carrera loca por acaparar. Se olvidan de los otros y del sentido de ellos mismos.

Tú nunca tendrás soledad porque, en un caso extremo, me tendrías a mí. Pero no hará falta, aun en un momento escéptico —por el que casi todos pasamos— **el que tiene un espíritu dador encuentra siempre una mano tendida.**

Hay momentos de prueba, momentos duros como los de una traición, los de una decepción; esos en los que uno se siente arrinconado en su buena fe. De alguno así debió sacar José Martí experiencias como esta:

Quien se da a los hombres es devorado por ellos, y él se dio entero; pero es ley maravillosa de la naturaleza que sólo esté completo el que se da; y no se empieza a poseer la vida hasta que no vaciamos sin reparo y sin tasa, en bien de los demás, la nuestra.

Vivir no es pasar por los días, es aprehender de cada instante las claves para crecer y poder sacarle así su jugo al rato en que pasamos por el planeta. Una de esas claves es elevarse hasta el goce de saber dar; cada vez que eso ocurre, se nos abre una puerta.

Ya que me ronda el amigo trovador —que me prohibe hacerle el comercial—, sepan que cuando él tiene una tarde gris busca extraer de ella una belleza: la de crear. En una de esas tardes, de las más oscuras, se dijo:
Menos mal que aún hay huellas de locuras diarias
que hay quien llora ante un cuadro o muerde una canción
que alguien busca una piedra de pasión milenaria
que hay quien no vende un verso
que hay quien siembra una flor
                por hablarle a una flor

Cumberland dejó escrito: **es mejor gastarse que enmohecerse** y, ciertamente, la intensidad con que nos entregamos es quien nos otorga energía para enfrentar los días. Hay quienes se sientan a esperar, dejando correr el tiempo, como participando en un sorteo, a ver si se ganan la rifa de la felicidad. Para esos hay unos versos de Neruda que dicen: **Nunca confíes en la suerte, porque la suerte es el pretexto de los fracasados.**

No te quejes de la vida si no has sabido labrarla; uno es lo que se construye y, como dijera Sófocles, **el cielo nunca ayudará a aquellas personas que no actúan.**

No dejes para mañana lo que puedas hacer hoy, piensa que el tiempo que se nos da es agotable y hay que aprovechar cada instante. El Maestro dejó escrito que **aquel que no hace todo lo que puede hacer, peca contra lo natural y paga la culpa de su pecado.** Mira a tu alrededor y, si sabes ver, comprenderás las infinitas cosas que esperan por ti: un libro, una labor, un ser necesitado de una palabra de aliento o de una sonrisa.

A veces la rutina nos encierra en un cascarón de dejadez, de temores, de inacción, de pereza. Oscar Wilde, con su habitual espíritu sarcástico, escribió: **Lo menos frecuente en este mundo es vivir. La mayoría de la gente existe, eso es todo** y creo que realmente estar vivo es un derecho que uno se gana en cada acción; no se está vivo porque palpite el corazón o nuestros pies anden. Vivir es hacer, crecer, dar.

Te invito a recorrer los días cantando esta inspiradora canción de Joan Manuel Serrat:
Hoy puede ser un gran día donde todo está por descubrir
si lo empleas como el último que te toca vivir.

Saca de paseo a los instintos y ventílalos al sol
y no dosifiques los placeres, si puedes derróchalos.
Si la rutina te aplasta dile que ya basta de mediocridad:
Hoy puede ser un gran día, date una oportunidad.

Hoy puede ser un gran día, imposible de recuperar,
un ejemplar único, no lo dejes escapar;
que todo cuanto te rodea lo han puesto para ti,
no lo mires desde la ventana y siéntate al festín.
Pelea por lo que quieres y no desesperes si algo no anda bien:
Hoy puede ser un gran día y mañana también.

Converso con el hombre que siempre va conmigo

Siempre es abril a la hora en que comienzas la lectura. Todo florece con la luz que deslizas sobre el libro como una primavera de las almas. Es este instante en que te tengo (o en que te soy), el de mayor placer de mi existencia: es tu avidez, por lo tanto, el único sentido de mi viaje. Tú eres mis posesiones; no tengo —ni quiero tener— otro privilegio que llegar, página tras página, al umbral de tus encantos dejando interrogantes y respuestas que nos lleven un poquito más lejos en la experiencia humana.

Ebrio de gozo, ante el leve roce de tus manos, salgo a pasear por los jardines insondables de los pensamientos. No me abandones, respira el aroma de los sentimientos eternos junto a este vasallo del amor...

El diablo ilustrado

Conócete a ti mismo, reza un proverbio griego. Puede parecer paradójico, pero solemos rastrear críticamente en los demás con mucha más facilidad que en nosotros mismos; de lo cual se infiere que, con no poca frecuencia, uno viaja como en un cuerpo prestado.

Dice él que no es feo, pero hay que verlo como trata de usted al que se le para enfrente en el espejo; sin dudas, un chiste que nos pone a pensar sobre la distancia entre una persona y la imagen que tiene de sí misma.

A veces se cuenta con un amigo, una amante, o un familiar que sabe ser reflexivo y sincero, que nos alerta con dulces razones sobre nuestras deficiencias. Mas no es fácil encontrar a la persona con capacidad para penetrar en nuestro espíritu y señalarnos las debilidades, defectos, o aspectos superables. No porque nos falten seres queridos, pero, por lo regular la novia(o), arrastrada por la pasión, nos lleva suave; el familiar, madre o padre, no habita frecuentemente en el ambiente de un joven, casi nunca comparte las salidas de uno, y —aun en los casos en que hasta nos adivinan los pensamientos— suele haber un respeto que nos lleva a reservarnos los detalles más íntimos. La ventaja la tendría el amigo(a) con quien es más común que se abra el cofre de nuestro interior; sin embargo, las amistades tienden más a ser cómplices que fiscales o están muy identificadas con nuestro comportamiento y cojean de nuestra misma pata.

¿Qué hacer entonces? ¿Encerrarnos en una concha? No, es muy beneficioso gozar del punto de vista de los seres más allegados; incentivarlos incluso, con nuestras confesiones, a que nos juzguen severamente. Pero **no hay quién pueda conocernos mejor que nosotros mismos.** Ese aprendizaje se alcanza con un ejercicio difícil, cuyo resultado puede ser realmente espectacular si lo realizas con esmero.

La crítica constante, el análisis riguroso de quién es uno, de cómo actúa, de dónde viene y hacia dónde va, es el único camino a la armonía espiritual que, a su vez, es la única manera de llegar a la real felicidad —esa que, erróneamente, muchos buscan fuera de ellos.

El despertador te denuncia
   ante el amanecer que ya te espera,
abres los ojos despejados y bostezas
         y regalas la primera sonrisa
               infantil
porque no te has vestido de mujer

   Pero corres a asearte:
   el agua se divierte allá en tu rostro,
   el peine va a valsar allá en tu pelo
      y de pronto
   tu mirada se estrella en el espejo
      y salta
   la personalidad de fuera sobre ti

Es un tema de un amigo trovador que, cuando lo escucho, creo ver a esa muchacha muy joven buscando en el espejo la imagen dictada por las modas, el qué dirán, los prejuicios y esquemas que imponen un comportamiento:

   La personalidad de fuera sobre ti
   es una máscara que cubre tu niñez,
      que alguien quiso llamar "la madurez"
      y no es más que no hablar como sueles pensar

    y no es más que no hacer lo que quieras hacer
      es aparentar
    y entonces te me vistes de mujer

Ser como otros esperan y mutilar el ánimo de la inocencia, de la bondad, por exigencias ajenas basadas en falsos convencionalismos, puede conducir a una doble moral, a un constante histrionismo que melle el espíritu, que le corte sus alas; terminamos entonces, como en esta canción, siendo muy diferentes a lo que quisimos ser:

    y te golpean los años que no tienes
    el gran amor que nunca fue el amor
    y una locura ya no te entretiene
    porque dejaste ya de ser menor
    no hace años
      hace un rato
    cuando el "dichoso" espejo te hizo ver
    que tienes que vestirte de mujer.

La autenticidad cuesta enfrentamientos con los demás y con uno mismo. Los ambientes sociales que nos rodean tienden a dictar modelos, patrones de imagen y comportamientos que homogeneizan a las personas. Las tradiciones, las reglas morales de la familia, gravitan sobre nosotros y no es que nos rebelemos per se contra todo esto, pero debemos ser analíticos y desechar lo que resulte un lastre para empinar nuestra conducta hacia el bien, la honestidad, la espontaneidad, la sencilla y verdadera belleza. Ojo: no asociar normas —morales o de convivencia y tradiciones— con esquemas o camisas de fuerza; muchas están asentadas en lo mejor de nuestra identidad cultural, llevan en sí la sabiduría de generaciones y ayudan al desarrollo y florecimiento de la vida de uno y de quienes nos rodean. Sin ellas, el mundo sería caótico. Aunque entre ellas también se filtran los convencionalismos, lo anacrónico, el sinsentido, los falsos pudores y creencias.

    ¿Qué necesita un ser humano
    para no apartarse de sí?

¿A qué distancia están mis manos
de la gente que conocí?
¿Qué le ha faltado a la verdad
para quererla disfrazar?
¿Por qué un bufón llena el lugar
donde hubo un sitio para amar?

Silvio Rodríguez nos cae a preguntas desde una canción y, precisamente, en el proceso que va de alcanzar una respuesta a buscar otra superior, está la clave de toda la existencia. Ante cada dilema de comportamiento en que nos coloca una norma hay que salir por el rumbo de las preguntas hacia los orígenes, las razones y la vigencia o caducidad que esa regla pueda tener. **Para romper un esquema hay que conocerlo bien, o se puede estar viajando hacia el mismo esquema por un camino más largo.**

El desarrollo del pensamiento, que sólo el estudio constante otorga, es la única vía para liberar a la personalidad de todas las ataduras. Si no, se anda luchando como a ciegas sin saber contra qué, y lo más posible entonces es que te suceda lo que a Fernando Pessoa en estos versos:

**He hecho de mí lo que no sabía,
y lo que podía hacer de mí no lo he hecho.**

En el andar cotidiano hay múltiples trampas que te pueden alejar de tus sueños, de ti mismo(a). Modelos nos sobran: desde el hermano mayor, o el padre —al que la madre, noblemente, quiere que te parezcas—; las cándidas cenicientas o gallardos héroes de los libros de cuentos o, más tarde, otros personajes parecidos —pero epidérmicos— de las revistas de vanidades y peliculitas del Hollywood jabonero; los amigos "triunfadores" a los que uno suele imitar; hasta el "príncipe azul" de esa muchacha —por la que estamos locos de amor— en el que tratamos de convertirnos. Así, entre los ídolos naturales, los de ficción y los fabricados por los medios masivos, se nos ahoga el yo en un océano de mimetismo. Goethe dejó escrito:

**Puede vivirse cualquier vida
si uno no se pierde a sí mismo.
No pierdes si todo extravías,
siempre que sigas el que has sido.**

A cada paso cotidiano se abren múltiples caminos, muchos de ellos falsos; el talento para escoger el que lleva más lejos parte del conocimiento que tengas de tu lugar en el universo; ahora, para saber ese lugar con exactitud, tienes que conocer lo más posible ese universo y, sobre todo, conocerte a ti mismo. Duro ejercicio ese. Tengo la impresión de que los seres humanos somos como el mar: extensos y profundos; tanto que, por mucho que nos autoanalicemos, no tocaremos fondo.

De todo lo meditado podemos arribar a una conclusión muy elemental: el ser humano es lo más complejo que se ha creado. Sin embargo, muchos no se detienen a pensar en los infinitos factores que tienen que confluir para levantar una mano, o mover simplemente un dedo; ¡qué dejaremos entonces para lo que implica llegar a un concepto filosófico o hurgar en los laberintos de la psiquis humana!

Alguien dijo: **cada hombre tiene tres caracteres: el que exhibe, el que tiene, y el que cree que tiene.** Esto es muy real y muestra lo complejo del asunto. Ciertamente, tú eres una persona que se desenvuelve en un determinado medio social adecuándose; (uno suele moldearse según el ambiente, a veces hasta limitándose, y hay incluso, quienes se montan un personaje por simple inercia o por conveniencia). Así mismo, eres un misterio del que conoces algo, y sobre el que tendrás más control en la medida en que te autoestudies; pero también posees una percepción de quién eres ante los ojos de los demás: cómo crees que te ven. Esto tiene múltiples aristas que pasan por lo escudriñador(a) que seas en cada detalle de tus relaciones, para acercarte objetivamente a esa imagen que tenga otro de ti y, por supuesto, pasa también por los diversos tú que puedas ser de acuerdo con los diferentes interlocutores.

Tampoco es para volverse loco con las dimensiones de uno, pero ciertamente, la primera persona del singular es el enigma más grande que ha tenido la historia de la humanidad; desde que se descubrió el YO vienen desfilando en espiral filósofos y artistas en una larga carrera de relevo por su propia esencia. Quizás sea esta búsqueda el origen de la frase: **de poeta y de** loco, todos tenemos un poco pues, salvo los que van flotando a la deriva por la vida, todos nos hemos preguntado alguna vez ¿quién soy?

Yo no soy yo.
         Soy este
que va a mi lado sin yo verlo;
que, a veces, voy a ver,
y que, a veces, olvido.
El que calla, sereno, cuando hablo,
el que perdona, dulce, cuando odio,
el que pasea por donde no estoy,
el que quedará en pie cuando yo muera.

Juan Ramón Jiménez marca en estos versos una diferencia entre el ser que acciona, habla, pasea, interacciona con los demás y el que está adentro meditando, soñando: con las reservas de toda esa zona que no se expresa por contención o por todo lo que se piensa o se siente y que no es traducible en palabras.

Uno siempre está conversando consigo mismo —digo, creo que esto le pasa a todo el mundo. Hay quienes exageran en esos diálogos y gesticulan y todo. Alguna pena habrás pasado cuando un chistoso te sorprende en esos trances: *¡ehhhh, estás hablando solo?*

Converso con el hombre que siempre va conmigo
—quien habla solo espera hablar a Dios un día—,
mi soliloquio es plática con este buen amigo
que me enseñó el secreto de la filantropía.

Antonio Machado, espléndido ser humano, nos revela en su poesía que era un gran conversador con su interior y que de ese hábito llegó a la clave de la felicidad: el amor a la humanidad.

Claro que para llegar a esa coherencia con uno mismo, en la que no existan grandes contradicciones entre el ser que acciona y el que piensa, hay que pasar por fuertes discusiones primero.

Ana Ajmátova dice en uno de sus versos: **en el espejo mi doble es tal vez mi contrario.** Más allá de la relativa belleza física —que es lo primero que nuestro ego busca al contemplar su imagen—, es importante adoptar el método de la bruja del cuento: no caer en la vanidad de *dime, espejo mágico, ¿quién es la más bella(o) del mundo?*, pero sí tener un encuentro serio con él escudriñando mirada adentro. **No hay almohada más blanda que la propia conciencia,** reza un proverbio francés, y esto viene siendo algo así como tener contento al Pepe Grillo de *Pinocho*. Si te fijas en ese antológico cuento, verás los problemas que trae al niño-muñeco el no escuchar la voz de sus adentros, simbolizada en el pequeño insecto de esmoquin, paraguas y bombín. Y creo que todos tenemos nuestro Pepe Grillo, aunque algunos Pepes son más exigentes que otros.

Dejó escrito Byron: **los oídos no pueden escuchar ni la lengua puede describir las torturas de ese infierno interior**; claro que el poeta se refiere al alma que busca constantemente elevarse mediante la exigencia cotidiana para consigo misma.

Alguna vez habrás pasado por la duda: *¿he actuado bien?* Habrá quienes la olviden, y quienes hagan de esta reflexión un ejercicio constante. Por otra parte, a la hora de buscar respuesta, los hay que justifican un mal paso con meditaciones al estilo de: *bueno, pero eso es lo que hacen los demás; no voy a hacer el papel de bobo: total, nadie se va a dar cuenta*, y así muchas otras justificaciones que casi siempre pasan por la doble cara o el egoísmo. No niego que se pueden realizar muchas malas acciones sin ser descubierto por otros, pero **uno puede engañar a todo el mundo menos a uno mismo.** La verdad, a la larga, siempre sale a flote; o porque los demás la encuentran, o —lo que es peor—, porque persiste en el interior de uno quemando el espíritu, destruyendo la autoestima, incrementando —consciente o inconscientemente— la inconformidad con uno mismo. **No hay nada más terrible que cargar las 24 horas del día con un miserable: ese es el peor castigo que tiene el miserable.** Que los demás lo descubran, siempre es una posibilidad —dicen que no hay crimen perfecto— pero, en todo caso, de quien no se puede esconder jamás nadie es de sí mismo. José Martí dejó escrito: **El único mundo temible es nuestra propia conciencia, que de cerca nos mira, y de la que nada podemos esquivar.**

Alguien dijo que **la conciencia es, para muchos hombres, la anticipación de la opinión de otros**; y no creo que esa tampoco sea una buena conciencia, porque puede llevarnos a una actuación ante quienes nos rodean, a montarnos un personaje que se comporte complacientemente o, incluso, convenientemente. Me inclino por un cotidiano monólogo interior basado en el más estricto sentido del bien, por encima de intereses o de lo que quiera —o crea— alguien. Esa voz, brotando del espejo, enfrentándonos cada mañana cuando en pleno bostezo nos disponemos al aseo, debe ser sincera hasta la médula, desinteresada, para que así, junto con el rostro, quede lavada el alma. Verás que entonces, al salir de casa, la calle se te antoja como una amplia pradera en la que hay infinitos pequeños detalles que te inspiran a brindar la mano y a respirar hondo, a sonreír ante cada descubrimiento. Serás capaz de un gesto caballeroso aunque implique —qué importa— una renuncia, un inconveniente. A veces una buena acción cuesta algo, pero ese sacrificio es el premio que exige tener el alma ligera, alegre, porque le da el alimento que la fortalece: la paz con uno mismo. Dejó escrito fray Luis de Granada: **la buena conciencia es tan alegre, que hace alegres las molestias de la vida.** Y esa es la mayor riqueza que se puede atesorar; las materiales se rompen o se pierden y nos traen el temor a que nos las roben, nos las envidien, o nos las quiten: **la conciencia es la única cosa incorruptible que tenemos,** esa viaja con nosotros hasta el final.

Cada uno es como Dios le hizo, y aun peor muchas veces dijo Miguel de Cervantes con su clásico sentido del humor, tras el cual nos lleva a meditar sobre las responsabilidades que uno tiene consigo mismo. No llegamos a la vida por cuenta propia pero sí somos responsables del ser que la consume. El propio Cervantes llegó a esta conclusión: **me moriré de viejo y no acabaré de comprender al animal bípedo que llaman hombre, cada individuo es una variedad de su especie.** Coincidirás en que somos unos bichitos complicados; he ahí nuestra riqueza, he ahí el misterio que hace posible el amor: lo incógnito que sobrevive en cada ser humano aun tras el estudio más profundo.

Y ya que hemos pasado estas páginas compartiendo el rompecabezas más difícil de armar en la historia de la humanidad —el que dibuja al YO—, le doy otra vuelta de tuerca al asunto. Piensa en lo que sucede cuando, además de todas las complejidades expuestas, la persona que se autoanaliza es también un creador, o sea, que objetiva su interior en una obra de arte. En la creación —digamos, por ejemplo, un escritor— plasma algo de ese ser, que no es el que acciona por la vida ni tampoco, totalmente, el que abarca su interior. Quizás sea un jirón de ambos, pero luego vienen los lectores de la obra y cada cual se apropia y recrea ese pedazo del autor según su manera de percibir. Y esto aún se puede enredar más si la obra tiene resonancia y de todas las apreciaciones se va tejiendo una especie de mito que, a su vez, influye sobre el creador. Hay otra nueva dimensión del asunto, porque sobre el autor comienza a gravitar ese que los demás creen que es.

Simplemente estoy preparándote el campo de reflexión para acercarte al exquisito juego filosófico que hay en este poema sobre sí mismo de Jorge Luis Borges:

    Al otro, a Borges, es a quien le ocurren las cosas. Yo camino por Buenos Aires y me demoro, acaso ya mecánicamente, para mirar el arco de un zaguán y la puerta cancel: de Borges tengo noticias por el correo y veo su nombre en una terna de profesores o en un diccionario biográfico. Me gustan los relojes de arena, los mapas, la tipografía del siglo XVIII, las etimologías, el sabor del café y la prosa de Stevenson; el otro comparte esas preferencias, pero de un modo vanidoso que las convierte en atributos de un actor. Sería exagerado afirmar que nuestra relación es hostil; yo vivo, yo me dejo vivir, para que Borges pueda tramar su literatura y esa literatura me justifica. Nada me cuesta confesar que ha logrado ciertas páginas válidas, pero esas páginas no me pueden salvar, quizá porque lo bueno ya no es de nadie, ni siquiera del otro, sino del lenguaje o la tradición. Por lo demás, yo estoy destinado a perderme, definitivamente, y sólo algún instante de mí podrá sobrevivir en el otro. Poco a poco voy cediéndole todo, aunque me consta su perversa costumbre de falsear y magnificar. Spinoza entendió que todas las cosas quieren perseverar en su ser; la piedra eternamente quiere ser piedra y el tigre un tigre. Yo he de quedar en Borges, no en mí (si es que alguien soy), pero me reconozco menos en sus libros que en muchos otros o que en el laborioso rasgueo de una guitarra. Hace años yo traté de librarme de él y pasé de las mitologías del arrabal a los juegos con el tiempo y con lo infinito, pero esos juegos son de Borges ahora y tendré que idear otras cosas. Así mi vida es una fuga y todo lo pierdo y todo es del olvido, o del otro.

No sé cuál de los dos escribe esta página.

No se fue ningún día de tus manos

Caminar por tus silencios, en puntas de pies, para no espantarte, es la manera que tengo de intentar esta canción. La necesidad de que la bebas como un sueño (lleno de sucesos inesperados, entre el extrañamiento y lo adorado), inunda desesperadamente mi torpe manía de teclear. Así me dejo arrastrar por tu conciencia y, mientras no te despiertes (o me destiempes), seguiré siendo el habitante de ese anhelo en el que dormita plácidamente tu lectura. Soy no más que un ser anidando tras tu párpado abierto, un humilde vasallo de tu imaginación al que dulcemente llamas, con sonámbulos labios...

El diablo ilustrado

Consejo para aquellos que están listos para casarse: ¡No se casen! Más allá del chiste, se pudiera sugerir que antes de dar este paso se pensara dos veces. Muchas son las parejas que **duran lo que un merengue en la puerta de un colegio**. La mayoría culpa luego al tiempo o ve la destrucción del romance como proceso natural del matrimonio.

Oscar Wilde afirmó que **uno debería estar siempre enamorado. Por eso jamás deberíamos casarnos.** Tampoco así, Oscar: no hay razón para que los amantes dejen de serlo por firmar un documento ante otros. Aunque hay de cierto en tu paradoja que muchos le dan connotaciones tales a ese día del casamiento que llegan hasta el punto de considerarlo el año cero de sus vidas; y empiezan mal, han dividido la relación en un antes y un después.

Seguramente, existen muchas razones para los divorcios; pero la principal, es y será la boda, dijo Jerry Lewis y, no sé si en el sentido de que no le pueden dar un jonrrón a quien no es lanzador de béisbol, pero, más allá de eso, el aire solemne, de gran espectáculo y de compromiso público que se le suele dar a la boda, terminan malogrando la relación, porque psicológicamente se convierte como en un punto de giro, algo que obliga a cambiar.

La expresión: **¡al fin solos!**, que ha rebasado el tiempo acompañada del rito de la novia entrando en brazos del novio a la cámara nupcial, trae consigo un clímax dramático, algo así como dejar atrás una vida y entrar a otra. Con esto vienen asociadas sentencias como: "ya eres mía(o)", "ya me perteneces" y los terceros suelen expresar "ya están embarcados" o, "fulanita se llevó el gato al agua", todo lo cual encierra un rejuego que vincula matrimonio con posesión definitiva.

Esta mentalidad viene desde la antigüedad, arrastramos prejuicios hasta del medioevo. Piensa que el matrimonio ha tenido, en las diversas sociedades y culturas, carácter de propiedad, de negocio. Los poderosos, esclavistas, señores feudales, cortesanos o burgueses han asumido las nupcias como un contrato para aumentar riquezas, posiciones sociales o políticas. Sólo los pobres —esclavos, vasallos, plebeyos, etc.— han tenido que casarse por amor, no les ha quedado más remedio. Por supuesto que los matrimonios que han trascendido son los de las capas altas —los ricos siempre han sido los que salen en la prensa—, de ahí que los conceptos que han llegado a nuestros días estén permeados de toda la hipocresía y falsedad que los caracterizaban. El proceso ha sido evolutivo, pero no estamos a salvo de reminiscencias.

El secreto de un matrimonio feliz es perdonarse mutuamente el haberse casado, dijo Sacha Guitry y aquí está el complejo de culpa que gravita sobre los amantes. Es increíble que la humanidad no haya rebasado esos viejos esquemas mentales; pero lo cierto es que no hemos llegado aún a considerar el paso de novios a casados como algo natural, como un sencillo autorreconocimiento de la relación. La boda no tiene que cambiar el curso del romance, ni ser ese gran espectáculo que muchos montan para impresionar al barrio. Debiera ser una sencilla ceremonia, en la que dos seres celebren, con amigos y familiares cercanos, la necesidad de compartir más intensamente la vida. Sin pensar en el fatídico y melodramático "hasta que la muerte nos separe", que deja a los amantes absurdamente amarrados a la guadaña.

Alguien dejó escrito que **el matrimonio es un romance cuyo héroe muere en el primer capítulo**. ¿Te imaginas que empieces a ver una película o leer una novela en los que el muchacho(a) desaparezca desde su inicio? (No digo que muera, pues puede darse una estructura dramatúrgica en la que el desarrollo de la trama esté precisamente en función de desatar toda la historia a partir de una muerte; por eso, el personaje protagónico puede morir desde un principio: lo que no puede es desaparecer. Al menos implícito, tiene que estar presente durante la obra o no es protagónico). Realmente abundan los que se casan por razones equivocadas y entonces "la película" no avanza. Descartando a los que lo hacen por algún tipo de interés material o comodidad —lo cual cae en el plano de la mezquindad— tenemos enlaces por embullo, por prejuicios, por jugar a ser mayorcitos, exhibirse en el barrio, "amarrar" al otro(a), por tener sexo autorizado, por despecho a un tercero(a), por complacer a los padres, por el "qué dirán" y otras infantiles o ignorantes razones que conducen después al barranco de la frustración.

Bacon dijo que **un hombre representa siete años más al día siguiente del matrimonio** y hasta la sagrada *Biblia* parece bromear cuando sentencia: **Es mejor casarse que quemarse.** Ante esta idea mi abuela diría: **del lobo un pelo.** Aquí se pone de manifiesto un criterio destructor del enlace nupcial: se nos propone como algo inevitable que nos conduce a la opacidad, a un proceso de marchitamiento espiritual.

Hay un proverbio danés que ironiza: **un esposo sordo y una mujer ciega formarían una pareja excelente.** Debe ser para que el marido no tenga que aguantar la "cantaleta de ella" y la esposa, a su vez, no vea las barbaridades que hace él. Por supuesto, esto lleva buena dosis de los esquemas de género arraigados en la prehistoria humana —en la cual muchos viven todavía—: el hombre es de la calle y tiene derecho a otras relaciones paralelas, mientras la mujer es de la casa, casta y laboriosa, hecha para criar hijos.

Aunque todo esto nos parezca puro pasado, no son pocos los que contraen matrimonio y asumen esos roles inculcados desde los cuentos infantiles. ¿Te has puesto a pensar en la causa del accidente mortal del ratoncito Pérez? Cayó en la olla por la golosina de la cebolla. Pérez no sabía desenvolverse en la cocina: eso era asunto de la cucarachita Martina, a la que todos pretendían por ser muy aseada y tener la casa limpia (siempre está barriendo cuando llegan los pretendientes). Ella escoge al ratoncito porque de noche lo único que hace —el muy vago— es dormir y callar. Bromas aparte, los esquemas de género marcan aún muchas relaciones y crean diferencias que lastran la comunicación.

José Martí sentenció: **en la vida de dos no hay ventura sino cuando no se lleva demasiada ventaja, o resalta con demasiada diferencia, uno de los dos.** El amor necesita de la compenetración, de esa energía que fluye de la confianza máxima de uno en el otro. También es importante el conocimiento, la sensibilidad afín ante todo lo que nos rodea; si no, al compartir juntos los sucesos de la vida, aparecen las divergencias, o los silencios que malogran la relación.

Que cuando el hombre haya menester de quien le entienda su dolor, le admire su virtud o le estimule el juicio, no tenga que ir a buscarlo como sucede ahora, fuera de su casa. Que no sea la compasión, el deber y el hábito lo que a su esposa lo tengan unido; sino una inefable compenetración de espíritu, que no quiere decir servil acatamiento de un cónyuge a las opiniones del otro: antes está ese sabroso apretamiento de las almas en que sean semejantes sus opiniones, capacidades y alimentos, aun cuando sus pareceres sean distintos.

De estas reflexiones de Martí se entiende la necesidad de buscar pareja de adentro hacia afuera. Una simple atracción física no basta para sostener el espíritu que hace crecer a dos seres en su interacción. **No hay deseos más apasionados que los que brotan de la mutua admiración, de la entrega total de las almas.**

Hay quienes se casan por simple contagio: ven en la boda de algunos amigos la obligación de ponerse al día también y se precipitan como retados a luchar por estar a la moda. Los sentimientos se ven presionados y la parejita, verde aún en el camino del romance, se ilusiona y confunde.

José Martí le escribe, a una de sus hermanas, una carta donde analiza este desenfreno con profundidad:

Toda la felicidad de la vida, Amelia, está en no confundir el ansia de amor que se siente a tus años con ese amor soberano,

hondo y dominador que no florece en el alma sino después del largo examen; detenidísimo conocimiento, y fiel y prolongada, compañía de la criatura en quien el amor ha de ponerse. Hay en **nuestra tierra una desastrosa costumbre de confundir la simpatía amorosa con el cariño decisivo o incambiable que lleva a un matrimonio que no se rompe, ni en las tierras donde esto se puede, sino rompiendo el corazón de los amantes desunidos.** Y en vez de ponerse el hombre y la mujer que se sienten acercados por una simpatía agradable, nacida a veces de la prisa que tiene el alma en flor por darse al viento, y no de que otro nos inspire amor, sino del deseo que tenemos nosotros de sentirlo; —en vez de ponerse doncel y doncella como a prueba, confesándose su mutua simpatía; y distinguiéndola del amor que ha de ser cosa distinta, y viene luego, y a veces no nace, ni tiene ocasión de nacer, sino después del matrimonio, se obligan las dos criaturas desconocidas a un afecto que no puede haber brotado sino de conocerse íntimamente—Empiezan las relaciones de amor en nuestra tierra por donde debieran terminar.

Aunque en nuestros días es norma que las parejas tengan relaciones de sexualidad antes de casarse, aún quedan muchos prejuicios sociales al respecto, y hay quienes se aman a escondidas o no pueden tener cierto nivel de convivencia sin haber firmado los papeles. De ahí que el **¡Al fin solos!** de muchas parejas exprese la dicha de tener sexo libremente o se considere como una especie de pasaporte para vivir juntos. Ahora, ¿qué sucede cuando se llega así a la supuesta meta? Bueno, entonces comienza lo más difícil, encontrar la empatía espiritual; preocupados por saciar los deseos físicos, no se han detenido en lo que tienen en común, en las afinidades o diferencias que la convivencia saca a flote. Dicen que **el amor es ciego, pero el matrimonio le restaura la vista.** Yo le haría a la fracesita una precisión: **cuando el amor es ciego el matrimonio le restaura la vista.** Es frecuente que las pasiones nublen nuestros sentidos y no miremos con objetividad a esa persona que nos arrebata, pero es superficial no profundizar en esa relación antes de decidir una boda. Precisamente, el casamiento no debe tomarse como algo más que no sea el comunicarle a los allegados la seguridad de tener consigo a la persona ideal. Uno puede darse el lujo de tantear varias veces durante su vida, dejándose arrastrar por el primer impacto visual, olfativo, de simpatía: por ese enamoramiento que pide a gritos un contacto físico. Pero, de ahí a pasar a una estabilidad proyectada hacia la convivencia, debe mediar un tiempo de compenetración que le posibilite a la razón dar fe de la veracidad de lo que dictan los impulsos. Después de esa comprobación se debe valorar si les hace falta —o no— llegar al casamiento. Por lo regular, **los amores profundos irradian su propia luz y no les hace falta ceremonias para ser reconocidos.** No sugiero desterrar las bodas; es hermoso mantener la tradición y aprovechar la oportunidad de desear buenaventura a los que han hallado un camino común a la felicidad.

Por eso es tan importante haber rebasado las ansias primarias y conocerse profundamente antes de la boda; si no, se llega al matrimonio sólo por sed; una sed que las disonancias comienzan a apagar enseguida y terminamos defraudando a los que un tiempito antes brindaron por nuestro eterno enlace.

Alguien dijo que **se le acaban los nervios a una persona cuando tiene que ser amable todos los días con el mismo ser humano.** Evidentemente, se toma aquí la convivencia como un castigo, proveniente de esa tergiversación, yo diría que milenaria, del matrimonio. Por el contrario de acabar con los nervios de uno, la persona amada es el refugio que nos alivia las tensiones, los temores, los días o momentos malos; la persona amada es el cofre donde depositamos nuestras mejores joyas del alma, nuestros mayores secretos, nuestros problemas y errores.

El matrimonio, erróneamente, suele asociarse a un encarcelamiento, cuando debe sentirse como la libertad, esa de estar todo el tiempo con la persona que es como la otra parte de uno mismo, o sea: convivir con el ser más afín, física y espiritualmente, de todos los que existen en la especie humana. André Maurois dejó escrito que **un matrimonio feliz es una larga conversación que siempre parece demasiado corta.**

Cuando dos seres han hallado realmente el amor, el matrimonio es el milagro más hermoso de la vida; la cotidianidad —en lugar de la rutina fastidiosa donde uno empieza a sentirse incómodo con el otro— es una fiesta más intensa a cada amanecer, y las horas de separación son como penas que se abalanzan hacia el desespero por el próximo encuentro. Claro, no muchos llegan hasta aquí; abunda el espejismo de creer que nos ha flechado Cupido a la primera punzadita sentida por cierto encantamiento. Luego vienen los precipitados enlaces convoyados con las decepciones y le echamos la culpa a la sacrosanta institución llamada matrimonio, porque es más fácil buscar los errores fuera de sí.

El matrimonio del verdadero amor tenemos que inventarlo todavía, la humanidad arrastra muchos prejuicios, superficialidades y falsos conceptos sobre los que tenemos que saltar para no caer en una vida a medias. Todo esto, descartando otras culturas donde, por ejemplo, no existe el divorcio o hay edades obligatorias o prohibidas para casarse, o en las que se ve lógico tener un harén y otras singularidades que no abordaremos porque requieren un estudio cultural profundo. Tampoco se trata de juzgar como atrasado lo distinto. Cada pueblo tiene sus costumbres, su idiosincrasia, que no podemos sentenciar por sernos extrañas; **lo raro no es más que lo que desconocemos porque obedece a otra lógica que ese desconocimiento no nos permite apreciar**. Atención a esto, porque **la mentalidad de colonizador viene de creer inferior lo que no se rige por las leyes nuestras** y ahí está la génesis del racismo y otras muchas discriminaciones.

Entre nosotros el matrimonio, aunque ha venido evolucionando con el desarrollo de las sociedad, está todavía plagado de convencionalismos y modelos arcaicos. Por eso, es precisamente la juventud, desde sus ideas más nobles y rebeldes, quien tiene que reinventarlo y liberarlo de todo lo que le queda de desamor.

Sé de parejas que han vencido al tiempo con creciente ternura, con pasión de detalles y han salido victoriosas ante la rutina hasta sus últimos días.

Qué día es hoy? Tu día.
Y mañana es ayer, no ha sucedido,
no se fue ningún día de tus manos:
guardas el sol, la tierra, las violetas
en tu pequeña sombra cuando duermes.
Y así cada mañana
me regalas la vida.

Estos versos de Pablo Neruda rompen todo el maleficio que pueda gravitar sobre el matrimonio.

Casarse no puede ser sinónimo de atarse, ni de compromiso público siquiera: es la necesidad de dos amantes de compartir la vida, de estar juntos —no sólo físicamente— todo el tiempo, mientras sientan que fluye entre ambos esa corriente que empina y mejora el alma y el cuerpo. Una y otra vez vuelvo sobre nuestro Martí, el mejor amigo para ver la luz de la más honda felicidad:

Crece el esposo con los merecimientos de la esposa; y ésta, con ellos, echa raíces en él. —Lo cual es bueno: el único placer que excusa la vida dolorosa, y la perfuma, levanta y fortifica, es el de sentir que, como un árbol en la tierra, se han echado raíces en un alma caliente y amante.

Cuando el infierno son los demás,
el paraíso no es uno mismo

Llegan a tu vista estas líneas y —como por arte de magia— comienza mi existencia. Quién sabe si ahora mismo, otro, u otros coterráneos, comparten el silencio con nosotros dos, entrando por el laberinto de las letras hacia el paraíso de una idea, una aspiración, una inquietud común. No estaremos de acuerdo plenamente pero estoy seguro que integramos un coro sin rostros, sin siluetas, afinando desde el cómplice susurro de las voces internas, para ir a dar al canto más alado de los buenos espíritus.

Quizás tengas preguntas que lanzar al viento, en ese caso basta con dirigirme unas líneas o, simplemente, poner un noble sueño por delante; no te preocupes, de alguna manera ese gesto me llegará. Ya sabes que puedes contar, hasta la última verdad, con...

El diablo ilustrado

El amor mira a través de un telescopio, mientras que la envidia mira a través de un microscopio. El sentimiento afectivo nos ensancha la visión, despeja la mente y aligera el alma, nos dota entonces de la capacidad de asociación que nos conduce a los más ignotos parajes del mágico conocimiento humano. A su vez, los sentimientos oscuros van nublando las entendederas, como pesadillas inconexas, que enturbian la vista; tropezamos entonces una y otra vez, hasta perder el sentido de orientación y contacto con otros seres.

Malas consecuencias trae al alma esa torcedura: **así como la polilla arruina la ropa, la envidia consume al hombre** (o la mujer). Quizás es una mala hierba sembrada en la niñez, cuando los padres no saben orientarnos ante el deseo de poseer el juguete de otro, o no nos reconocen nuestros primeros aciertos y virtudes. Vamos arrastrando entonces ese mal hábito de medirnos con los demás, de mirar qué tiene el otro que a mí me falta, y empieza a funcionar una mecánica de pensamiento que le otorga a cada semejante la categoría de enemigo en potencia. Esto puede cobrar carácter de obsesión, si no nos enfrentamos a esos laberintos sentimentales desde la autorreflexión. Dijo Napoleón Bonaparte que **la envidia es una declaración de inferioridad** y es que su esencia no es otra cosa que el deterioro de la autoestima, una inconformidad con uno mismo.

Todos hemos sentido en algún momento de la vida cierta dosis de recelo, pero, como el miedo, tenemos que aprender a vencerlo. Schopenhauer dejó escrito que **nadie es realmente digno de envidia**; cada ser tiene sus virtudes y defectos, sus dones y debilidades, en cada vida —por muy plácida que parezca— hay problemas. El envidioso busca con inquina la parte virtuosa de los demás como algo que le resta a su felicidad, y cree que derribando la ajena se labra la suya. Así se retuerce la existencia remordiéndose el hígado con cada logro ajeno, en lugar de ser motivo de alegría y de aprendizaje. ¿Qué es un envidioso? **Un ingrato que detesta la luz que le alumbra y le calienta**, dejó escrito Víctor Hugo y, ciertamente, el envidioso, ha corroído su alma de tal manera, que lo que puede aportarle belleza y sabiduría, se convierte en virus.

Al decir de Francisco de Quevedo: **la envidia va tan flaca y amarilla porque muerde y no come**, y es que las dentelladas contra el bien van a parar al vacío y jamás alimentan. Hay quienes temen a estos seres oscuros, que suelen poner zancadillas o tramar estados de opinión adversos con chismes y rumores; a veces logran dañar con sus infundios, pero, a la larga, esos ataques de la envidia resultan un bumerán contra el victimario. Al que actúa limpiamente podrán ponerle trampas los mediocres, mas saldrá de ellas cada vez más fuerte; como sentenciara nuestro Martí: **le mordieron los envidiosos, que tienen dientes verdes. Pero los dientes no hincan en la luz.**

La claridad interior de las personas se dibuja en su rostro, en su actuar cotidiano; quien está seguro de sí mismo es abierto, se da con facilidad y sabe ser piadoso, comprensivo, con quienes se equivocan. El que destila odio en cada opinión que vierte, buscando una maldad escondida en cada gesto generoso de los demás; ese que no tiene compasión con nadie y sobredimensiona extremistamente la más mínima pifia ajena; ese que disfruta de "dar palos al burro caído", lleva en sí la ponzoña venenosa.

Dijo Ovidio que **la envidia, el más mezquino de los vicios, se arrastra por el suelo como una serpiente.** Por eso, siempre que se te acerque alguien que ve todo con las gafas oscuras de su mente, puedes pensar como Mario Benedetti: **cuando el infierno son los demás, el paraíso no es uno mismo.**

No te dejes arrastrar por los que tienen el hábito de cuchichear injurias de los demás, piensa que luego el difamado serás tú; así como te habla de aquel, mañana hablará de ti. Busca la mirada de tu interlocutor; quien tiene la costumbre de soplar flaquezas al oído y no se coloca de frente, lleva por dentro sus dobleces y sería bueno contestarle con estos versos de Safo:

Si tuvieras deseos de bondad y belleza
y no fuera algo malo lo que tu lengua agita,
no tendrías pudor entre los ojos,
y hablarías de ello limpiamente.

Otra cara de la envidia es la alabanza desmesurada, hablando en cubano: la "guataquería". La adulación desmedida lleva también consigo un complejo de inferioridad, manifiesta la hipocresía que parte igualmente de envidiar los dones ajenos (no confundir con el justo reconocimiento que todos debemos hacer cuando encontremos una luz a nuestro paso). Para Martí **la alabanza justa regocija al hombre bueno, y molesta al envidioso. La alabanza injusta daña a quien la recibe: daña más a quien la hace.** Resulta muy saludable saber criticar, analizar y dar un criterio honesto a un amigo, compañero, ser querido. No obstante, existe quien emplea el elogio o el señalamiento como un arma, con un trasfondo en su opinión, con ánimo de destruir lo que hay de estrella en los demás o, incluso, utiliza la loa para sacar algún provecho de ella. Está el que "guataquea" a un jefe, profesor o conocido; este busca el aprecio para obtener ventajas materiales, o relaciones beneficiosas. Ello nos remite nuevamente a Martí:

La alabanza excesiva repugna con razón al ánimo viril. Los que desean toda la alabanza para sí, se enojan de ver repartida la alabanza entre los demás. El vicio tiene tantos cómplices en el mundo, que es necesario que tenga algunos cómplices la virtud. Al corazón se le han de poner alas, no anclas.

El envidioso, por lo regular, no se conforma con blasfemar de los demás, el resto de su conversación la emplea en el autobombo. Son esos ejemplares de los que pensamos: *pobrecito, no tiene abuelita que lo celebre* y su discurso se centra tanto en autorreconocerse que nos hace pensar que el nombre más adecuado para él es Mimí Yoyó, pues todas sus oraciones comienzan: *YO hice... YO estuve... MI bondad permitió... Con MI ayuda se pudo... YO fui el que más... Gracias a MI rapidez fue que*

YO... Ese que se cree —o pretende hacer creer—, el ombligo del mundo, es en el fondo un ser microscópico y si no lo sabe, lo supone.

Sabiduría es andar por la vida con humildad. Hasta en la hora de alabar hay que hacerlo con mesura: la celebración desmedida puede parecer burla o adulonería. Martí nos da el justo equilibrio en esto de las celebraciones:

La alabanza al poderoso puede ser mesurada, aun cuando el mérito del poderoso justifique el elogio, porque la justicia no venga a parecer solicitud. A quien todo el mundo alaba, se puede dejar de alabar; que de turiferarios está lleno el mundo, y no hay como tener autoridad o riqueza para que la tierra en torno se cubra de rodillas. Pero es cobarde quien ve el mérito humilde, y no lo alaba. Y se ha de ser abundante, por la ley de equilibrio, en aquello en que los demás son escasos. A puerta sorda hay que dar martillazo mayor, y en el mundo hay aún puertas sordas.

Nos deja, esta reflexión, otra llamada de atención: no hacer silencio cuando un hecho nos pide gritar un reconocimiento. Dice un proverbio persa que **dos cosas son indicio de debilidad: callar cuando conviene hablar y hablar cuando conviene callar.** Yo diría, en lugar de "cuando conviene", "cuando es necesario", pues más allá de las conveniencias, que pueden ser sinónimo de oportunismo, prefiero la necesidad que dicta la entereza, el sentido de la honradez. Para actuar con justicia es preciso guiarse por los principios de la honestidad. Hay quien dice lo que el interlocutor desea oír, pero más creíble es el que plantea lo necesario para el bien del prójimo. **La loa innecesaria denota una intención perversa, tanto, como el silencio cuando el sentido de lo justo reclama que se alce la voz para legitimar una acción, una conducta.**

Para tener el sentido de justicia que nos permita decir lo necesario en cada momento, es imprescindible tener la voz libre de rencores, de odios, de recelos, de ignorancia. La opinión certera —la que nos eleva ante los demás y ante uno mismo— sólo proviene de la eterna fórmula mágica: cultivar el espíritu para llegar al estadio humano en que se halla la felicidad de saber darse por entero a los demás. Para esto se requiere del conocimiento profundo, incesante, universal, que parte del cuestionamiento cotidiano de uno mismo.

Escribió José Martí: **Pocas son por el mundo las criaturas que, hallándose con las encías provistas de dientes, se deciden a no morder, o reconocen que hay un placer más profundo que el de hincar los dientes, y es no usarlos.** La dicha no se construye sobre la ajena, no se es más feliz por destruir la felicidad de los otros; por el contrario, cada pétalo de bien que pisas lacera la belleza de tus pasos, de manera tal que nunca llegarás a la rosa de tu vida.

Aquel que procura el bienestar ajeno, ya tiene asegurado el propio, dijo Confucio, pero para arribar a ese espíritu dador hay que desprenderse de todo el yoísmo que nos suele dictar a diario el mundo al revés. Lo lógico sería que cada cual empleara su vida en mejorar la de todos; lamentablemente muchos andan todavía por la etapa animal (no racional) en que cada especie (y cada miembro de la especie) lucha a dentelladas por la alimentación y el habitat.

No obstante a que el siglo XXI no ha dejado atrás la ley de la selva, a que sobreviva el empleo de la tecnología para destruir al hombre (y la mujer), a que impere una sociedad global con el principio de la libre competencia (justificación para que los pobres sean cada vez más —y más pobres), el mejor enfrentamiento posible es salir de todo ello desanimalizándonos.

**Expulsado todo el odio,
el alma su radical inocencia recupera.**

Nos invitan estos versos de Yeats a limpiar el alma de las bajezas que la lastran. A cada instante de la vida enfrentamos la encrucijada de un tiempo tempestuoso donde confluyen múltiples senderos; sólo uno es verdadero, los demás van a dar a un callejón sin salida. **Por muy empedrado que te parezca, el camino de la virtud es el único que conduce tan lejos como perdure tu espíritu.**

Destierra todo sentimiento de enemistad con tus semejantes; nadie vale más que tú, y mucho menos el que pretende tasarse por lo que tiene. No mires desde abajo, ni te acomodes al papel de desamparado que conduce al lamento y la autoconmiseración. **Yo me quejaba de que no tenía zapatos, hasta que me encontré con alguien que no tenía pies,** escribió Rabindranath Tagore, como aconsejándonos que, de vez en cuando, miremos hacia los más necesitados. La bondad es la fuerza capaz de enfrentar la situación más dramática en que pudieses hallarte, con ella se vence hasta el odio más feroz.

Bienaventurados los que saben dar sin recordarlo y recibir sin olvidarlo. Hacer de uno ese ser que se ofrece entero, sin esperar recompensas, y a la vez agradecido con el que tiene un gesto amistoso, es ser dueño de uno mismo; algo que no te puede arrebatar ni la más nefasta suerte tramada por el destino.

En cuanto al que va tejiendo tortuosos secretos a tus espaldas, alguien dejó escrito: **si dicen mal de ti con fundamento, corrígete, de lo contrario ríete.** A la larga, quien se empeña en el bien salta todos los obstáculos. No te preocupes por el que pone zancadillas con sus enredos, como dice un proverbio español: **quien siembra vientos recoge tempestades.**

El que pretende la prosperidad haciendo el mal a los demás, por mucho que consiga su propósito, no hay quien lo libre de la oxidación que esas acciones le van produciendo en el alma. No hay vida que soporte cargar con el monstruo que va tejiendo de sí misma.

Por eso es saludable aplicar el proverbio árabe: **Castiga a los que tienen envidia haciéndoles bien.** Cuando se transita por la existencia con paz interior la suerte es aliada, y por muy espesa que sea la neblina uno sabe hacia dónde va.

El envidioso no soporta el talento ajeno, **el hombre sabio querrá estar siempre con quien sea mejor que él.** La virtud del prójimo no nos quita nada, por el contrario, puede aportarnos mucho, empinarnos hacia él, ayudarnos a ser mejores; debemos tomarla como un privilegio, no como castigo.

El poeta Regino Pedroso cierra esta página desde la altura de las almas nobles:

**Pero en tanto, oh discípulo,
goza del sol, del mar, del aire y de la tierra:
ámalo todo y nada odies, nada te asombre,
que en toda dicha hay pena,
que en toda dicha hay lágrimas,
y en todo lo creado, junto a la gris arcilla
hay también lo divino.**

¿Es que la satisfacción del amor mata el amor?

EL DIABLO ILUSTRADO

Vamos a compartir —como los peces— un mundo de silencios; este íntimo espacio de páginas pobladas de señales que te buscan: letras que pudieran alcanzar tu razón o pasar al olvido.

Soy un eterno caminante que vaga por las huellas de los hombres (y mujeres, por supuesto) buscando un sendero en el tiempo para alcanzar... no sé: el bien, la honestidad, la más completa libertad, la sencillez, el reino de la verdad. Me purifico en la tentación de extenderte una mano para escalar por ideas hacia la cima de esa montaña mágica que es la obra humana.

Sospecharás, no sin razón, que soy un soñador; de eso se trata, de que emprendas conmigo el reto que implica desafiar los pasajeros nubarrones de la desesperanza. Ya sé que el mejor sueño es perenne destino, pero no por inefable se deja de aspirar al horizonte: "no es la meta lo que importa, caminante, es el camino".

Si estás dispuesto a la noble aventura, estrecha tu espíritu...

El diablo ilustrado

Por el amor de una rosa el jardinero es servidor de mil espinas, reza un proverbio turco aludiendo seguramente a todos los obstáculos y sacrificios que, por lo regular, implican y asumen los buenos amores. Ahora bien, te amo se dice muy pronto: tres sílabas que ruedan fácilmente y no están prohibidas para el que miente, engaña o se deja arrastrar por el primer deseo o sensación agradable. Coincidirás conmigo en que, buena parte de las veces, hacemos una apropiación indebida de tan excelsa expresión. Encontrar el amor no es tarea fácil, quiero decir, hallar la media naranja que nos impulse a buscar, a mejorarnos cotidianamente, en (y con) ese otro ser:

    y por tu rostro sincero
    y tu paso vagabundo
    y tu llanto por el mundo
    porque sos pueblo te quiero

Mario Benedetti nos habla de una pareja capaz de expandirse hacia su pueblo, hacia la humanidad, en el crecimiento que va desde compartir la más tierna e íntima caricia hasta la más elevada utopía y afán de justicia:

si te quiero es porque sos
mi amor mi cómplice y todo
y en la calle codo a codo
somos mucho más que dos.

El amor que se reparte, que se nutre de la tragedia y los sueños de la gente y alimenta luego a los demás, el que no tiene fronteras, ese es el único amor.

En tu abrazo yo abrazo lo que existe,
la arena, el tiempo, el árbol de la lluvia.
y todo vive para que yo viva:
sin ir tan lejos puedo verlo todo;
veo en tu vida todo lo viviente.

En estos versos de Pablo Neruda está latente la energía aportada por el ser amado, esa que irradia el espíritu de manera tal que todo lo acontecido va a parar a uno (a nosotros): **el verdadero amor quijotiza.**

Escribió Balzac: **el amor es la poesía de los sentidos** y, ciertamente, encontrarlo es hallar la magia que nunca cesa, la necesidad de leer en (y con) los ojos afiebrados cosas cada vez más hondas, más distantes, es como una urgencia de abrazar hasta el aire para darle una visión más tierna a todo lo que late; es el afán de reparar el mundo. Es como el acto de poetizar, escudriñando en la vida, nombrando los objetos cual recién descubiertos, porque el amor tiene nuevos ojos y necesita expresarse con su idioma, el de los versos que esperan a nuestro alrededor.

La escritora francesa Aurore Dupin, quien asumió —para esquivar prejuicios— el seudónimo de George Sand, expresó: **te amo para amarte y no para ser amada, puesto que nada me place tanto como verte feliz.** Hay sólo parte de la clave de una relación aquí; cuando se ama de verdad se desea por encima de todo —incluso de uno mismo— la felicidad del otro(a). Ahora bien, creo que en realidad, **amar es llegar al punto en que uno (o una) es plenamente feliz en la felicidad del otro(a).**

Dando a otro ventura fabricamos la nuestra, escribió José Martí. La reciprocidad es esencial en una pareja. Cuando se ama realmente, uno desea hacer feliz al otro, quiere darle lo mejor de sí para que se sienta en la cumbre de la existencia, y ese goce, a la vez, lo hace feliz a uno. Es importante que la otra parte sienta con la misma intensidad; sólo así se logra el equilibrio necesario para que ambos crezcan en la ternura, el conocimiento y la sensibilidad que se aportan.

Retomemos a don Honoré de Balzac, **el marido debe luchar sin tregua contra un monstruo que todo lo devora: la costumbre** —claro que la esposa también. ¿Quiere esto decir que la vida cotidiana va matando el amor? ¿Crees que en la rutina diaria la pasión va dando paso a una especie de amistad cariñosita, o —en el peor de los casos— a un soportarse, o a una guerra oculta? Quizás esto suceda con frecuencia, pero **la culpa del asesinato no es del cuchillo.** Observando en los siglos de amantes que han transcurrido desde que tenemos noticias de los seres humanos, encuentro una enfermedad que ciertamente convierte a la cotidianidad en rutina: el creer que se ha llegado al amor. Pensar que una relación tiene un tope, como si fuese una carrera de atletismo con salida y meta, es un acto homicida. Amar es explorar, llegar más lejos en el alma del otro, encontrar y encontrarse en esa interacción físico-espiritual que es ilimitada porque las almas son insondables, y tras cada hallazgo guardan nuevos enigmas por descifrar. Nunca te sientes a reposar pensando que has alcanzado ya el amor, **el amor es como una escalera al cielo: no tiene un peldaño final.** Mientras más subas, con ese ser, entrarás más allá en la bóveda celeste, sentirán más cerca las estrellas pero siempre habrá cielo por delante. Incluso, si llegaran a alguna distante estrella, serían entonces cómplices en la maravilla de arribar a tierra virgen en la compenetración humana. Volar con alguien (y gracias a ese alguien) adonde nadie ha estado, será el impulso para seguir escalando, disfrutando cada vez más el privilegio de la compartida lejanía, de las nubes rebasadas, de la exclusividad del paisaje común descubierto.

Claro que las escaleras llevan implícitos los tropiezos, las ganas de sentarse a descansar, el riesgo de caerse; por eso hay parejas de tres peldaños, de cuatro, de ocho, de quince... **sólo el ánimo que se inspiren mutuamente, la necesidad incesante de descubrir y descubrirse uno en el otro, logrará la pareja cósmica.**

Para llegar tan lejos hace falta, primero, estar preparado para ello y luego, dar con ese ser único capaz de lanzarse con uno a semejante aventura. Todo esto en medio de un océano de espejismos en el que, una y otra vez, creemos tener delante a esa persona y luego no resulta. Por eso es tan importante desarrollarse culturalmente, para aguzar la visión y poder detectar en el rompecabezas humano la pieza que mejor nos completa. Si no, se pierden años dejándose arrastrar por deseos pasajeros, por frases simpáticas, por la simple gracia que otorgue una manera de vestir, o por la aceptación que pueda tener una muchacha(o) en determinado círculo de amistades. De todos modos, **cada relación frustrada es, por descarte, un paso de avance en la experiencia**; si sabemos reflexionar sobre los errores, ya conocemos dónde no debemos buscar, en qué punto nos equivocamos.

Ahora, no sólo nos puede pasar que elijamos al ser equivocado: puede que tengamos a esa media naranja ante la vista y la dejemos pasar indiferentes o, incluso, que iniciemos con ella una relación y no sepamos desarrollarla. Dice Santiago Feliú en una canción:

**Una amiga que ya no está
lanzándose a mi mar
dejando todo su presente por mi prisa
La misma que años atrás
me quiso dar de más
y yo no supe contentar
su adolescencia.**

Aquí está reflejado el tiempo de dos, algo que puede crear disonancias. Dos seres cercanos por su espiritualidad y afinados en sus deseos tal vez no coinciden en el tiempo preciso: uno está en etapa de tanteos y el otro sabe lo que busca. Entonces, una parte no valora suficientemente la relación y no entrega todo lo posible; la otra parte lucha y da, da más, pero no recibe igual.

La dejadez, morosidad, un descuido, una pequeña mentira, una falsa postura, pueden mellar cualquier tipo de relación con otro ser. Sobre esto escribió Romain Rolland:

¡Pero basta tan poca cosa para separar dos seres que se quieren y se estiman con todo su corazón! Una palabra demasiado fuerte, un gesto desgraciado, un tic inofensivo de los ojos o de la nariz, un modo de comer, andar, y de reír, una desazón física que no se puede analizar... Nos decimos que no es nada, y sin embargo es un mundo. Es bastante, con mucha frecuencia, para que una madre y un hijo, dos hermanos, dos amigos, que están muy cerca uno del otro, permanezcan eternamente extraños el uno para el otro.

De aquí se desprende la necesidad de ser sincero siempre, de ser auténtico —sin imposturas— a la hora de actuar, de no dejarse arrastrar por la modorra espiritual que viene a veces de achantarse sobre sí mismo, de tratar a los demás sobre la base de lo que se ha entregado y no de lo que se puede entregar a cada instante.

Nuestro José Martí —no conozco mejor médico de almas— dejó escritas unas reflexiones que, de leerlas detenidamente, pueden traerle fortuna a tu vida:

Sucede casi siempre que las relaciones que el amor comenzó, —concluyen por no tener más lazo de unión que el del deber. —¿Es que la satisfacción del amor mata el amor? —¡No! Es que el amor es avaricioso, insaciable, activo: es que no se contenta con los sacrificios hechos sino con los sacrificios que se hacen —es que es una gran fuerza inquieta, que requiere grandes alimentos diarios, es que es el único apetito que no se sacia nunca. No es que anhele cuerpo que lo sacie: es que sólo la solicitud incesante, tierna, visible y sensible, lo alimenta.

Hacer que se estremezca cada momento, sacar fuerzas como quien cuelga al borde de un barranco, sentir siempre la necesidad de impulsar con un gesto, una razón, una caricia, para ser igualmente impulsado, ahí está el misterio: no dejar de sentir el temor a destruir la maravilla, como quien lleva algo muy frágil en sus manos. Hay que interiorizar como alerta constante que **un segundo de indiferencia puede cuartear la tierra de los amantes y abrir un cráter insalvable.**

El amor profundo, el indescriptible, no es un regalo del azar, es un premio al espíritu que alcances, a las dimensiones humanas que sepas tallar en ti. Se le llama amor a cualquier cosa y te conformarás con esa cosa cualquiera si no te haces merecedor(a) de algo más hondo y levitador. **Nada es más inteligente que el amor... entre las personas muy inteligentes, por supuesto.** El cultivo del pensamiento otorga una sensibilidad que posibilita la interacción honda y ennoblecedora con todo lo circundante y, a su vez, es la oportunidad de hallar otra alma semejante. No esperes exquisiteces si no eres exquisito(a), cada cual recibe en la medida en que ofrece. No puede haber compenetración entre dos que no vibren con los mismos detalles, que no padezcan de manera similar los dolores del mundo, que no busquen la misma utopía. Las relaciones dispares son siempre ilusionismos transitorios que acaban en decepciones; por eso, José Martí se lamentaba de los estrechos círculos de conocimientos permisibles a la mujer:

¡Oh! **El día que la mujer no sea frívola ¡cuán venturoso será el hombre! ¡cómo, de mero plato de carnes fragantes, se trocará en urna de espíritu, a que tendrán los hombres puestos siempre los labios ansiosos!** ¡Oh! ¡qué día aquel en que la razón no tenga que andar divorciada del amor natural a la hermosura! ¡aquel en que por el dolor de ver vacío el vaso que se imaginó lleno de espíritu, no haya de irse febril y desesperado, en busca de alma bella, de un vaso a otro! ¡Oh! ¡qué día aquel en que no se tenga que desdeñar a lo que se ama! Marisabidillas secas no han de ser por eso las mujeres; como los hombres que saben no son por el hecho de saber pepisabidillos. Hágase entre ellas tan común la instrucción que no se note la que la posea, ni ella misma lo note: y entonces se quedará en casa la fatiga de amor.

Hoy, en nuestra isla, la mujer tiene las mismas posibilidades de cultivar su espíritu que el hombre, aunque esto no quiere decir que hayamos rebasado todos los prejuicios que la liberen plenamente. De todos modos, más allá de los géneros: sólo dan frutos los amores cuyos amantes crecen incesantemente.

Alguien dijo que **es una locura amar, a menos que se ame con locura**, y es esta quizás la única receta posible para el difícil arte de la felicidad; arrasar con uno desde la purificación, ofrecer sin límites, buscarse y buscar arrolladoramente, sin desfallecimientos, sobreponerse a toda barrera o límite desde el mejoramiento, desde el conocimiento, desde la nobleza, desde la sencillez. Dice el trovador Silvio Rodríguez en una canción:

    La cobardía es asunto
    de los hombres, no de los amantes.
    Los amores cobardes no llegan a amores,
    ni a historias, se quedan allí.
    Ni el recuerdo los puede salvar,
    ni el mejor orador conjugar.

Quien le ponga peros a un romance no sabe del amor; si te sucede que, alguien a quien crees como tu yo, sobrepone alguna dificultad a la relación, te recomiendo aplicar esa frase popular que dice: **empújalo que es de cartón**, el amor que te da no vale tus desvelos.

    ¿Qué tenemos nosotros que ver
    con que todo quede a polvo reducido,
    sobre cuántos precipicios canté
    y en cuántos espejos he vivido?

Ana Ajmátova en estos versos nos arrastra desde el arrojo ilimitado, desde la pasión a toda prueba que da el amor, lo único capaz de justificar una existencia.

Cada cual tiene la oportunidad de alcanzar una vida poética; no es un sendero fácil, es necesario pulirse el alma y eso cuesta. Muchos no te comprenderán, alguno hasta se burlará, pero sólo con el amor se llega lejos. Con tal de conocerlo, aunque sea a distancia, vale la pena entregarse plenamente. No desfallezcas ni desesperes, esa joya que llevas adentro es la única riqueza válida y siempre habrá alguien que sepa apreciarla, porque era exactamente la que ha estado buscando mientras tallaba en su interior la suya.

Retorno a Romain Rolland para adentrarnos (y quedarnos) en la espesura de un amor juvenil:

    Amaba en ella todo lo que hay en el universo bueno y bello. Llamábala su yo, su alma, su ser, y lloraban de amor juntos.
    No era únicamente el placer lo que los unía; era una poesía inefable de recuerdos y de sueños —¿los suyos? ¿O más bien

los de los seres que habían amado antes que ellos, que habían sido antes que ellos..., en ellos...?—. Conservaban, sin comunicárselo, tal vez sin saberlo, la fascinación de los primeros minutos, cuando se encontraron en el bosque, de los primeros días, de las primeras noches que pasaron juntos, de aquellos sueños, el uno en los brazos del otro, inmóviles, sin pensar, anegados en un torrente de amor y de alegría silenciosa. Bruscas evocaciones, imágenes, pensamientos sordos, cuyo leve roce los hacía palidecer secretamente y derretirse de voluptuosidad, los rodeaban como un zumbido de abejas. Luz ardiente y tierna... El corazón desfallece y calla, abrumado por una dulzura demasiado grande. Silencio, languidez de fiebre, sonrisa misteriosa y fatigada de la tierra que se estremece a los primeros soles de la primavera... Un lozano amor de dos cuerpos juveniles, es una mañana de abril. Igual que abril, pasa. La juventud del corazón es un desayuno del sol.

Supe que lo sencillo no es lo necio

EL DIABLO ILUSTRADO

Te siento aquí, creándole la voz a estas líneas que te hago. Te sueño tan cerca: en cada palabra, tengo la sensación de estar a punto de percibir tu aliento. Reacciono luego ante el imposible; se trata sólo de un exceso de concentración, o de querer imaginarme en el instante futuro (a mi escritura) en que estarás (estás) leyendo. Quizás sea un simple juego antisoledad o una especie de fe en la magia literaria; o acaso la sospecha de tu arribo a esta página, por una honda conexión conmigo. ¿Conmigo? ¿Ese que recrea tu mente puede ser el mismo que sale a la calle y vive en la cotidianidad, con sus defectos y virtudes? No. Sólo la parte de mí plasmada en los textos (por suerte la mejor), puede servirte de materia primaria para elaborarme; pero el ser que tú me puedas adjudicar rebasa a este torpe escritor: soy (es) el personaje creado por tu manera de seguir el hilo de estos artículos. A estas alturas, quizás sea más lo que tus sueños dictan que lo haya intentado ser yo para serte. Así te pertenezco, te pertenece, o nos pertenece a ambos, ese ser que nos interrelaciona (y que seguiré asumiendo por un rato más)...

El diablo ilustrado

**Poderoso caballero
es don Dinero.**
Reza una poética broma de Quevedo que ha llegado a nuestros días, con arcaica fuerza, por cierto. Vivimos tiempos en que esos papelitos, de especial impresión, son dueños de mucha gente. Ya la humanidad debiera haber rebasado la era del dinero pero para eso tendría que haber dejado atrás primero lo mal repartido que siempre ha estado; las abismales diferencias económicas entre zonas geográficas, países, capas sociales e individuos, en lugar de atenuarse, se subrayan. La corrupción se ha hecho tan escandalosa y cotidiana que ya ni llama la atención en países donde las cúpulas gubernativas se echan en los bolsillos el dinero de la nación como si fuese un derecho. Carlo Dossi, escritor italiano, dice que **a muchos, solamente les hace falta el dinero, para ser honestos.** Realmente, en buena parte del mundo, ser honrado es poco menos que un delito. Claro que tú y yo somos en esto buenos delincuentes, pues no creemos en la riqueza mal habida —ni en la bien habida (aceptando que pueda existir un

millonario sobre el que no graviten siquiera los millones de seres en la miseria que sobrehabitan en el planeta).

Decía Confucio: **algún dinero evita preocupaciones; mucho, las atrae**. No podemos, ciertamente, abstraernos de la necesidad monetaria, por un problema de elemental subsistencia, pero si bien vale tener lo necesario (privilegio en estos días de economías infladas —y desinfladas) no debemos envidiar al que tenga mucho; ese vive rodeado de murallas para proteger su obsesionante temor de perder lo que posee.

**Mientras más logra el hombre más parco se hace en dones:
Nunca más rico se es que pobre de riquezas...**

Regino Pedroso, desde estos versos, llega a ver la riqueza como una limitante. Sin que esto quiera decir que la pobreza tenga gracia alguna, pero piensa en lo fatua que regularmente es la vida de los grandes señorones(as) de cualquier época. Tan penoso como tener que luchar a brazo partido por la subsistencia es no tener que luchar por nada, que todo te caiga del cielo, existiendo únicamente para la apariencia, en medio de una ausencia de sueños que sólo escapa del vacío con gustos exóticos (y ridículos), rodeado de seres que se te acercan por interés, por tu poder; la falsedad y la falta de incentivo para la creatividad, son asfixiantes. Esa vida es como estar condenado a cadena perpetua en un parque de diversiones.

Dice Ezra Pound en un poema:
**Ven, apiadémonos de los que tienen más fortuna que nosotros.
Ven, amiga, y recuerda
que los ricos tienen mayordomos en vez de amigos,
y nosotros tenemos amigos en vez de mayordomos.**

Esta lástima por los ricos no implica una renuncia a cambiar el mundo; creo que es una razón más: no sólo debemos salvar de la miseria a las mayorías sino también de la inútil riqueza a las minorías.

La miseria no es una desgracia personal: es un delito público, escribió José Martí y debe estar en cada uno de nosotros hacer lo posible por crear ese espacio equitativo para todos al que podamos llamar nuestro tiempo. Lamentablemente, el que habitamos, es un rosario de males con el mismo origen: muchos que no tienen nada y unos pocos que tienen con exceso tal que necesitarían milenios derrochando (más de lo que suelen derrochar) para gastarlo. Si a esto le sumamos la feria de ilusiones que siembra en los desposeídos toda la maquinaria propagandística de los mercaderes, encontraremos la lógica a todo lo ilógico que nos circunda: violencia, droga, guerras, fanatismos, etc.

Yo no sé por qué fuerza de mi espíritu me alejo con una invencible repugnancia de las cosas doradas: —viene siempre con ellas a mi memoria la idea de falsedad y de miseria ajenas, escribió José Martí observando cómo se expandía un sistema donde se convierte al ser humano en esclavo de los objetos. Con pavor describió cómo en los Estados Unidos se fundaba un imperio sobre las ambiciones:

Aquí da miedo ver cómo se disgrega el espíritu público. La brega es muy grande por el pan de cada día. Es enorme el trabajo de abrirse paso por entre esta masa arrebatada, desbordante, ciega, que sólo en sí se ocupa, y en quitar su puesto al de adelante, y en cerrar el camino al que llega.

El individualismo feroz de una maquinaria que va anulando la poesía de la vida, encerrando a los seres humanos en la competencia sin piedad por acaparar, por escalar, por tener, es el destino de destrucción social que salta a su atenta mirada:

Abominables los pueblos que, por el culto de su bienestar material, olvidan el bienestar del alma, que aligera tanto los hombros de la pesadumbre de la vida, y predispone gratamente al esfuerzo y al trabajo. Embellecer la vida es darle objeto.

Era el germen de la sociedad de consumo que se globaliza hoy alejando al ser humano de su esencia, de la poética que está en los misterios de la naturaleza, de la vida misma, de su historia y su destino. Habitamos una época donde el dinero es dicha y angustia, ganarlo, perderlo o no tenerlo, es la obsesión fundamental. Pero no me refiero a "época" en el sentido de estos años, ni siquiera los últimos siglos, ya Leonardo Da Vinci, en el renacimiento, expresó: ¡Oh miseria humana! De cuántas cosas te haces esclava por dinero. Como ves, habitamos un pasado, casi remoto, del que sólo podemos liberarnos con el espíritu y una lucha común por una sociedad donde los objetos no sean más importantes que los humanos.

"Tener o no tener" no puede ser la disyuntiva existencial, se me antoja que Shakespeare está en el futuro desde el dilema de Hamlet: "ser o no ser". Para rebasar esa prehistoria mercantil, es necesario salir de la trampa de su objetivo vital; mientras seamos esclavos de las cosas y no estén ellas en función de nosotros, de nuestro crecimiento, habría que decir como Silvio:

> somos el pasado remoto del hombre,
> estos años son el pasado del cielo.

Abel Prieto nos adentra en un juego clasificatorio de ambiciones, muy a lo cubano:

> **Es probable que en él se confundieran el Adelanto étnico impulsado por Charo, el Adelanto como "progreso material", falsamente civilizatorio, y el Adelanto no sólo "hacia adelante" sino "hacia arriba", es decir, el Adelanto en términos clasistas, como Ascensión en la escala social y como acumulación de Cosas.**

Aquí están presentes diversas ambiciones, como la racista, que ve en la blancura de la piel un avance, la de escalar en la sociedad, y la relacionada con el estatus material.

Hay que hacer una salvedad: **todas las ambiciones son detestables; excepto las que ennoblecen al hombre (y la mujer) y estimulan a la humanidad.** Hay quienes se dedican por entero al estudio, a dominar un oficio, a ser útiles. Estas buenas ambiciones ennoblecen y fortalecen el espíritu en tanto conducen a esa felicidad que consiste en acostarse con la conciencia tranquila y levantarse cada día mejor. Es muy válida —por ejemplo— la ambición que pueda tener un pelotero de integrar el equipo Cuba, un machetero de ser multimillonario (claro que con la mocha en la mano), un ingeniero de ser una eminencia en su especialidad, o un estudiante de ser el primer expediente; pero esa dedicación es buena, no sólo porque te prestigia ante los demás, sino —sobre todo— porque resulta un reto en la vida, una necesidad de crecimiento que incentiva la existencia. Dice Joan Manuel Serrat en una canción:

> Supe que lo sencillo no es lo necio
> que no hay que confundir valor y precio,
> y un manjar puede ser cualquier bocado
> si el horizonte es luz y el rumbo un beso.

Hay hermosas ambiciones, las que tejen sueños, como las hay también oscuras y venenosas; esas de quienes se esmeran pero en el mal.

Están los que podemos llamar "alpinistas", que les gusta subir por subir, por estar arriba (no estoy aludiendo a los que escalan montañas, con esfuerzo, o incluso corriendo riesgos, por el placer de dialogar con la naturaleza —nada más saludable, humano y hermanador que practicar el real alpinismo). Me refiero a los que les gusta subir por sobre las espaldas de los demás, los que quieren ascender en la vida, no por sus méritos sino rastreando e inventando deméritos a quienes los rodean. Esos acaban en un abrupto desmoronamiento, ya que **quien sube al lugar que no le toca, termina cayendo por su propio peso.** Nunca pretendas saltar escaños arrastrado por la ambición: llegar despacio, pero firmemente, te asegura ser tú quien llega y no la imagen falsa que te has creado por vías turbias. **Si quieres alcanzar lo más alto, empieza por lo más bajo.** Quien conoce sus fuerzas, y sus esfuerzos, encuentra el sendero de llegar más lejos, quien no, saca las garras —sutiles o grotescas— y puede ganar distancias vertiginosas por un tiempo, pero a la larga queda tendido, desplazado y olvidado.

Un ejemplo sencillo: un estudiante, que en lugar de "quemarse las pestañas" se despreocupa de estudiar y a la hora de los exámenes acude a los "chivos" o al que le sople las respuestas. Puede que saque buenas notas, y hasta que llegue a la universidad a base de fraude. Cuando comienza la carrera: el desastre; o supongamos —algo bien difícil— que sea tan hábil en fijarse que logre incluso graduarse, será entonces un fracasado en su especialidad y la vida le pasará la cuenta.

Nunca pretendas avanzar sobre virtudes ajenas, **lo importante no es llegar más lejos sino lo que se crece en avanzar, la ganancia es uno no la distancia.**

Filosofando un poco, **el bien es la medida de todas las cosas.** Mientras las razones sean puras y la vía el esfuerzo, el camino será el cierto —no te digo que el menos espinoso, por lo regular los sueños cuestan.

Reza el epitafio en la bóveda de Alejandro Magno: **Una tumba es ahora suficiente para aquel que el mundo entero no era suficiente.** El tiempo perdido en acaparar objetos, y las mezquindades empleadas en ello, son como úlceras que van saliendo en la vida y te aniquilan cuando menos lo esperas.

Siguiendo con los grandes personajes de la antigüedad, decía Julio César: **prefiero ser el primer hombre aquí que el segundo en Roma,** lo que en la actualidad viene siendo: **es mejor ser cabeza de ratón que cola de león.** Esta manera de pensar me resulta algo limitada —con perdón del césar— porque implica quedar encerrado en un determinado ámbito con tal de no abandonar X jerarquía. Es la mentalidad de no abandonar una posición porque se ha llegado a un reconocimiento, a un estatus, en el que se está cómodo y, por tanto, ¿para qué emprender nuevos proyectos que pudieran implicar inseguridad o posibilidades de fracasos? En este caso sería bueno un poquito de ambición para proponerse metas más altas, correr riesgos por nobles objetivos, aunque impliquen menos comodidades; esto debe ser una constante en la vida. Dice una canción de Silvio:

**El que tenga una canción tendrá tormenta,
el que tenga compañía, soledad.
El que siga buen camino tendrá sillas
peligrosas que lo inviten a parar.
Pero vale la canción buena tormenta
y la compañía vale soledad.
Siempre vale la agonía de la prisa
aunque se llene de sillas la verdad.**

Quien renuncia a emprender nuevos proyectos y se sienta, queda fosilizado en vida. Es importante saber distinguir las ambiciones: las hay tontas y dañinas, las hay sanas y nobles. Unas conducen al placer epidérmico y efímero, o al abismo del alma, las otras te llevan —a veces por senderos escabrosos— hacia la plenitud, la fortaleza espiritual, la satisfacción que nadie te puede robar porque la has forjado mejorándote y mejorando. **Unce tu carro a las estrellas**, dijo Emerson, busca la luz y no temas querer alcanzarla, pero búscala honestamente, para que sea por siempre —y realmente— tuya.

Escribió José Martí: ¡**Sólo perdura y es para bien, la riqueza que se crea, y la libertad que se conquista, con las propias manos!** Crear limpiamente tu mundo, espiritual y material, es la única forma de labrarse una existencia lúcida, tranquila, que crezca con los años.

Alguien dejó escrito que **la ambición destruye al poseedor.** Coincido en que los avariciosos terminan siendo presa de su propia incoformidad y esto siempre me remite al cuento "El camarón encantado" del escritor francés Laboulaye que José Martí recrea en *La Edad de Oro*. Es la historia de un humilde leñador (Loppi), que cierto día pesca al camarón encantado (una especie de maga) que lo complace en sus deseos. Él no tenía ambiciones, pero su mujer no se conformaba con nada, así cada día el pobre Loppi pedía más en nombre de Masicas. De un simple plato de comida, las solicitudes llegaron a lujosos vestidos, un palacio

con sirvientes, todo un reinado, hasta que, la siempre inconforme esposa, pide ser reina en el cielo y, allá fue el marido complaciente a pedir en la orilla del río:
¡Camaroncito duro
Sácame del apuro!
Nadie respondió. Ni una hoja se movió. Volvió a llamar, con la voz de un soplo.
—¿Qué quiere el leñador? —respondió otra voz terrible.
—Para mí nada: ¿qué he de querer para mí? Pero la reina, mi mujer, quiere que le diga a la señora maga su último deseo: el último, señora maga.
—¿Qué quiere ahora la mujer del leñador?
Loppi, espantado, cayó de rodillas.
—¡Perdón, señora, perdón! ¡Quiere reinar en el cielo, y ser dueña del mundo!
El camarón dio una vuelta en redondo, que le sacó al agua espuma, y se fue sobre Loppi, con las bocas abiertas.
—¡A tu rincón, imbécil, a tu rincón! ¡Los maridos cobardes hacen a las mujeres locas! ¡abajo el palacio, abajo el castillo, abajo la corona! ¡A tu casuca, con el morral vacío!
Cuando regresa el pobre hombre a su casa se había desvanecido el encantamiento. Y continúa el relato cuando Masicas lo coge por el cuello:
—¿Estás aquí, monstruo? ¿Estás aquí, mal marido? ¡Me has arruinado, mal compañero! ¡Muere a mis manos, mal hombre!
—¡Masicas, que te lastimas! ¡Oye a tu Loppi, Masicas!
Pero las venas de la garganta de la mujer se hincharon, y reventaron, y cayó muerta, muerta de la furia. Loppi se sentó a sus pies, le compuso los harapos sobre el cuerpo, y le puso de almohada el morral vacío. Por la mañana, cuando salió el sol, Loppi estaba tendido junto a Masicas, muerto.

En tiempos difíciles no escasean los que centran su vida en la avidez de dinero y cosas materiales y esto los hace esclavos de los objetos. Mientras más tienen, más quieren tener, y así consumen su existencia en turbias gestiones para satisfacer esa sed insaciable. Cuando vienen a darse cuenta —si llegan a darse cuenta— se han olvidado de sentir y amar, es decir, se han olvidado de vivir, concentrados en sacar cuentas.

Ya lo dice el refrán: **la avaricia rompe el saco.** De ahí que debamos mirarnos por adentro y ver hacia dónde se dirigen nuestras ambiciones; tener no es malo, lo ideal es contar económicamente con lo indispensable como para dedicar nuestro tiempo a ser. Pero existen muchos que llevan el símbolo de dólar en la frente y se desbocan hacia la primera superchería que venden como maravilla los mercaderes universales, dejando en pos de ese objetivo hasta el alma. Por eso debes de cuidar tus nobles ambiciones y hacer el señalamiento oportuno al amigo(a), familiar o pareja, que pretenda arrastrarte como Masicas a Loppi. La honradez —casi subversiva en nuestros días—, es la única vía para poder transitar por la vida con la frente en alto, la mirada limpia y los labios dispuestos siempre a decir lo que piensas: ¿quieres mayor libertad?

Al parecer, a Joan Manuel Serrat, una amante intentó exigirle algunas grises ambiciones; su respuesta fue una exquisita canción:

Y no es prudente ir camuflado
eternamente por ahí,
ni por estar junto a ti
ni para ir a ningún lado.

No me pidas que no piense
en voz alta por mi bien,
ni que me suba a un taburete,
si quieres probaré a crecer.

Es insufrible ver que lloras
y yo no tengo nada más que hacer.

Hijo soy de mi hijo

Lo que fue instinto, o desbordado anhelo, ahora es certeza: me acompañas. Esto principia un nuevo rostro, casi nítido, en las canciones fantasmales. Ya no soy el solitario vagabundo, ahora te tomo el pulso como quien se alimenta de la aurora —perenne amenaza de las sombras—, y le saca sus trinos. Los trazos de tinta que me identifican, y en los que dejo los más hondos pedazos de mí, te han traído y me llevan a esa danza de los seres incorpóreos: el combate espiritual por el cenit de la esperanza. ¿Cómo sabrías que estoy (o están mis más sinceros jirones) junto a ti? ¿Cuál podría ser la prueba de nuestra conexión? No hacen falta comprobaciones; viajo en el bolsillo de cada gesto que te acerca a las estrellas, como un resguardo. Gracias por llevarme, por conceder el trono de la amistad a quien no es sino un humilde escribano de tus anhelos...

El diablo ilustrado

Madre hay una sola, dice un tango que cantaba Carlos Gardel, resaltando la importancia que tiene ese extraordinario ser en nuestra vida. Ciertamente, es la madre refugio central del ser humano. No por gusto, cuando se quiere exaltar algo se le da ese título; de ahí que expresemos "madre naturaleza", "madre patria" o "tierra madre", siempre reservando el noble calificativo a casos excepcionales y esenciales.

Maternidad es un estado de gracia de la vida, la ternura se convierte en un manto mágico que envuelve a la mujer con su hijo, creando una fusión eterna. De ahí que —salvo casos muy contados— **la madre es la fuente donde depositamos nuestra máxima confianza durante toda la existencia.** No es sólo cariño, comprensión, guía desde nuestros primeros pasos —cosas que también ofrece un buen padre—; más allá del espíritu que nos siembra mientras nos moldea, mamá es el ser al que estamos ligados, como planta a su raíz, desde que nos formamos como semilla en su vientre. Es quien nos entrega a la luz y luego, desde su seno, nos ofrece calor y alimento, por eso **el ser humano comienza por aprender que madre es vida.**

La única frase algo despectiva que conozco con respecto a las progenitoras es: **¡estás de madre!,** que generalmente se emplea cuando alguien es muy insistente, lo cual alude a la sobreprotección, al desvelo, que con frecuencia —y hasta los últimos días de su existencia—, tiene normalmente una madre con su hijo. Con el tiempo, la expresión ha ido cogiendo otros sentidos algo desfigurados y hay quien la emplea para decirte: *estás mal, no pones una*, etc. Pero fuera de ahí, madre es palabra sagrada.

Sin embargo, la otra parte de la pareja corre la suerte inversa. No hay frase más socorrida que: **padre es cualquiera** (dicho de muy mal gusto, por cierto); no hace falta atacar al hombre para resaltar el papel de la mujer. Aunque ha sido subestimado, por prejuicios y tradiciones machistas (o feministas), el padre puede significar tanta dedicación y ternura para un hijo como la que lo parió. Pero, retrocando un poco, viremos la tortilla (es decir, la pregunta): ¿Madre es cualquiera?

Maternidad no implica sólo capacidad de engendrar. La evolución hacia la madurez va dando a la muchacha los dones que hacen de ella una madre. Muchos aconsejan a parejas muy jóvenes, para que no se precipiten, con los argumentos de las condiciones objetivas: ¿Un hijo? ¿en qué techo lo van a cobijar?, ¿con qué lo van a sostener?, ¿qué harán con sus estudios? Estas preguntas pragmáticas, y otras por el estilo, casi siempre conducen a que la joven pareja decida buscar la procreación por encima de los juicios. Los factores objetivos hay que tenerlos en cuenta, tampoco se trata de pensar: *hay amor, así que vengan hijos*. Pero más allá de esas condiciones —que pueden ser más o menos sorteadas— hay que preguntarse si esa muchacha, y también el muchacho, están listos. **La vida lleva su paso, alterarlo es quemar etapas que no tienen regreso.**

Un hijo no es un experimento, no es un juego, aunque el hijo nos devuelve al mundo de los juegos y nos hace experimentar sensaciones inimaginables. Pero debe llegar a su tiempo físico y espiritual. Hay edades para conocer la vida, para comprenderla y para ir tomando la conciencia y el dominio de ella —sin perder el asombro, por supuesto. Una joven necesita, no sólo que su cuerpo llegue hasta el estado óptimo para la gestación, sino también una preparación psíquica, una definición conceptual acerca de muchos aspectos esenciales, una seguridad e idea de los principios en que va a encauzar a su criatura.

Cuando llega un hijo se trastoca todo en la vida, por eso es importante que aparezca en un momento en que la pareja esté mentalmente dispuesta a la dedicación plena. Desde que nace vienen noches enteras sin dormir, meses en que no se puede prácticamente ni salir a pasear, los planes se van abajo con un catarrito u otras enfermedades comunes en los primeros tiempos. Cuando se es muy joven, aún se vive para uno, para disfrutar con la pareja de la soledad —aparente— y, todas esas limitaciones, a las que se ven sometidos en una edad para quemar energías, provocan la sensación de andar con un lastre. Aun en los casos en que el amor al hijo, que nos roba desde sus primeras muecas, sea muy intenso y estén los muchachos conscientes del sacrificio, están saltando etapas sin necesidad. (Esto, descartando que mientras más joven se es, más probabilidades existen de que la pareja elegida no sea la correcta.) En la primera juventud, tienen mayor peso en la elección los instintos, gustos y deseos; luego —en la... llamémosle segunda juventud—, a esos elementos se les agregan la razón y la experiencia resultantes de los fracasos anteriores.

A todo lo expuesto habría que agregar el nivel cultural que dan los años, otra razón para esperar la hora buena. Cuando se sale de la adolescencia se está comenzando el camino para adquirir una sólida cultura. Es el momento de leer mucho, apreciar una buena película, asistir a teatros, museos, etc., y la llegada del chamaquín en esa etapa, no sólo limita la posible adquisición de conocimientos sino que no se está peparado para ofrecérsela en su educación. Nadie puede dar lo que no tiene.

Siempre es saludable darle un chance al amor para indicar la hora de los hijos. Una precipitación conduce a problemas de crianza y hasta en la propia relación de pareja, por no tener madurado un proyecto de educación. No quiere decir esto que para tener un hijo haya que pasar una carrera universitaria, pero cuando se es muy joven uno no ha entrado en relación ni con hijos de los amigos (porque estos, por lo regular, no los tienen todavía) y no se ha hecho, por tanto, muchas preguntas que hay que responderse antes, pues, si no, las preguntas asaltan todas de golpe en el momento de actuar con el hijo ya entre las manos. A esas alturas no queda tiempo para la reflexión y hay que ponerse a improvisar. ¿Quién paga los platos rotos? El niño, y por ende, la propia pareja que comienza entonces una cadena de tropiezos y amarguras. Piensa siempre que **un error puede conducir a otros.**

Alguien dijo que **la paciencia es un árbol de raíces amargas pero de frutas muy dulces.** Dale a tus años la función de despertador y sabrás el minuto preciso en el que estás listo(a) para sacrificar tiempo y placeres en función de ese jirón de ti mismo(a). La propia vida te dará la señal con una desazón, una sensación como de vacío, de que te falta algo y no sabes de qué se trata; entonces, el propio amor te hace caer de bruces sobre la sorpresa: *¡Claro, un hijo!* Aclaro que al referirme a sacrificio y renuncia a placeres, lo hago desde la perspectiva de una pareja prematura, ya que cuando se trae un pequeño a la hora en que se ha madurado, esas renuncias son nimiedades en comparación con la revolución que trae el pequeñuelo a nuestras vidas. A uno no le importa dejar de dormir, lo que quiere es el desvelo para estar con la criatura, a uno no le interesa pasear porque el más paradisíaco paseo es el que nos hace volar besando y trotando entre los diminutos pies y el gorjeo del pequeñín.

Dice Silvio en una canción, asumiendo a Martí: **apiádense del hombre que no tuvo: ni hijo, ni árbol, ni libro.** (Por supuesto que esto va también con las mujeres.) Son tres cosas esenciales sin las cuales no debe partir la vida: sembrar un árbol, leer un libro y tener un hijo. Metáforas aparte, si son más de uno en cada caso, bienvenidos sean.

La pareja, desde el instante en que tiene la confirmación del médico de que viene un hijo, experimenta nuevas sensaciones, preocupaciones, proyectos, sueños. La futura madre empieza a adquirir una nueva belleza física:

**Se le hinchan los pies
el cuarto mes le pesa en el vientre,
a esa muchacha en flor
por la que anduvo el amor
regalando simientes.**

**Si la viese usted,
mirándose feliz al espejo,**

palpándose el perfil
y trenzando mil nombres en dos sexos.

Es Joan Manuel Serrat y una canción donde describe esos meses de creciente ternura en que viene el milagro de una nueva vida. La pareja recobra enormes bríos, cada saltico que da (eso que viene) provoca risas y emociones indescriptibles. Ella entra a la etapa de los antojos (no sé aún si es un truco femenino, para desquitarse de nuestras vagancias) y él de correcaminos a buscar un batido de mamey a las 3.00 am., o una piza de chayote un domingo al amanecer. Así, mientras llega la definición del sexo, se lanza por toda la familia y el barrio un concurso de nombres, y la sensibilidad de los pre padres crece como la espuma.

Si la viese usted, cantándose
canciones de cuna,
como un cascabel, que acunase un clavel
en un rayo de luna.

Corre, lagarto, por otra cama en el cuarto,
a empapelarlo de azul
y en agosto de parto, de parto.

Como un ciclón, arriba la señal de entrar al salón de parto. Se moviliza la familia, se riega la voz entre amigos y compañeros de trabajo. La vida de dos seres se abalanza hacia ese momento tenso en que cada minuto de espera es una eternidad.

Aunque tú seas un criminal, cuando tienes un hijo te haces bueno. Por él te arrepientes; por él sientes haber sido malo; por él te prometes a ti mismo seguir siendo hombre honrado: ¿no te acuerdas lo que sucedió a tu alma cuando tuviste el primer hijo? Estabas muy contento; entrabas y salías precipitadamente; temblabas por la vida de tu mujer; hablabas poco, porque no te han enseñado a hablar mucho y es necesario que aprendas; pero, te morías de alegría y de angustia. —Y cuando lo viste salir vivo del seno de su madre; sentiste que se te llenaban de lágrimas los ojos, abrazaste a tu mujer, y te creíste por algunos instantes claro como un sol y fuerte como un muro. Un hijo es el mejor premio que un hombre puede recibir sobre la tierra.

Es la exquisita sensibilidad de nuestro Martí describiendo ese día, ese instante del parto, desde el ángulo del padre que espera. Las mayores protagonistas de ese momento son las madres y, para toda joven que tiene por delante esa hora divina en que empiezan las contracciones, se rompe la fuente y entra al salón entre el dolor y las ansias más tiernas, tengo un texto que Eduardo Galeano extrajo de las entrañas de nuestra América:

¿Qué hace una linda huichola que está por parir? Ella recuerda. Recuerda intensamente la noche de amor de donde viene el niño que va a nacer. Piensa en eso con toda la fuerza de su memoria y su alegría. Así el cuerpo se abre, feliz de la felicidad que tuvo, y entonces nace un buen cuerpo huichol, que será digno de aquel goce que lo hizo.

Nos ha nacido un hijo: cada movimiento suyo nos desvela, cada vez que abre los ojos se despierta el mundo. Lo mostramos con orgullo, no podemos concebir hermosura mayor en el universo: **hay un solo niño bello en el mundo y cada madre lo tiene**, dijo Martí, y debo defender ahora a los padres que sienten lo mismo:

A menudo los hijos se nos parecen,
así nos dan la primera satisfacción
esos que se menean con nuestros gestos,
echando mano a cuanto hay a su alrededor.
Esos locos bajitos que se incorporan
con los ojos abiertos de par en par,
sin respeto al horario ni a las costumbres
y a los que, por su bien, hay que domesticar.
Niño,
Deja ya de joder con la pelota.
Niño,
que eso no se dice,
que eso no se hace,
que eso no se toca.

Joan Manuel Serrat le canta a ese ser que comienza a empinarse sin sentido del bien y el mal. Somos los encargados de guiar los pasos de esa esponja que capta cada tono de la voz, cada expresión, armando en su mente una mecánica para interpretarlo todo. El objeto que le das, la manera en que hablas, en que te mueves; los lugares a donde lo llevas, nada escapa a sus sentidos ávidos de impresiones para moldear su existencia. Cada minúscula ternura es una huella que imprimes en él para siempre.

>   Cargan con nuestros dioses y nuestro idioma,
>   nuestros rencores y nuestro porvenir,
>   por eso nos parece que son de goma
>   y que les bastan nuestros cuentos para dormir.

Está creciendo y requiere nuestro tiempo, cada minuto es irrecuperable y en él nuestra ausencia implica soledad: donde falta nuestra mano hay otra mano ciega que lo lleva hacia quién sabe dónde. Al niño le hace falta también nuestra niñez.

>   Quiere jugar en mis brazos,
>   tan loco, a pedazos, me dibuja un sol.
>   Quiere pintarme en la vida
>   Juguetes y cuerdas, hacerme caracol.
>   Quiero poder descubrirte
>   montar tu velero, saber dónde vas.
>   Luego arrancarte la prisa
>   prenderla en un sueño y echarla a volar.

Al trovador Santiago Feliú lo empina ahora la poesía de su pequeñuelo: y **en los ojos de mi hijo nace otra manera de saber.** Porque no se trata de trazarle un camino desde órdenes y consejos, lo que se desata es un intercambio —si no subestimamos la genialidad de la pureza— en el que los padres aprenden mucho, se cargan de la inocencia (por lo regular desplazada por nuestra madurez) que incita a mirar con nuevos ojos todo lo aprendido.

Uno quiere darse entero, despejarle el camino de oscuridades para evitarle a ese pequeño las infelicidades que uno pudo haber tenido. Desde el juego buscamos la compenetración que extinga los secretos, nos hacemos cómplices de majaderías sobre las que debiéramos meditar. Cada inquietud es un dilema que exige una explicación, ¿cómo ganarse la plena confianza entre el beso que aprueba y el regaño que sanciona?

>   Quiero encontrarme en todas tus maldades,
>   saber del arco iris que tejes para amar,
>   luego escondernos encima de una estrella,
>   cantarnos los secretos,

hacerte cuentos, o qué se yo.
Quiero tenerte en mis brazos
para musicarte
        la vida.

La vida —¿cómo será la de ese ser que va creciendo sin darnos cuenta?—, la época, las circunstancias lo marcarán, pero a sortearlas lo enseñamos los padres con las ideas, con los principios que les vamos inculcando desde las canciones de cuna. Ellos se miran en nuestro espejo y, sobre todo, en sus primeros años, cuando se forma la esencia de su personalidad, papá y mamá son los dioses, el modelo ideal que se trazarán. De ahí la importancia de la compenetración de los padres, del proyecto común de enseñanza. Retorno a Eduardo Galeano, que nos llama ahora a dirigir la educación sobre la base del intercambio de ideas con el hijo, de incentivar la creatividad, en lugar del orden y mando por capricho, al que se echa mano como salida fácil:

Mandar a hacer de memoria lo que no se entiende, es hacer papagayos. No se mande, en ningún caso, hacer a un niño nada que no tenga un "porque" al pie. Acostumbrado el niño a ver siempre la razón respaldando las órdenes que recibe, le echa de menos cuando no la ve, y pregunta por ella diciendo: "¿Por qué?" Enseñen a los niños a ser preguntones, para que, pidiendo el por qué de lo que se les manda a hacer, se acostumbren a obedecer a la razón: no a la autoridad, como los limitados, ni a la costumbre, como los estúpidos.

Nunca debemos subestimar la capacidad de comprensión de los pequeños. Ellos pueden interpretar todo lo que seas capaz de explicarle, por muy complejo que sea el tema, siempre que vayas incorporándole e ilustrándole las palabras adecuadamente. El germen de los conceptos que aplicará en su adultez se siembra desde que el niño nace. En tus manos está enseñarlo a indagar o a aceptar mecánicamente lo que se le diga. No se trata ni de complacerlo en todo, ni de pegarle por una mala acción, sino de darle razones, matices que lo lleven a sacar una experiencia a cada vivencia; de acostumbrarlo a reflexionar sobre lo que hace o piensa hacer. Hay quienes esgrimen la frase: "con palos se aprende" y **los palos sólo enseñan a bajar la cabeza no a utilizarla.**

José Martí nos describe, inspirado en un amoroso padre, los caminos de la enseñanza:

No tuvo nunca para su hijo aquel amante padre esas rudezas de la voz, esos desvíos fingidos, esos atrevimientos de la mano, esos alardes de la fuerza que vician, merman y afean el generoso amor paterno. Puso a su hijo respeto, no con el ceño airado, ni con la innoble fusta levantada —que mal puede luego alzarse a hombre el que se educa como a ciervo mísero; —no con la áspera riña, ni la amenaza dura, sino con ese blando consejo, plática amiga, suave regalo, tierno reproche, que deja sin arrepentimiento tardío el ánimo del padre, y llena de amoroso rubor la frente del hijo afligido por la culpa.

No hay cambio tan espectacular en una existencia como ese punto de giro provocado por el hijo que llega, ese reanalizar la vida desde la interacción con ese ser tan pequeñito e instintivo que va conformando su identidad: **hijo soy de mi hijo! Él me rehace**, escribió José Martí.

Uno no sólo aprende a ser padre (o madre) sino que comprende, desde una nueva perspectiva, su papel de hijo. Revives la relación con tus progenitores al caer en la misma situación que ellos contigo y comprendes mejor sus desvelos, sus obsesiones, sus regaños, sus consejos. **Uno aprende realmente a ser hijo cuando tiene uno.**

Tengo un especial amigo trovador —al que ya he hecho referencias— que llevó esta experiencia a una canción. Su padre, pescador (de orillas), lo llevaba desde muy pequeño a pasar los fines de semana en la costa:

**Viejo, qué bien sabían tus palabrotas
cuando el azul desataba la expansión,
cuando el salitre era una miel para las bocas.**

**Viejo, qué niño tan feliz fui entre las rocas,
animando cangrejos, caracoles,
con juguetes de estrellas,
madrugando entre tus botas.**

Aquí se da una relación padre-hijo en su sentido más puro, en contacto con la naturaleza, sin ninguna riqueza material, y con toda la que ofrece el amor en ese compartir sin barreras, sin tener otra cosa que no sea ellos mismos:

Viejo, aquel anzuelo voraz tú lo inventabas
para sacar discusiones con los peces,
para darme un rincón en tu morada:
morada, donde no entraban modas ni intereses.

Viejo, pescar o no pescar no te importaba:
sólo se atrapa la ternura que se vierte
fuimos dueños de todo y de la nada
de la nada: el arte era esperar siempre la suerte.

Un día, ese amigo trovador ya no tuvo al viejo amigo de pescas; pero le llegó el hijo, y retomó sus viajes a la costa para comprender a plenitud lo que significaban la eternidad de las puestas y salidas del sol:

Viejo, vuelve a caer la tarde junto al mar
ahora soy tu heredero universal:
llevo la boina de octubre de amuleto.

Viejo, las olas siguen barriendo los secretos,
ahora me toca a mí filosofar:
soy fantasma que arrulla en tu lugar,
con el truco del pez duermo a tu nieto.

Las madres eran las protagonistas de este texto y casi se me va hacia los padres; muestra de que un padre no es cualquiera —o de que este diablo no se puede sacudir cierto machismo. Bromeo, estas experiencias van más allá de los géneros.

La única ley de la autoridad es el amor, dice el Maestro, y es que sólo el amor nos dicta en cada momento cómo actuar, desde él damos y recibimos; lo que hagamos en un instante alejados de él nos castiga con una pena. Como sentenciara José Martí: **Amigos fraternales son los padres, no implacables censores. Fusta recogerá quien siembra fusta: besos recogerá quien siembra besos.**

El primer deber de un hombre
es pensar por sí mismo

1... 2... 3... Caen así, muy lentamente —como para rozar tu alma— las palabras que escribo. Sopesadas por el viento de lo eterno cual leves olas que anhelan el tacto de humedecer sigilosamente tu espíritu.

¿Qué busco? Darte algunas señales para que mis más nobles experiencias, de las que soy deudor, lleguen a tu sed de conocimientos, las consultes, las critiques —desde tus luces— y le otorgues la entrada al universo de tus pasos. No espero que me aceptes porque sí, pero aspiro a que confíes en este ser travieso que, aunque se equivoque, lo hará desde el más honesto y enamorado deseo de serte útil. Cada instante en que lo logre me sentiré como tocado por la inmortalidad, pues, ¿qué gloria es mayor a una microhuella de bien dejada en el prójimo? No tendré otro rostro que el de las ilustraciones que te dejo en cada texto, pero vagaré feliz si en algún rincón de tu existencia, colocas, como el más humilde amigo, a...

El diablo ilustrado

La mayoría de las personas son como alfileres: sus cabezas no son lo más importante, escribió Jonathan Swift, lo cual, traducido al lenguaje popular, viene siendo algo así como **llevar la cabeza para usar pelo.** Belleza y felicidad vienen de adentro y allá los que olviden que el camino de la vida está en el cultivo de la inteligencia.

Dijo Kepler que **la vista siempre debe aprender de la razón**, porque sin dudas, a ver se aprende. En la medida en que un ser es capaz de forjarse, bebiendo de la savia de la humanidad, su visión se agudiza, su espíritu le permite apreciar otra dimensión más honda de lo que le rodea.

Un hombre no es más que lo que sabe, afirmó Francis Bacon; la inteligencia es la única riqueza que nada ni nadie te puede arrebatar. Ahora, saber no es sólo acumular información, sino el poder de asociación que procesa todas las señales recibidas por la mente, para ensancharla y llegar así a una actitud abierta hacia los disímiles campos del conocimiento.

Alguien dijo: **todos quieren aprender pero ninguno está dispuesto a pagar el precio.** Yo no sería tan categórico, sí coincido en que el conocimiento cuesta, aunque sale mucho más cara la ignorancia. **Cada instante es un maestro pero hace falta** que atendamos a sus enseñanzas; si desconectamos la curiosidad y dejamos que el universo gire a nuestro alrededor, ocupados en cosas tontas, consumimos la existencia como en un limbo; en otras palabras, vivimos perdiendo el tiempo.

¿Para qué es importante estudiar, leer? Obvio, para saber. Y... ¿saber para qué? Yo diría que para aspirar a vivir. Todo humano cree que por haber nacido ya está viviendo y en esto tiene razón parcialmente. No se le puede negar a ningún nacido —y no fallecido— la categoría de vivo, pero **la vida no es sólo andar por el mundo sino, además —y sobre todo— estar cada vez más en él.** Desentrañar sus infinitos misterios es tarea de vivientes y para eso debemos consultar a otros vivos y a los muertos (que han vivido). Cuando lees una buena obra literaria estás asimilando la experiencia de alguien que estudió su época, su gente, su propia existencia, e instintiva o conscientemente, estás incorporando otras visiones a la tuya. Cuando asistes a un teatro, sea una puesta en escena o un concierto de música, estás bebiendo de la interpretación que han hecho otros del sentido de la existencia. Esto —siempre que consumas arte y no el pseudoarte de esos mercaderes que pretenden entretenernos banalmente con frases pegajosas, huecas, o espectaculares, para ganarse la vida a costa de nuestra ignorancia— nos entrega ideas, sueños, que elevan la capacidad para asumir los días y no consumirlos al azar.

Mientras menos se ignora, más hondo calan nuestros ojos en el universo que nos circunda. Piensa mucho en esto porque nos tocó una era donde **se vende mucho gato por liebre.** Son casi las excepciones y no la regla, por ejemplo, las películas que van más allá de fórmulas para atraparnos epidérmicamente —todas esas que, desde la primera secuencia, ya sabemos lo que va a pasar. Y así sucede con la música y casi todas las manifestaciones artísticas, donde el mercado ha comprado el alma de los creadores, o investido a habilidosos farsantes de tan noble título. El arte es el que te sacude, el que te desconcierta, el que te obliga a crecer para desentrañarlo, el que te incita al placer de entrar a lo desconocido.

José Martí sentenció: **ser culto es el único modo de ser libre**, fíjate que afirma que es el único modo, es decir, no hay otro; y es que el conocimiento, en su infinitud, te puede dar una estatura humana capaz de desafiar cualquier adversidad, por muy grande que sea. **Cada ignorancia equivale a un paso en falso, a pequeñas muertes invisibles, esas que llevan a uno a preguntarse, ¿por qué todo me sale mal?** Lo usual en esos casos es echarle las culpas a la suerte; y el azar a todos nos juega una mala pasada de vez en cuando, pero créeme que un espíritu elevado está en mejor posición para enfrentarlo. **Aprender a vivir es aprender a amar y a amar nos lleva la cultura.**

Escribió nuestro inmenso Martí:

Sólo los necios hablan de desdichas, o los egoístas. La felicidad existe sobre la tierra; y se la conquista con el ejercicio prudente de la razón, el conocimiento de la armonía del universo, y la práctica constante de la generosidad. El que la busque en otra parte no la hallará: que después de haber gustado todas las copas de la vida, sólo en esas se encuentra sabor.

Los campos del conocimiento son tantos y guardan tantas sorpresas que no alcanza una vida ni para rozarlos; con una actitud de aprender se puede gozar infinitamente cada instante que uno dura (y siempre nos faltaría duración). Lamentablemente los poderes consumistas, con su gran maquinaria de medios masivos, han universalizado una mentalidad limitada de diversión que encierra a los seres humanos en distracciones elementales, basadas sólo en las sensaciones más epidérmicas: es la llamada cultura de entretenimiento —los de más sentido crítico le dicen de embobecimiento. Es una cultura de esquemas, que explota los instintos primarios del hombre (y la mujer) y lo simplifica todo para la fácil lectura (o decodificación); mediante la producción en serie de ese pseudoarte logran su fin: vender ilusiones para inducir necesidades de consumo. Esto crea un hábito, acostumbra la mente a disfrutar de esos productos que explotan el sexo, la violencia, la espectacularidad, el lujo, mediante fórmulas atractivas —aunque vacías—, que no aportan al desarrollo de la inteligencia sino que la envician. Luego, el espectador drogado por ese hábito, es incapaz de asimilar otras complejidades realmente creativas, porque se salen de los esquemas que tiene incorporado. Así, piensan que una película es más valiosa que la anterior porque los efectos especiales son más avanzados tecnológicamente; que un cantante es mejor porque es más sexy o sale volando en escena con una escafandra, o una cantante es más codiciada porque se menea más y enseña (o sugiere), con mayor erotismo, ciertas partes de su cuerpo en un video clip. De esta manera, nos seduce eso que se ha convertido ya en una cultura, deslumbrando desde un encantamiento primitivo, de tal manera envolvente, que va anulando nuestro sentido crítico y —lo que es peor— nos va limitando la capacidad de disfrutar la poética más profunda del verdadero arte.

Lejos de lo que suele pensarse, esa pseudocultura es terriblemente aburrida, aunque el consumidor no llega a tener conciencia de eso, porque es una maquinaria que muele incesantemente prometiendo siempre un nuevo producto. Pero se trata del mismo perro con diferente collar, el mismo esquema con otra envoltura. Buena parte de la enajenación, la asfixia, el nihilismo que impera en nuestros días, la falta de horizonte e incentivo que lleva a muchos a la violencia, la drogadicción y otros escapes, parten precisamente de la angustia que deja en el fondo esa cultura de entretenimiento. Aunque siempre te tienen pendiente de una novedad, en el fondo es una repetición constante de los mismos resortes; la distracción se torna como las vueltas en el tiovivo del parque: giras y giras sobre el mismo eje, disfrutas el mareíto pero no vas a ningún lugar. Es la cultura reciclada: te adormecen los sentidos y te despiertas, tras cada producto (película, canción, telenovela, etc.), con la sensación de vacío: no te ha aportado nada, porque se trata de un simple juego de sensaciones elementales, donde están ausentes las ideas, las razones, la poesía. Al cabo del tiempo, recibiendo esas "pastillas" te parece que la vida se repite, que nada cambia, que el horizonte está en tu nariz.

Apoyada por un gran poder económico, la cultura del tiovivo, logra sostener una expectativa prometiendo siempre algo superior, creando mitos de superestrellas, superproducciones, todo un aparataje propagandístico, al que nos vamos acostumbrando, porque esa misma maquinaria nos ha anulado el sentido crítico. El culto a lo nuevo no nos da tiempo a la meditación, fíjate con qué rapidez uno de esos productos pseudoartísticos se vuelve anacrónico. Es una cultura que se rige por los principios de las modas; se destinan (despilfarran) inimaginables recursos en función de encandilarnos con algo, y cuando se desvanece esa pompa de jabón —por no tener en el fondo la espesura del arte—, ya nos tienen preparada la siguiente —igual pero con etiqueta nueva.

Eduardo Galeano nos adentra en las manipulaciones de uno de los productos más eficientes vendiendo sueños, las telenovelas:

La telenovela de éxito es, por regla general, el único lugar de este mundo donde la Cenicienta se casa con el príncipe, la maldad es castigada y la bondad recompensada, los ciegos recuperan la vista y los pobres pobrísimos reciben herencias que los convierten en ricos riquísimos. Esos *culebrones*, así llamados por su longitud, crean espacios ilusorios donde las contradicciones sociales se disuelven en lágrimas o en mieles. La fe religiosa te promete que entrarás al Paraíso después de la vida, pero cualquier ateo puede entrar al culebrón después de las horas de trabajo. La *otra* realidad, la de los personajes, sustituye la realidad de las personas, mientras transcurre cada capítulo, y durante ese tiempo mágico la televisión es el templo portátil que brinda evasión, redención y salvación a las almas sin amparo. Alguien dijo, no sé quién, alguna vez: "Los pobres adoran el lujo. Sólo a los intelectuales les gusta la pobreza". Cualquier pobre, por muy pobre que sea, puede penetrar en los escenarios suntuosos donde muchas telenovelas acontecen, y compartir así, de igual a igual, los placeres de los ricos, y también sus desventuras y lloranderías: una de las telenovelas latinoamericanas más difundidas en el mundo entero, se llamó *Los ricos también lloran*.

Son frecuentes las intrigas millonarias. Durante semanas, meses, años o siglos, la teleplatea espera, mordiéndose las uñas, que la mucama joven y desdichada descubra que es hija natural del presidente de la empresa, triunfe sobre la niña rica y antipática y sea desposada por el señorito de la casa. El largo calvario del amor abnegado de la pobrecita, que en secreto llora en el cuarto de servicio, se va mezclando con los enredos que transcurren en las canchas de tenis, en las fiestas con piscina, en las bolsas de valores y en las salas de directorio de las sociedades anónimas, donde otros personajes también sufren y a veces matan, por el control de las acciones. Es la Cenicienta en los tiempos de la pasión neoliberal.

Al espectador habituado a la feria de ilusiones le parece que no existe nada fuera de aquel mundillo, cree que ese limitado espacio es el universo, desconoce que más allá de esas fronteras queda la inmensa mayoría del arte (no digo toda, porque dentro de la maquinaria comercial también se filtran obras y creadores auténticos. Por otra parte, debo señalar también que existen circuitos de promoción de verdadera cultura, pero son marcos más estrechos, para élites). Cuando empleo el término "comercial", me refiero no a la obra artística que se vende —el arte también es comerciable—, sino a la obra fabricada para vender, con fórmulas simploides para pegar, no nacida de las necesidades expresivas de un creador(a).

La ignorancia de muchos da poder a unos pocos, piensa que habitamos un mundo donde un grupo de magnates invierte su dinero en el negocio de la deshumanización, el entontecimiento, la frivolidad, la desmemoria: elementos básicos para borrar las identidades de los pueblos y homogeneizar los gustos; esto incrementa sus ventas. A los poderosos no les conviene la inteligencia, mientras más tonto seas, más manipulable eres y es más fácil que te dejes encandilar por las lentejuelas que ellos venden, serás el consumidor perfecto. Tratan de que razones lo menos posible porque saben que **un hombre culto es la sentencia a muerte del mercado.**

Te invito a nuevas reflexiones que hace Eduardo Galeano, esta vez sobre una de las armas con las que el imperio norteamericano coloniza a buena parte del planeta, el cine:

Ya más de la mitad de lo que gana Hollywood viene de los mercados extranjeros, y esas ventas crecen, a ritmo espectacular, año tras año, mientras los premios Oscar atraen una teleaudiencia universal sólo comparable a la que convocan los campeonatos mundiales de fútbol o las olimpíadas. El poder imperial no masca vidrio, y sabe muy bien que en gran medida se apoya sobre la difusión ilimitada de emociones, ilusiones de éxito, símbolos de fuerza, órdenes de consumo y elogios de la violencia. En la película *Cerca del paraíso,* de Nikita Mikhalkov, los campesinos de Mongolia bailan rock, fuman Malboro, usan gorras del Pato Donald y se rodean de imágenes de Sylvester Stallone en el papel de Rambo.

El primer deber de un hombre es pensar por sí mismo, dijo nuestro José Martí, para eso es imprescindible adquirir una sólida cultura, asimilar desde el análisis, la mayor cantidad posible de experiencia registrada en las diversas ramas del saber; de ese proceso saldrá la identidad de tu pensamiento. De ahí irá emergiendo el sentido crítico que te librará de las redes tejidas por mercaderes, para atraparte en su círculo vicioso, y saldrás entonces hacia los amplios, inacabables y paradisíacos campos de las artes.

El amor al arte aquilata al alma y la enaltece: un bello cuadro, una límpida estatua, un juguete artístico, una modesta flor en un lindo vaso, pone sonrisas en los labios donde morían tal vez, pocos momentos ha, las lágrimas. Sobre el placer de conocer lo hermoso, que mejora y fortifica, está el placer de poseer lo hermoso, que nos deja contentos de nosotros mismos. Alhajar la casa, colgar de cuadros las paredes, gustar de ellos, estimar sus méritos, platicar de sus bellezas, son goces nobles que dan valía a la vida, distracción a la mente y alto empleo al espíritu. Se siente correr por las venas una savia nueva cuando se contempla una nueva obra de arte.

Estas reflexiones de Martí nos llaman a adentrarnos en las artes, a rodearnos de ellas. Tener un buen librero, una pintura en tu cuarto, ver una buena película... pero ojo, para aquilatar el arte genuino, infórmate —si no tienes costumbre— leyendo un poco de crítica, de historia del arte, pues el mal gusto invade las calles: elefantes, cisnes, indios y perros de yeso y porcelana; cuadros como de nailon, con fotos de mujeres en trusas y artesanías o pinturas de pseudofolclore para turistas incautos (donde Cuba es mulatas, tabaco y ron), servirían para abrir una inmensa galería del horror. Si te dejas acompañar por esos objetos, en lugar de hacer tu vida más placentera, la volverás una pesadilla, nunca más se te ocurrirá una buena idea.

Apreciar el arte no es sólo disfrutar la belleza, o sí, lo que una belleza profunda; como penetrando en otras dimensiones de las cosas. La poesía, por ejemplo, más allá de los versos, es auscultar los misterios universales que van, desde un aparentemente insignificante detallito en una persona, hasta lo inconmensurable de un enigma cósmico.

¿Y para qué sirve un libro de poemas?, preguntarían ahora, obedientes, mis hijos. Servirá para atender, les respondería. Maestros mayores les dirán, en palabras más nobles o más bellas, qué es la poesía; básteles entretanto si les enseño que, para mí, es el acto de atender en toda su pureza. Sirvan entonces los poemas para ayudarnos a atender como nos ayudan el silencio o el cariño.

Eliseo Diego nos da como un dulce grito para despertarnos, para llamarnos la atención, desde la poesía, sobre lo ilimitado que tenemos ante nuestra vista y que sólo puede verse desde la cultura que nuestro espíritu sepa apresar:

No es por azar que nacemos en un sitio y no en otro, sino para dar testimonio. A lo que Dios me dio en herencia he atendido tan intensamente como pude; a los colores y sombras de mi patria; a las costumbres de sus familias; a la manera en que se dicen las cosas; y a las cosas mismas —oscuras a veces y a veces leves. Conmigo se han de acabar estas formas de ver, de escuchar, de sonreir, porque son únicas en cada hombre; y como ninguna de nuestras obras es eterna, o siquiera perfecta, sé que les dejo a lo más un aviso, una invitación a estarse atentos.

En efecto, la singularidad de la mirada de un poeta nos adentrará en un mundo peculiar, único, pero a su vez, con esencias que nos tocan a todos; esencias como llaves para abrir algunas de las incantables puertas de la existencia humana.

Lo sabe todo, absolutamente todo. Figúrense lo tonto que será, escribió Miguel de Unamuno, como advirtiéndonos de un tipo de actitud que cierra las puertas del crecimiento espiritual: la del sabihondo. Desde el instante en que crees que sabes todo acerca de algo tu comportamiento comienza a ser retrógrado. Siempre piensa: **por mucho que sepas es más lo que te falta.** Quien no aplica esa máxima está abandonando su postura indagadora y, por mucho dominio que tenga de determinada rama, termina siendo un analfabeto, ya que lo máximo que puedas haber aprendido hoy, el mañana lo convierte en conocimiento elemental (cuando no desechado o superado). Pedro Calderón de la Barca dejó escrito: **quien daña el saber, homicida es de sí mismo.** Por otra parte, no te conformes con saber mucho de algo, intenta conocer al menos algo de todo.

Para quien desconoce de historia o arquitectura, un museo o las casas de un pueblo no dicen nada, son mudas paredes. Para el ser culto —y en la medida en que lo sea— una sencilla caminata se convierte en un ilimitado deslumbramiento, en un constante hallazgo de enigmas por descifrar en los muros y portales, que son huellas de los siglos. Para el desinformado, las noticias son ruidos, para quien no tiene cultura musical Bach, el trío Matamoros, Bola de Nieve, Chucho Valdéz, Edith Piaf, Silvio Rodríguez, Los Beatles, Chico Buarque, Led Zeppelin, Serrat, Van Van o Luis Astromg, son sonidos ajenos, incomprensibles, o quizás hasta obsoletos, pues, reducido a conceptos comerciales (*lo bueno es lo nuevo*), se ha habituado a sonoridades ligeras, repetitivas, desconociendo que lo bueno es lo bueno, sea o no nuevo, porque lo bueno es siempre nuevo.

La historia cultural de la humanidad es inapresable por un ser, no basta una existencia para sondearla, por eso es ilimitadamente rico el caudal de experiencias que nos depara, solo hace falta tener adentro la sed de respuestas para lo cual el único requisito es hacerse preguntas.

Así, son una la verdad, que es la hermosura en el juicio; la bondad, que es la hermosura en los afectos; y la mera belleza, que es la hermosura en el arte. El arte no es más que la naturaleza creada por el hombre. Acercarse lo más posible a esa integral verdad de la que nos habla José Martí debe ser nuestro perenne objetivo. Tenemos la suerte de habitar una isla que enfrenta muchas dificultades, pero donde tenemos acceso pleno a la cultura. Son millones y millones en el mundo, los seres que no pueden comprarse un libro, asistir a un teatro, a un museo, a una galería: no desperdicies ese privilegio, que es sueño lejano para quienes habitan en un mundo diseñado en función de la avaricia; un mundo que tendrá que colapsar porque el ser humano no puede soportar por mucho más ese deterioro creciente de su espíritu. Como nos advierte Martí desde su tiempo:

¿Quién es el ignorante que mantiene que la poesía no es indispensable a los pueblos? Hay gentes de tan corta vista mental, que creen que toda la fruta se acaba en la cáscara. La poesía, que congrega o disgrega, que fortifica o angustia, que apuntala o derriba las almas, que da o quita a los hombres la fe y el aliento, es más necesaria a los pueblos que la industria misma, pues esta les proporciona el modo de subsistir, mientras que aquella les da el deseo y la fuerza de la vida. ¿A dónde irá un pueblo de hombres que hayan perdido el hábito de pensar con fe en la significación y alcance de sus actos?

De la ausencia y de ti

Un impulso me llega desde algún instante futuro, como el sonido indescifrable de una canción que no se ha hecho. Debe ser el dulce tormento de escribir a sabiendas de que no te veré pero estarás. Por un rincón preciso que no puedo sospechar, andará tu alma revisando estas líneas mientras me ausento a la fiesta de saber si te agrado. A veces llegan cartas que revuelven las ansias de poblarte de versos y me quedan pequeñas estas páginas con las que sólo cuento para devolverte un beso. Ya sé que estoy condenado a perderme tus ojos mas eso no impide que tiemble cuando, para ellos, tejo los sueños de este trazo del tiempo al que llamas, en el silencio de tu lectura...

El diablo ilustrado

Una mujer se ha perdido
conocer el delirio y el polvo,
se ha perdido esta bella locura,
su breve cintura debajo de mí.
Se ha perdido mi forma de amar,
se ha perdido mi huella en su mar.

Silvio, en un arranque de autoestima provocado por una mujer, que a todas luces no correspondió su amor, nos ofrece la más poética salida para tales casos: no me quieres, te lo pierdes. En este ejemplo específico, parece tratarse de uno de esos encuentros fortuitos donde uno se encandila por la atracción física y siente deseos, sin mediar un intercambio espiritual muy profundo; lo digo (o escribo) porque es muy difícil salir con un despecho tan guapo si los nexos de atracción han calado hondo. El propio Silvio, en circunstancia similar, digamos que ante otro objeto de amor no poseído, o ausente, pero refiriéndose a una mujer —que, indudablemente lo tenía más atrapado—, escribió:

Cómo gasto papeles recordándote,
cómo me haces hablar en el silencio,
cómo no te me quitas de las ganas
aunque nadie me ve nunca contigo.
Y como pasa el tiempo, que de pronto son años,
sin pasar tú por mí detenida.

Te doy una canción si abro una puerta
y de la sombra sales tú.
Te doy una canción de madrugada,
cuando más quiero tu luz.
Te doy una canción cuando apareces
el misterio del amor,
y si no lo apareces no me importa:
yo te doy una canción.

Aquí hay una nostalgia superior hacia la amante en la distancia o no poseída —hasta ese momento, supongo (no creo que, luego que el hombre le ha hecho una canción de tales dimensiones, ella se haya atrevido a plantarse en un no sostenido). En todo caso hay que agradecerle a aquella muchacha la inspiración de obra semejante, aunque el trovador haya sufrido un poquito. Según Pablo Milanés, el tiempo cura los dolores que causan esos amores malogrados:

Junto a ti mi futuro de sueños llené,
logré identificar tu belleza y el mundo al revés
nos miraban de muy buena fe:
nada cruel existía, si yo te veía reía después.
Desperté la mañana en que no pudo ser,
no sin antes jurar que si no era contigo jamás,
que esta herida me habría de matar:
y heme aquí ¡qué destino!
que ni el nombre tuyo pude recordar.

Estos versos pueden parecer una versión del refrán **un clavo saca a otro**, que empleamos para decir que con un nuevo amor se olvida el fracaso anterior. Aunque lo interpreto más bien como un juego irónico, con el tono de melodrama con que solemos envolver una ruptura de relaciones: creemos que se nos cae el mundo de pronto y cuando pasa un tiempito te curas; claro, Pablito apretó un poco con eso de que al reencontrar a la mujer no se acordara ni del nombre. No siempre se toman las cosas con ese optimismo, Campoamor, por ejemplo, se debate entre la maravilla y la tragedia: **todo en amor es triste, mas triste y todo, es lo mejor que** existe. Mientras Stendhal cree que **el más dulce de los gozos, el más violento de los pesares, es el amor.** Estos amigos piensan desde un romanticismo muy nostálgico, quizás refiriéndose a la etapa en que: *ella es mi novia pero todavía no lo sabe;* eso es muy lindo: uno se pasea por el cuarto, hace versos, cartas que no envía, habla consigo mismo y ensaya cómo hacerle saber lo que siente, pero teme ser rechazado porque en ello le va la vida. De ahí seguramente la carga de tristeza y pesar que envuelve como un aura al enamorado y que bien vale la pena —aun en el caso de no ser a la postre correspondido—; no hay nada como flotar en ese estado de éxtasis que nos otorga la mirada que se queda adentro, como imagen congelada en nuestros sentidos.

Aclaro que el "nostalgiar" no es exclusivo de esta primera etapa de una relación amorosa, muchas son las circunstancias que pueden propiciar una separación temporal o una aparente y momentánea imposibilidad, y en esos casos brotan melancolías como esta de Nicolás Guillén:

Verla partir y amarla como nunca;
seguirla con los ojos,
y ya sin ojos seguir viéndola lejos,
allá lejos, y aun seguirla
más lejos todavía,
hecha de noche,
de mordedura, beso, insomnio,
veneno, éxtasis, convulsión,
suspiro, sangre, muerte...
Hecha
de esa sustancia conocida
con que amasamos una estrella.

Debo confesar que no creo en los amores imposibles, los amores son posibles o no son ciertos. Sí me parece que hay un prólogo, en las relaciones de acercamiento de los seres, que no debe faltar: ese tiempo de tanteos e inseguridades que es muy disfrutable. Hay quienes se precipitan hacia la relación sexual pensando encontrar en la cama (o en el lugar escogido para el caso) las respuestas de la felicidad. Sin embargo, no puede ser sublime ese encuentro de los cuerpos si los espíritus no están compenetrados. Hay una fuerza superior generadora de una ternura especial, que se traduce en gozo incomparable, que está en las sintonías de las almas. La entrega física es también una búsqueda en el otro y ayuda a la comunicación, pero para entrar a esta exploración es necesario partir de la entrega ilimitada, que sólo nace de la afinidad de sentimientos y pensamientos. Quienes van sólo a saciar la sed física practican un sexo epidérmico, egoísta, y en lugar de explorar los infinitos espacios que se abren en la ternura, aplican fórmulas para llegar por el camino más torpe al orgasmo.

Hay quienes tienen como meta una cama y no el llegar más lejos en la felicidad del otro, esos quedan como rastros de olvido entre las sábanas y no llegan a conocer lo que es realmente el amor, que es algo así como no haber vivido.

Para llegar al amor —no al concepto simplón que tanto se manosea— hace falta un milagro, ese de buscar y buscar hasta encontrar al ser que, desde el alma, nos pueble todos los sentidos con su presencia, o incluso con su ausencia.

Ahora sólo me queda buscarme de amante la respiración,
no mirar a los mapas, seguir en mí mismo,
no andar ciertas calles,
   olvidar que fue mío una vez cierto libro.
O hacer la canción y decirte que todo está igual:
la ciudad, los amigos y el mar
esperando por ti.

Vuelve Silvio, esta vez con esperanza de retorno. Hay quienes piensan que cuando los amantes no están cerca físicamente, por X razón, el amor se escapa y aparece un sustituto. **No hay tiempo ni espacio que venza al verdadero amor.** La pareja que se deja derrotar por una ausencia es porque era de cartón. El trovador Ireno García dice en una de sus canciones:

Como hubiera querido mujer mía,
que estuvieras conmigo esta mañana,
estoy mirando al mar, limpio y tranquilo,
mas le falta el amor a esta ventana.

Cuando dos seres llegan a encontrarse en lo más hondo de la experiencia humana no hay infierno que los separe. El amor verdadero es eterno como el mar, pasa por encima de lo circunstancial. El que sabe apreciar el misterio del oleaje en el atardecer de una playa, la belleza de los colores que alimentan la imaginación desde sus pasos hasta el horizonte; el que se impregna del mundo que subyace bajo la superficie donde late tanta vida en algas, conchas, peces...; el que ha encontrado un ser humano así de atrapante, inmenso, enigmático y deseado, al que le crece el alma cuando interactúa física, racional y sentimentalmente con ese otro, que es como uno mismo, no le cabe un final.

El verdadero hallazgo del ser amado es como un enigma al que se entra eternamente: se descifra un misterio y aparece otro mayor, más elevado, que lo va transformando a uno y hace evolucionar también a la pareja, en una suerte de espiral común, como creando un mundo que es sólo de dos. Un amigo trovador lo describe así:

Amor, por tus laberintos,
puerta tras puerta abriré,
como quien busca el abismo
donde descansa la fe.
Se pasearán los instintos,
sin mitad y sin tal vez,
por besos del egoísmo
que dan labios de un después.

No hay un antes para los que se aman realmente. Aunque alguna razón los separe físicamente, ese cosmos espiritual que crearon en común los acompaña por siempre. Claro que estoy refiriéndome a la separación contra los deseos de ambos; cuando la ruptura es por falta de amor de una de las partes, no queda mucho que hacer, sólo quizás sentir nostalgia un tiempo, como hace Joan Manuel Serrat por su Lucía:

Tus recuerdos son cada día más dulces
el olvido sólo se llevó la mitad,
y tu sombra aún se acuesta en mi cama con la oscuridad,
entre mi almohada y mi soledad.

Esto puede ser índice de una ruptura a tiempo, hay quienes esperan a que el deterioro de las relaciones llegue hasta el punto de no resistirse y hasta odiarse. Alguien dijo que **el amor es como la salsa mayonesa: cuando se corta, hay que tirarlo y empezar otro nuevo.** Realmente no tiene sentido sostener un lazo donde los sentimientos marchitaron. Hay quienes se aferran por el qué dirán, porque hay hijos, o por el egoísmo de retener a la otra parte, incluso contra su voluntad. Todo esto convierte en obligación lo que tiene que ser espontáneo y, de esa manera, sólo logramos echarle más leña al fuego y se va derecho al incendio.

En el amor no hay recetas, es un viejo refrán que encierra una gran verdad. Si cada ser es un mundo, la relación entre dos es un acontecimiento galáctico que nadie puede predecir. De aquí se desprende que todas mis reflexiones no pueden ir más allá de especular un poco. No obstante, observando la vida —no la mía, sino las que recojo de los siglos de diabluras— se pueden sacar al menos algunos indicios que nos guíen ante ese misterio que es el amor.

Retomando el tema de las rupturas, si se hacen a tiempo, nos dejan una hermosa huella, un recuerdo grato y puede que se sostenga por toda la vida, si no una amistad, al menos, un trato amable con un cariño especial. Cuando no, esa persona que una vez fue amada pasa a ser: *mi anterior fracaso*, y los rencores llegan a impedir hasta que se hablen los otrora tórtolos. Por eso es importante tener tino para aplicar la máxima de Napoleón: **una retirada a tiempo es una victoria.** No quiere esto decir que dejemos de hacer todo lo posible por salvar una relación en la que exista una plena identificación y un sueño común, pero desde el mismo instante en que uno piense que ese otro ser no es el (la) amante más divino sobre la faz de la tierra, debe hacer acopio de honestidad y decir ese difícil: *hasta aquí llegamos.*

Hay quienes piensan después en una segunda oportunidad, quizás algunas parejas lo logren, pero no es sencillo retomar un camino hacia la divinidad si perduran desavenencias. Dice un clásico trovadoresco de Jaime Prats:

**Ausencia quiere decir olvido
decir tinieblas, decir jamás.
Las aves suelen volver al nido**

pero las almas que se han querido,
cuando se alejan, no vuelven más.

Cuando llega el fin del romance puede venir la aceptación y todo queda de mutuo acuerdo, o tal vez la otra parte acepte también, pero bajo protesta. En este caso, el que se siente herido, se arma durante un tiempo de una especie de ego, desde el cual advierte, con plena seguridad, al más genuino estilo de don Miguel Matamoros:

Aunque quiera olvidarme
ha de ser imposible
porque eternos recuerdos tendrá siempre de mí.
Mis caricias serán el fantasma terrible
de lo mucho que sufro
alejado de ti.

Hay quienes retornan por aquello de: **donde hubo fuego, cenizas quedan**, sobre todo si el motivo de la separación no fue algo serio, y si la relación era tan honda como para remontar realmente cualquier percance. Los hay que vuelven por resignación (no encontraron nada mejor), por miedo a la soledad, o por pena con ese otro ser que sigue siendo estimado, pero estas razones sólo conducen a una frustración mayor en la segunda vuelta. Tras el pasaje sabroso y fogoso —que por lo regular son las reconciliaciones—, el hastío vuelve a invadir a la pareja.

De manera que **en la viña del señor tiene que haber de todo**, existen quienes llegan a tomarlo con espíritu deportivo: se casan y descasan, o se separan y vuelven infinitas veces; yo tengo la impresión de que en esto incide cierta dosis de conformismo, de estar acostumbrado el uno al otro. Puede darse el caso, muy humano, de que en determinado momento una de las partes se equivoque, pase por un trance de desvarío, de no valorar lo que tiene, y surja una separación temporal; sin embargo, cuando se cae en el estira y encoge de: llévate la ropa y vuelve a hacer los bultos, de manera que parece uno un gitano, es porque ya se ha perdido el respeto; no puede quedar algo tan hondo que amerite continuar. **Al amor, como a una cerámica, cuando se rompe, aunque se reconstruya, se le conocen las cicatrices.**

Por supuesto, que puede haber un errorcillo de muchachada en el final de una relación, pero cuando hay lazos profundos y se rompen, es porque se produjo un deterioro de la admiración, de la estima, —al menos en una de las partes— y eso hace muy difícil que se recupere la compenetración honda y sincera que exige una auténtica relación amorosa.

El Beny Moré estaba muy claro en esto. Ante una mujer que pretendía el retorno, cantaba:

Te di mi amor, mi corazón, puse mi fe,
eras mi bien, —a mi entender— todo mi ser.
Te di mi amor y tú —mi bien—, cual criminal
me lo has matado
y hoy es que vienes hasta mí a implorar que te perdone.
Tal vez recuerdes que fuiste tú
la causa de mis dolores.

Mi amor te di, mujer,
y tú me hiciste perder la fe.
Más, para qué vienes a mí,
es por de más,
de qué te sirve ya mi amor sin fe.

Una cruda, pero inevitable verdad, es esa pregunta final del Beny; de qué sirve una reconciliación tras haber perdido el encanto de creer en lo que fue ese otro yo.

Alguien dijo que **amar es nunca tener que pedir perdón**, lo cual me parece un exceso; somos humanos y podemos caer en descuidos, dejadeces; hay ocasiones en las que factores externos influyen sobre el carácter, el ánimo y esto puede provocar ensimismamiento, mal genio, u otras reacciones que afectan a la otra media naranja. Cuando se recapacita luego, es lógico y saludable pedir perdón, aunque lo ideal es ser siempre abierto y no tener secretos —que debe ser de nuestra máxima confianza— para evitar interferencia entre los dos. Pero somos mortales y cada cual tiene múltiples laberintos en su personalidad.

Lope de Vega dejó escrito que **el amor tiene fácil la entrada y difícil la salida**. No sé si se referiría a ese carácter trágico que le solemos dar a la separación: siempre la tomamos como una derrota. Partiendo del principio de que una relación debe ser eterna, vivimos preocupados desde el comienzo por el final, lo que gravita sobre la pareja y la hace convivir con el temor de llegar a ese momento. El lado positivo: cuidas más lo que tienes; pero también hay un lado negativo: cuando te percatas de que la relación no funcionó, crees que el techo te va a caer encima.

Si estás en la situación de seguir enamorado(a) a sabiendas de que ya no eres correspondido(a) puedes optar por estos versos desgarrados, pero altivos, de Ernesto Cardenal:

Al perderte yo a ti tú y yo hemos perdido:
yo porque tú eres lo que yo más amaba
y tú porque yo era el que te amaba más.
Pero de nosotros dos tú pierdes más que yo:
porque yo podré amar a otras como te amaba a ti
pero a ti no te amarán como te amaba yo.

Sería muy lindo que las parejas se formaran, no sobre la base de **hasta que la muerte nos separe**, sino de: **hasta que el amor nos dure**; si es hasta el final de la vida (del primero de ellos, por supuesto) mejor, pero no sentir esa obligación tétrica que lleva a muchos a intentar sostener lo insostenible. Si lográramos mirar las cosas desde esta perspectiva, no digo que acabar una relación sería una fiesta, pero al menos atenuaríamos lo traumático. Incluso los ataques; porque hay quienes arman el escándalo: *no podrás dejarme, primero muerta, me doy candela, dime quién es la otra que la voy a arrastrar por los pelos*. En la parte masculina también suelen darse algunos tipos de espectáculos: *infiel, dime su nombre que lo voy a matar como un perro*, o bolerizan la situación tirándose al alcohol. Bromeo un poco, aunque estas actitudes se dan todavía, increíblemente, a pesar de que Miguel Matamoros, desde hace un siglo ahorita, nos enseñó con su música a asumir las rupturas con serenidad, incluso, elegancia, sin renunciar por eso al lógico dolor:

Aunque tú me has echado en el abandono,
aunque tú has muerto todas mis ilusiones,
en vez de maldecirte con justo encono
en mis sueños te colmo de bendiciones.

Percy Bysshe Shelley nos dejó esta sentencia: **Amor: sólo una eternidad que no se alcanza.** El amor es algo tan distante en su plenitud como un objetivo irrealizable; el amor es la perfección a la cual no es posible acceder humanamente. No debemos autoflagelarnos por no haberlo alcanzado en una relación, es casi algo lógico, pues, encontrar la persona ideal —y serlo para ella—, es como encontrar la famosa aguja del pajar. Aun así, lo máximo que podríamos lograr sería acercarnos, pero el amor no es atrapable. Toda relación que termina debe asumirse como un punto de partida, una experiencia hermosa que valdría agradecer a esa otra parte, ya que nos dio inmensos placeres; es un ser con quien habitamos un tiempo y compartimos lo mejor que teníamos dentro; si llegó el instante de decir adiós, digamos: gracias. No es culpa de nadie que no se haya extendido la magia.

La indagación, la entrega plena de un ser a otro, debe ser una constante en la relación de una pareja; nunca pensar que se ha llegado. Otro principio ha de ser no creer nunca en obstáculos, **el verdadero amor no le teme a nada.**

Y ya que me he pasado esta diablura trovando, te dejo con unos versos de ese amigo de descargas, al que suelo acudir con frecuencia:

**Amor
estás
curando al fin
la soledad
de la herejía empecinada.**

**No ofrezco más
que dar y dar
y madrugar
como un desastre en tu mirada.**

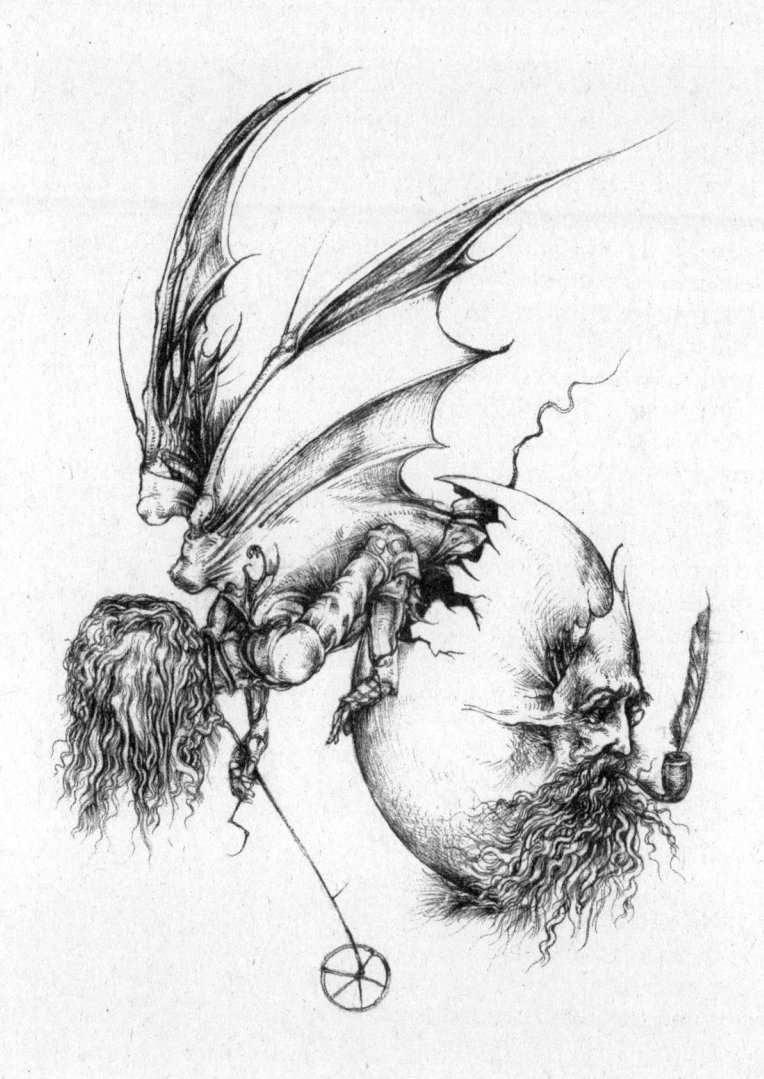

No hay mejor almohada que la propia conciencia

Soy un personaje (antologador del tiempo), tú, el lector: no conocemos nuestra existencia física, más allá de las letras. Esto es una ventaja para ambos: tú, cuentas con un amigo al que puedes imaginar sin ataduras, juzgar sin compromisos —ya que únicamente nos acercan la plena libertad del espíritu, la complicidad de las razones. Puedes acudir a él (si desearas escribir) con toda la soltura del alma, sin temor a herir o causar pena. Yo, tengo a mi favor el despojarme de toda vida particular, ir más allá de cualquier prejuicio posible y darte algo que me rebasa: las señales que los seres más enamorados han dejado como testamento escrito para la evolución humana. Por otra parte, en calidad de escritor, te sueño en los seres que me rozan la vida y, tras ellos, salgo a buscarte viajando adentro de la piel del personaje. Así entramos en una interfluencia incorpórea que nos permite gozar del privilegio de contar los dos con un espacio común donde abrimos el alma con soltura: los parajes de ese intermediario, al que amorosamente llamamos...

El diablo ilustrado

Alguien dijo: **los días más felices son aquellos que nos hacen sabios**, principio básico para alcanzar el noble título de Ser Humano. Sin la sabiduría acumulada tendríamos ciertamente la niñez evolutiva del hombre (y la mujer) de las tribus nómadas. Claro que ya es imposible, por muy iletrado que uno sea, ser un estricto cavernícola, pero no creas que por estar rodeado de los inventos acumulados por los siglos se está automáticamente muy lejos del cuaternario: **se puede ser un "cromañón" siendo hasta un lobo marino en Internet.** No basta tener acceso a información: se puede saber mucho y pensar muy poco; **la sabiduría es la capacidad para procesar las señales externas que se reciben en la vida y convertirlas en la brújula del espíritu.** Crecer no es directamente proporcional a la cantidad de libros, horas de televisión o "multimedias" que se hayan digerido; hace falta que ese alimento —dentro del que puede haber mucha sustancia desechable— sea asimilado por el organismo, discriminando la materia inservible de la savia vital, para que el cuerpo se nutra de su esencia y alimente entonces nuestro saber fructificante.

Te podrás encontrar por el mundo a un catedrático de muy mal gusto, superficial, o, por el contrario, al más humilde campesino, iletrado, que maraville con su filosofar; confirmarás entonces que **la nobleza del alma no se vende en las tiendas.** Ese labrador sencillo, con muy poca escuela a cuestas, ha crecido dialogando con la naturaleza, ha bebido el vino de la meditación, en su interacción con otros seres, y ha templado con la imaginación su espíritu. Por supuesto, mientras más acceso a medios informativos se tenga, más posibilidades hay de adquirir cultura; pero no te dejes engañar por los peces de colores, porque **en nuestro tiempo hay un mercado universal de tonterías primitivas que vienen en papel celofán con etiqueta de arte y de modernidad.**

La sabiduría está más allá de la acumulación de información; es la capacidad de asimilarla, de procesarla, y son necesarios una actitud de incesante búsqueda y sentido crítico para aprovechar ese aprendizaje óptimamente.

La conciencia es la ciudadanía del universo escribió José Martí. Ciertamente, en la medida en que el conocimiento madura el carácter y llegamos al punto en que tenemos definido nuestro noble papel en el desarrollo humano, estamos realmente preparados para la libertad —esa que otorga poseer una cultura humanitaria de la solidaridad, presta siempre a hacer el bien.

Ser consciente no es algo palpable o medible; **la conciencia es el sentido de lo justo** —que puede ser muy equívoco porque depende de la subjetividad de cada cual. Hay quien cree que está haciendo un bien erróneamente, porque su visión limitada del universo no le permite más. Otros actúan por conveniencia, aunque atropellen a media humanidad, pero esos quedan excluidos de nuestra cofradía.

Alguien dijo que **en un libro habla el entendimiento; en la fisonomía se refleja el alma.** No creo que en un libro sólo hable el entendimiento, las pasiones también se atesoran en sus páginas y, por otra parte, es real que de cada ser emana una buena cantidad de información en sus expresiones, en su físico, en su manera de vestir. No propongo juzgar por la apariencia; ya lo dice Antoine de

Saint-Exupery en *El Pequeño Príncipe*, que **lo esencial es invisible a los ojos**, y muchas personas caen en la liviandad de juzgar por una impresión a priori. Te ven el pelo largo, un atuendo poco usual (para sus convenciones) o cualquier otro elemento externo y te rechazan, desde sus prejuicios, a primera vista. Pero, como digo esto, digo que para una persona que sepa ver, desde la experiencia y la nobleza del alma, la imagen puede develar secretos del interior de ese ser. De ahí la importancia de cultivarse, de tener una mente libre, desprejuiciada, que nos permita analizar la vida que nos rodea, con profundidad, sin esquemas, desde un prisma progresista.

Hay quienes ven la vida en negro (**milagro que al tiro al blanco, no le hayan puesto tiro al negro**, me interrumpiría con su amplia risotada Guillén); digamos que la ven como con gafas empañadas; lo retorcido de sus almas no les deja apreciar la luz. Otros, por su parte, desde su candidez, no detectan defectos en los otros. Esto, por lo regular, implica también falta de conciencia, de capacidad analítica. Cuando todo lo ves color rosa es que te ha faltado introspección, capacidad para estudiar a los demás y llegar al fondo de ti mismo.

Nadie es inferior o superior a ti. Tú serás mejor en la medida en que te lo propongas; en que espantes de ti el egoísmo, la mentira, las dobleces, en que comprendas que no hay felicidad como estar conforme contigo mismo. Dicen los chinos que **no hay mejor almohada que la propia conciencia**. Nunca persigas ser foco llamativo, escandalizar a los demás; rebasa esa malcriadez "infantiloide" que sólo denota inseguridad. **La virtud es la única luz que saben apreciar los que valen.**

Dime de qué te jactas y te diré de qué padeces, dice un viejo refrán aplicable a esos que intentan llamar la atención sobre ellos por actitudes que realmente lo que provocan es lástima. Está el que habla voceando, como los antiguos animadores de circo, sea en un lugar público o una reunión de amigos; el caso es que lo oigan, que las miradas vayan hacia él (o ella). Como es de suponer, gritando no se pueden sostener parlamentos muy coherentes, de ahí que el asombro que provocan estas actitudes lleven implícitas expresiones al estilo de: *eh, ¿y a ese qué le pasa?, ¿le dio algún ataque?* También hay personajes que tratan de sobresalir por una apariencia exótica en la manera de vestir o maquillarse —parecen quincallas ambulantes o guerreros indios—; escribió Martí que **quien lleva mucho afuera, tiene poco adentro, y quiere disimular lo poco.** (No me refiero al que use determinada estética en su vestir que pueda chocar al que desconozca su origen, sino el que exagera algún elemento para que nadie pueda ignorar su paso.) Existen también los de ridiculeces accesorias, los ostentadores, esos que constantemente "echan en cara" lo que tienen (y lo que no); y especialmente risibles son los "peliculeros", que siempre están en poses hollywoodenses y, si tienen auto o moto, salen chillando gomas a velocidades espeluznantes para que todo el mundo sepa que él va ahí: esto es lo que puede definirse como una espectacular imbecilidad. Eso es índice de debilidad espiritual, de personalidad desequilibrada, de muy baja autoestima.

La Rochefoucauld sentenció: **un hombre lleno de sí mismo está siempre vacío.** El excentricismo, el alarde, la ostentación, esa fosforescente actitud, describe nítidamente el deterioro y la soledad del alma. Busca dentro de ti. A veces no nos percatamos de padecer algunos de esos síntomas que son como el estado febril, la llamada de auxilio del cuerpo para indicarte que algo no está funcionando bien.

Oscar Wilde se burla un poco de sí mismo cuando escribe: **No voy a dejar de hablarle sólo porque no me esté escuchando. Me gusta escucharme a mí mismo. Es uno de mis mayores placeres. A menudo mantengo largas conversaciones conmigo mismo, y soy tan inteligente que a veces no entiendo ni una palabra de lo que digo.** Conocerás a alguno de esos seres que no puede parar de hablar aun cuando sabe que no lo atiendes, que no puedes seguirle esa charla ilimitada e incoherente.

En el caso de este escritor, tenía sus extravagancias que eran provocativas, había en ellas una especie de rebeldía contra prejuicios y manquedades de la sociedad que le rodeaba. No lo justifico, quizás existan mejores maneras, pero tampoco soy quién para juzgarlo. El propio Wilde escribió: **el carácter es lo que** somos en la oscuridad, y es realmente en esa hora donde estamos a solas, especialmente cuando nos acostamos y miramos hacia adentro que, despojados de toda actuación posible, nos llamamos a cuentas y podemos analizarnos con serenidad. Ese es el instante que hay que aprovechar para decir: *no payaseo un día más, no tiene sentido. Lo que valgo saldrá a flote por sí mismo. Que me vean como soy.*

El talento se nutre en la soledad; el carácter se forma en las oleadas tormentosas del mundo, escribió Goethe y creo que la meditación sin medias tintas, la autocrítica y crítica agudas a todo lo que pasa por nuestros sentidos cada día, nos permite el equilibrio, el sentido de orientación para sopesar lo bueno y lo malo. **La perfección no existe pero debe ser una meta constante buscar la impecable belleza para sí y para los demás.** Esto no se logra ni mirando la vida con gafas oscuras, ni mirándola con gafas rosadas. Sólo con la armonía del alma, con la renovación que sale de autoexaminarse con honestidad y recibir al sol cada mañana queriendo ser mejor, se consigue esa sabiduría que despeja la vida. **Se es fuerte cuando la sencillez, la honestidad, el desinterés, se nutren del conocimiento.** Esa es la brújula para el andar cotidiano: **quien tiene sucia el alma anda siempre retorcido, quien la sacude cada día, marcha ligero y despejado, aun por barrancos y temporales.**

José Martí, ese gran maestro del espíritu, dejó escrito:

¡Qué grande es la voluntad! ¡Qué misterio tan imponente, tan consolador, tan majestuoso, tan bello, el de la personalidad! ¡Qué inmenso es un hombre cuando sabe serlo! Se tiene en la naturaleza humana mucho de ígneo y montañoso. Hay hombres solares y volcánicos; miran como el águila, deslumbran como el astro, sienten como sentirían las entrañas de la Tierra, los senos de los mares y la inmensidad continental.

No se refiere sólo a los grandes hombres y mujeres que trascienden en la historia, sino a la grandeza que puede albergar cualquier ser humano que temple su espíritu.

La fama es lo que has tomado; el carácter es lo que das; cuando prestes atención a esta poderosa verdad entonces comenzarás

a vivir. A algunos las circunstancias los llevan a ser personajes conocidos, otros, por manejos turbios o por banalidades de los monopolios de los medios masivos, se convierten en inmerecidos famosos; pero **verdaderamente querido es cualquier ser humano que siembre, con su presencia, paz en los demás.**

La publicidad en los países poderosos (y las versiones de peor gusto de los medios masivos latinoamericanos) elaboran verdaderos personajes de ciertas personalidades conocidas del arte, el deporte, la realeza (delicioso anacronismo ese de convivir en el siglo XXI con reyes, príncipes, duques, etc., ¿eh?) o hasta de la política; lo conocido como *star system* (sistema de estrellas). Se trata de diseñar mitos para que sean idolatrados y los imiten. Para eso existen equipos de especialistas (en encuestas, sociólogos, psicólogos, investigadores, diseñadores, directores de fotografía, dialoguistas...) que estudian los gustos de las masas y cómo van variando, según los ambientes informativos y estéticos inducidos por esos propios medios. Sobre esta base montan sus personajes hasta el detalle de corregirles gestos y ademanes, dictarles lo que deben decir en público, tejerles una biografía, o aconsejarles si les conviene determinado peinado, vestuario o exhibirse con un perrito o almorzando en familia. Esto no sólo sucede con una actriz o un cantante, hasta las campañas electorales son proyectadas con anuncios, reportajes y presentaciones en público diseñadas por estos equipos especializados, donde los personajes son los candidatos.

Toda esa farsa, aparte de crear un cosmos de hombres y mujeres de éxito inventados o deformados por la propaganda (lo cual los transforma en monstruos de doble vida) nos dictan patrones. Así, millones de seres sueñan con llegar a ser otros —las estrellas que aparecen en aparatosas residencias, un picnic, jugando golf, banquetes de etiqueta, o paseando por su majestuoso jardín o superpiscina con el gracioso pequinés—, en lugar de buscar las esencias propias que desarrollen su personalidad.

Humboldt nos advirtió: **sólo lo que hemos invertido en nuestro carácter podemos llevar con nosotros.** Uno es, o al menos puede ser, como se lo proponga; nada te impide que, tras un análisis de cómo has sido, digas: *a partir de ahora...* y te traces un yo superior. Este proceso no es algo fácil, para arribar a ese punto en que uno define su personalidad, hay que pasar por un profundo autoestudio que te lleve a saber de dónde vienes y hacia dónde quieres ir, saber qué seres o hechos te han marcado y, de ellos, cuáles te han dejado ganancias y cuáles deformaciones. Desde que uno nace, comienza a copiar: primero de los padres, luego de los maestros, o de amigos, hasta querer parecerse al cantante de moda o al artista ídolo de ese momento. Samuel Alexander escribió: **la individualidad es un carácter impregnante de las cosas, pero también puede decirse que no hay nada individual que no tenga carácter reconocible mediante el pensamiento universal.** Todos debemos mucho a nuestra época y, dentro de ella, a las huellas que nos imprimen la sociedad, el país, la ciudad, hasta un rincón muy específico puede habernos moldeado con su cultura. Así mismo, nuestro ámbito familiar, marca mucho nuestro tejido espiritual. Todo esto debe ser sometido a un riguroso análisis para saber por qué soy así y no de otra manera.

Sólo la autorreflexión cotidiana nos permite ser coherentes, evolucionar cada día, para que el tiempo te lleve a ser siempre superior sin abandonar la esencia de tu espíritu. Eliseo Diego tiene un poema en el que expresa sus dudas acerca de si publicar o no unos poemas de juventud. Versos que su madurez intelectual ya encuentra pobres, como hechos por otro, pero a su vez late en ellos su antiguo yo: ¿cómo entender nuestro presente sin todos los caminos que hemos transitado para llegar hasta aquí?

Un joven artesano hizo estos versos
y a resguardo los puso. Pero ahora
los saco yo a la luz. Aunque me mire
con rencor, aquí están. Después de todo
somos uno los dos, mal que le pese.
Algún encantador bien le ha ajustado
mi máscara de viejo, Dios lo ampare,
qué le vamos a hacer, si somos uno.

Haberlos hecho trizas, digo yo,
si en tan poco los tuvo. Son de ayer,
pero también de ahora. Esto es lo cierto:
ni para él ni para mí escribimos
ninguno de los dos. Quizás hay alguien
que de puro candor los haga suyos.

Cuando llegas a ese punto en que comprendes tu ayer plenamente, estás en condiciones de saber dónde está tu individualidad y hacerte aportes a ti mismo: **que el bien supremo de los hombres sólo es su personalidad**, como afirmara Goethe.

Vigila tus palabras, pues se convierten en pensamientos. Vigila tus pensamientos pues se convierten en acciones. Vigila tus acciones pues se convierten en hábitos. Vigila tus hábitos pues se convierten en carácter, vigila tu carácter pues se convierte en tu destino. Esto —no sé de qué baúl de la memoria lo he sacado— aparte de su gracioso proceso invertido (exquisito eso de que las palabras se conviertan en pensamientos, y no viceversa), me hace pensar que **la vida tiene azares que no dependen de uno, pero del resto somos responsables**; incluso, la fuerza para sortear los percances de las casualidades (o lo que llamamos mala suerte) está en la personalidad que seas capaz de labrarte. Thomas Jefferson dijo: yo creo **bastante en la suerte. Y he constatado que, cuanto más duro trabaje, más suerte tengo.**

¡Cuánto pudiéramos aportarnos los unos a los otros con la delicadeza, el tacto, la ternura que nos bañan cuando hemos logrado la nobleza que otorga una personalidad limpia, coherente! ¡Si lográramos que se hiciera cotidiano en todos un simple gesto de caballerosidad (o dulce femineidad —porque el vocablo damería lo cargó de melindres y reparos algún machista...) hacia los semejantes! No lo digo sólo por la salud espiritual que puedas aportar al prójimo, sino por lo que te enaltece a ti mismo.

Instruida la quisiera sobre todo en cortesía;
los corazones no son regalados sino ganados
por aquellos que no son del todo bellos.

Yeats nos invita desde estos versos a poseer la belleza del buen gesto, que siempre gana adeptos. Hay quienes ven ridículas ciertas cortesías, o se amparan en la tontería de que *esas son cosas de viejos*, o pasadas de moda. Pero un gracias, por favor, me permite, si no le es molestia; frases que parecen simplezas, causan un impacto tremendo en un interlocutor —sobre todo porque se han convertido en arcaísmos tales, a falta de uso, que cuando pronuncias alguna la gente sonríe, abre los ojos con asombro y se dice: *¿de dónde salió este?* llevándose de ti una pequeña y perdurable alegría.

Yo te propondría que te armaras de valor y desafiaras, con gestos como esos, la grosería que deambula por nuestros días. Siempre habrá alguien que se burle, pero no te preocupes, ese(a) no vale tu trato. Te puedo, dar incluso, algunos pequeños trucos galantescos (me los enseñó mi padre, a él el suyo, y así quién sabe de qué siglo vienen), como el de tomar ligeramente por el codo a una muchacha cuando tiene que subir un peldaño, descender un contén o pasar por uno de los bachecitos no muy inusuales en una calle, un camino, una acera. Si das con una feminista se molesta, entonces te toca explicarle que ella no es inferior porque tengas esa deferencia; estás, precisamente, mostrando un respeto hacia su género. ¿Cómo vas a dejar que una anciana, un minusválido, o la misma muchacha que te acompaña, se bajen de la guagua sin tenderle tu mano para que se apoyen? Recordando a papi, me decía que cuando voy conversando con una mujer por la acera, debo colocarla siempre del lado interior, así mismo si te sientas en un ómnibus; es una idea como de protección, pudiera parecer hasta algo machista, pues, ese consejo iba acompañado siempre de una frase: *si la llevas por fuera la estás regalando*, lo cual contiene implícito un posesivo: que esa mujer es tuya. Estas cosillas, y otras como ayudarla colocándole la silla cuando se va a sentar con uno a la mesa, o que ella, a su vez, te esboce al menos una sonrisita de aceptación, o que esté atenta a algo que te hace falta para alcanzártelo, etc., son detallitos simples, pero ten presente que **de pequeños detalles está hecha la hermosura.**

El cariño es la más correcta y elocuente de todas las gramáticas. Di ¡ternura! y ya eres una mujer elocuentísima. Una vez más nuestro José Martí nos abre las ventanas de la mente hacia paisajes encantados del comportamiento. Si logras incorporar naturalmente esos gestos casi invisibles, que en el fondo expresan ternura, sentirás, aunque no te lo digan, una admiración, al menos un respeto, en tu interlocutor. Es como una corriente de buenas sensaciones que trasmites y le da a tu alma, además, un porte, una soltura, que se traduce en un estado anímico mejor; llevarás como una especie de alegría inexplicable cuando apliques orgánicamente esas cortesías.

Los espíritus vulgares no tienen destino, afirmaba Oscar Wilde, y es que las malas acciones no atentan tanto contra los demás como contra uno mismo; es como si te fueses serruchando, con cada una de ellas, el piso de tu espíritu. Si te armas de honestidad, bondad y pasión, la vida guiará tus conocimientos para esculpirte una personalidad equilibrada. Todo queda en tus propias manos: **el carácter es la voluntad desarrollada.**

Eso pude: eso valgo; nos dice desde un verso Dulce María Loynaz para inducirnos el empeño cotidiano de superarnos. Deja pasar a quienes gustan de ascender sobre, o contra, los demás; a esos el tiempo sólo les depara mandarriazos. La personalidad sustentada en el bien, es la mejor compañía que puede tener un mortal; Romain Rolland lo atestigua:

No sabía que un alma grande jamás está sola; que, por desprovista que esté de amigos, por la fortuna, siempre acaba por crearlos; que irradia en torno suyo el amor de que está henchida, y que en el momento mismo en que se cree aislada para siempre, es más rica en amor que los más dichosos del mundo.

No es tu cuerpo, mi amor,
lo que apuestas

No existe distancia física que impida el abrazo de las almas. Aquí estoy, tan cerca de ti, que pudiera hasta habitarte. Basta con que te sueñe y me entregue a estas páginas, basta con que tu mirada me desnude y sienta las vibraciones de ese amor total que va engarzando las más ancestrales palabras. Un pacto solar sella la comunión de nuestros espíritus: eres la inspiración de los poetas de todos los siglos; soy el recopilador de todos esos versos que siempre te han buscado. De ahí que seas la nítida mañana, para la cual sacude noches, este emisario del alba al que puedes llamar...

El diablo ilustrado

El amor siempre está al doblar de la esquina, dijo alguien, y —de no haberlo hallado aún tú— podrás pensar: *cierto, pero qué larga la calle que me ha tocado a mí*. No niego la validez de ese lamento, aunque: **vale la pena morir de caminar con tal de encontrarlo.** Claro que aquí interviene la solución que cada cual da al acertijo: ¿Qué es el AMOR? Ya te contaba una vez del amor de los marineros que besan y se van, de Neruda, sintetizado en un verso. (Salta a la vista el aliento a picaflor que aletea detrás.) A propósito, hay una canción —infantil, increíblemente— que dice:
Papá yo quiero que tú
me enseñes a navegar
por esos mares del mundo
que tú has transitado ya
y en cada puerto tener
una aventura de amor...
Bonito ejemplo daría ese padre al hijo que aspiraba a ser marinero (lo cual me parece muy romántico, hasta que aparece el objetivo): tener, como él, romances por todos lados. Milagro, cuando la canción pasa al estribillo: **Marinero quiero ser, marinero como tú...** no termina diciendo: *para recorrer los mares y conocer así a los hermanitos que me has dejado regados por todos los puertos del planeta con los amoríos que has tenido.* ¿Y qué diría la madre de tener algún bocadillo en esa canción? Seguramen-

te oprobios al "gallardo" marinero y le pondría los bultos en la puerta de la casa. ¿Qué te parece? El machismo a la enésima potencia en una canción nada menos que infantil: la donjuanización musical. Quizás en su origen fuese un bolerón —donde son frecuentes esos alardes masculinos— y luego alguien le hizo un dibujo animado interpretando mal el tema. En todo caso hay que reconocer que la historia tiene un final feliz que eleva el superobjetivo:

    y en cada puerto tener
    una aventura de amor
    hasta, encontrar como tú,
    quien me ate el corazón.

Esa es la filosofía amatoria que acude a lo efímero, lo transitorio, al romance casi exclusivamente físico y a eso algunos le llaman amor. Fíjate que se suele utilizar la imagen del marinero, que es como el símbolo de la prisa, lo efímero: el que atraca, desembarca en un lugar y al poco tiempo tiene que zarpar nuevamente. Así, de país en país, o sea, el que no tiene tiempo para profundizar en las relaciones que hace en tierra: llega, mira, descarga y parte. Romance a primera vista, la especie dejándose arrastrar por el impulso de la procreación o el gusto primario, "hacer el amor" y ya. Como si algo tan excelso fuese cosa de coser y cantar. En los tiempos que corren esta actitud ligera puede considerarse de aliento *suiSIDA*. Claro que los donjuanes no son únicamente masculinos, Joan Manuel Serrat nos cuenta la historia de una joven reiteradamente "incomprendida":

    A esa muchacha que dio a morder
    su piel de manzana
    cuando Cupido
    plantaba un nido
    en cualquier ventana.
    A esa muchacha que tuvo al barrio
    guardando cola
    y revoloteando como polillas
    en las farolas.

A veces una decepción amorosa en edades tempranas, lleva a una falta de fe en el amor; eso que suelen llamar tirarse al abandono y que puede expresarse en el descuido del aspecto personal o en la inútil venganza contra el resto de los seres del sexo opuesto, como haciéndoles pagar las culpas de quien le abandonó —propósito injusto que suele traducirse como: *voy a romperle el corazón a todo el que pueda*. En esta absurda guerra de "géneros", quien termina destruyéndose es el propio homicida, como le pasa a la chica de Serrat:

A esa muchacha que fue
piel de manzana
se le quebró el corazón
de porcelana,
se le bebieron de un trago
las sonrisas,
la primavera con ella
tuvo prisa.

Dijo Benavente que **en asuntos de amor los locos son los que tienen más experiencia. De amor no preguntes nunca a los cuerdos; los cuerdos aman cuerdamente, que es como no haber amado nunca.** Cierto, los locos son los que saben amar, pero no los locos en el sentido psiquiátrico del término, ni los que saltan de pareja en pareja por deporte, sino los que desatan todas sus pasiones, los que no miden su entrega, los que no calculan ni piden a cambio nada de lo que ofrecen, sino la más tierna y honda caricia. Las muchachas(os) al estilo "piel de manzana", que no buscan amor sino el elemental intercambio corporal, suelen desgastarse el alma; y, con el alma deteriorada, poco hace un ser sobre la tierra. Era de esperar este final que da Serrat a su canción:

Muchachas tristes
que florecisteis en mis aceras,
bien poco ha escrito,
en vuestros cuadernos,
la primavera
y llega el invierno.

El intenso frío de esa soledad no radica en la falta de pareja sino en la ausencia de fe en sí mismo para hallar una relación que le sacuda. Se hace doblemente difícil encontrar amor a quien no le quedan sentimientos para buscarlo: **amar es el más poderoso hechizo para ser amado.**

John Dewey decía que el amor es un océano de emociones. Rodeado completamente de muchos gastos. Ya aquí la cosa se complica ya que la asociación es con dinero o inversiones. Hay —lamentablemente— quienes prostituyen el verbo amar: lo ponen en función de intereses mercantiles— y no me refiero sólo al jineterismo. Algunos piensan que, para conquistar a X muchacha, es imprescindible tener recursos: porque sacarla a tal o más cual lugar, comprarle un regalo H o Y, o llevarla a comer a Z restaurante, cuesta... en fin, que **para tenerla hay que tener.** Esto no suele preocupar a las muchachas ya que, por tradiciones machistas, son siempre las invitadas, las piropeadas, y no las que le caen atrás al varón —con excepciones, por supuesto. (Muchos aseguran que son realmente ellas las que seducen y nos hacen creer que somos nosotros los conquistadores.) El caso es que existen los que asocian estatus material con posibilidades amorosas. Habrá quien piense que la realidad es esa, que vivimos días difíciles donde el mercado se impone y el dinero es esencial para el amor. Te dirán la frase clave para ellos: *no seas ingenuo, en estos tiempos no camina nada sin el billete.* Sin embargo, me atrevo a asegurar que es exactamente lo contrario.

Quizás un "personaje" con cierto poder adquisitivo lleve las de ganar en cuanto a dar determinados tipos de paseos con muchachas. Ahora bien, de ahí al amor hay un buen tramo, **no todo lo que brilla es oro** y, por otra parte, **para el verdadero amor el oro carece de valor.** Aquí volvemos a la pregunta esencial, porque todo depende de ¿a qué le llamamos AMOR? Quien se te acerca por interés no vale un centavo, porque no te busca a ti sino a tus posesiones, tus posibilidades materiales, y por tanto, van a regir a esa relación la hipocresía, la mentira, la infidelidad. Es un callejón sin salida: todos los **caminos del interés conducen al deterioro humano.** El amor es un estado físico-espiritual privilegiado, al que sólo arriban los capaces de dar mucho de sí, los que van en pos de un crecimiento como ser, los que —en medio de tantos paisajes turbios que tiene el mundo— saben dónde buscar la dicha verdadera, la que está mucho más allá de las tontas posesiones materiales, que, al fin y al cabo, no pueden aportar nada al divino placer, al gozo real de dos seres identificados. **Los que creen que el dinero lo compra todo es porque han vendido su alma.**

Ciertamente, hay personas que seleccionan la pareja por lo que tenga y no por lo que sea, son esos seres los que viven luego jactándose de sus objetos, incrementando día a día su vacío interior y terminan su vida con el tedio, el mal genio, el estrés, la neurosis, el sin sentido existencial, porque **sólo el amor nos salva de la muerte en vida.** No dejes que el interés, o la necesidad medien en tu selección: no le pongas precio a tu pasión; el que se une a otro por ventajas materiales lo que está haciendo es una transacción económica en lugar de formar una pareja.

El amor es el punto más alto de lo humano y, al entrar en él, se sabe que nada hay como el lenguaje de los cuerpos cuando las miradas cantan en la mágica purificación del uno en el otro. Siempre que pretendas a alguien y ese ser te exija o sugiera "poderes", no te sientas frustrado(a) por lo que no tienes, lo que debes sentir es pena por quien mediatiza sus sentimientos. **No el que TIENE sino el que ES está más alto.**

Es difícil, muy difícil, encontrar alguien que nos regale la poesía a cada instante de la vida, esa persona que se compenetre con uno de manera que convierta en verso el amanecer, el oleaje del mar y las calles del barrio; que nos enriquece dándole insospechadas honduras a una buena canción o un viejo libro; que vibra ante las miserias del mundo o llora de placer ante cada minúsculo logro de la humanidad. Es difícil, pero cuando se halla —¡ah, cuando se halla!— es como dar con el gran tesoro, el sentido de la vida. Es difícil llegar a ese grado sumo del éxtasis que nos embarga cuando aparece esa otra mitad, y nos lleva de la mano a bucear por los infinitos abismos de corales multicolores de las almas. Hay que rastrear mucho en los demás y en uno mismo, pues, **el amor es una conquista de los que luchan contra las bajas pasiones y pobres sentimientos que nos asaltan.** Es muy difícil llegar a ese mágico punto del AMOR. Cabe, incluso, la posibilidad de no encontrarlo, pero **quien le ha puesto alas a la existencia no puede sino volar hacia el amor aunque supiera que no ha de llegar, porque el pájaro sin el vuelo perece.**

Como dice Silvio Rodríguez: **lo más terrible se aprende enseguida y lo hermoso nos cuesta la vida.** Nunca renuncies a la pureza que te empina, sólo la virtud que siembres en ti te permitirá hallar la maravilla: **cada cual tiene el amor que se merece.**

Alguien dijo que **al final todos seremos juzgados sobre el amor y por el amor. Nada más.** Por supuesto que el amor es como la suma de sentimientos ideales a los que podemos aspirar en diversos sentidos. Se puede amar muchas cosas, y, diría mejor, que todo puede ser destino de nuestro amor. Dentro de ese todo ocupa un lugar especial la pareja. Ahora, en cualquier sentido al que nos estemos refiriendo: **quien no lleva amor está existiendo por gusto.**

El caso de quien se prostituye es el más asfixiante. Las reflexiones sobre el tema casi siempre las hacemos desde el punto de vista social. Solemos pensar en el deterioro de la imagen pública que dan las aceras con mujeres —y hombres— vendiendo sus cuerpos. Hay países donde ya la gente ni se inmuta, no sólo con la pornografía tradicional (que se vende en estanquillos y pasa por la televisión) sino con la infantil, que es lo más incalificable que pueda existir. La miseria trae esta esclavitud sexual que invade nuestro planeta. Muchos la justifican diciendo, con el cinismo más descarnado, que *la prostitución es el oficio más viejo del mundo*, y te improvisan todo un tratado histórico que llega hasta la antigua Grecia o dobla por Egipto hacia Babilonia. Los hay que esgrimen machismos de mala muerte, y afirman —obviando que el fenómeno no es exclusivamente femenino— que *las mujeres son así, todas son iguales, todas son putas, lo que algunas se controlan*. Aquí el "guapetón" siempre acota la excepción de la madre suya (las demás caen en el mismo saco). Hay quienes, lejos de preocuparse por el fenómeno, lo alaban y defienden, y, hasta admiran a quienes se prostituyen, argumentando con la "tesis" de que es un trabajo como otro cualquiera.

En nuestro país, especialmente, existe una versión del comercio sexual que es el jineterismo. Es prostitución igual, pero muchos la suavizan con este término por no ser la miseria sino, por lo regular, la ambición, el motivo para ejercer ese "oficio". Este enfoque del asunto es perjudicial y lleva implícita cierta renuncia a la crítica, porque deja resbalar la idea de que lo hacen por divertirse, por darse ciertos gustos materiales. De manera que tienen todas las posibilidades laborales —suelen ser muchachas con alto nivel escolar, incluso con títulos universitarios; las hay que hasta trabajan y al salir de su centro se ofrecen —lo cual viene siendo una "jornada" extra— y no es por tanto la desesperación lo que las arrastra. Mucha gente, si no aprueba, al menos, se hace de la vista gorda con ellas(os). Incluso familiares que, por unas chucherías que la jinetera(o) pueda llevar a la casa, le celebran la "gracia". Claro que estoy hablando de una minoría;

la mayoría le damos la importancia que requiere el asunto, pero, por lo regular, desde la vergüenza social que encierra, y casi nunca explicándonos qué pasa en la vida de esos pobres seres.

Una jinetera suele decir que ella hace con su cuerpo lo que le da la gana, a fin de cuentas: *"eso" no se gasta por usarlo*. Pero, ¿es el cuerpo realmente lo que ofrece? Piensa en un hombre que le paga a una mujer. Aparentemente es por su cuerpo que ofrece el dinero, pero, si lo miramos fríamente, él también pone el suyo en la transacción sexual, y ella no paga por el cuerpo de él, la única diferencia es a favor de la prostituta, ya que quien se ofrece gratis es él.

Mi buen amigo trovador tiene una canción que vertió sobre mí nuevas luces para examinar el tema:

No es tu cuerpo de abril lo que ofreces,
Malinche aromada
—portada ambulante de aquella revista que nunca es hojeada—
entregas tu derecho a confesarte
entregas la ocasión de ser tallada:
sin las desesperadas manos del artista
se queda una escultura
en sólo una silueta manoseada.

El hombre no le paga exactamente por su cuerpo sino por el derecho de usarlo sin que medie espiritualidad alguna. Él paga por despojarla a ella del derecho a sentir que estremezcan su cuerpo con la poética del enamorado. Él paga por la renuncia de ella a encontrar refugio en el alma del otro.

No es tu cuerpo —mi amor— lo que apuestas
de vuelta a la almohada
tras tantas preguntas que olvida esa boca
viajando en orgasmos que tiran su puerta en la cara.
No es tu cuerpo —mi amor— son respuestas.
Te va arruinando la ilusión cada jugada.

Ella no vende su cuerpo sino su derecho a disfrutar realmente, mientras que él le paga porque ella simule ese goce; ella le vende su derecho a hacer humanas preguntas y a recibir profundas respuestas; él le compra palabras estudiadas que no tienen auténticos sentimientos, paga por anularle la sinceridad. Así, cada cual que negocia con ella le está dando dinero por estropearle un poco su autoestima.

No es tu cuerpo de abril el mendigo de las madrugadas,
es el disfraz de un carnaval
donde eres sólo un arlequín
que hace piruetas con el alma arrodillada.

No es tu cuerpo —mi amor— lo que vendes.
No es tu cuerpo —mi amor— lo que pagan.
Es el tiempo de hacerte un abrigo
Es el tiempo de ser que se escapa.

Lo que está vendiendo ella —como dice mi amigo trovador— es el tiempo para encontrar el verdadero amor, el de tener experiencias limpias, reales, que la lleven a auténticos enlaces —y aun rupturas— que moldean el espíritu. Le pagan porque renuncie a ser tratada como un ser amado, por algo tan preciso e irrecuperable como es el tiempo que tiene para ser joven y vivir lo que luego ya no se puede vivir: la experiencia desinteresada que la empine hasta encontrar el amor. Le están comprando la posibilidad de llegar a ser una mujer digna de ser amada; por tanto, ella está vendiendo, en esencia, la posibilidad de ser feliz.

Existen diversos grados de prostitución. Hay quien simplemente busca a un extranjero (o extranjera) para tener una relación que le de cierto estatus (paseos, viajes; objetos como ropas, efectos electrodomésticos...), es decir, no cobran en efectivo y lo hacen hasta con sutileza —como para no sentirse una vulgar prostituta(o). Otras, incluso, tejen la relación con aparente normalidad y se casan con el extranjero aunque ella y todo el mundo sepan que no está enamorada (esto cae en el plano de matrimonio por interés, que no deja de ser una versión del fenómeno). De todos modos, esa persona está renunciando a amar —es igualmente terrible. Hay también casos que no llegan a ofrecer su cuerpo, simplemente flirtean para coger el paseito un día y luego desaparecen por esfumación. Estas suelen creer que no hacen nada perjudicial, que simplemente se están divirtiendo. Es el mismo error: cada doblez con la que alguien se ofrece a otro ser, es un rasguño en lo más hondo de su personalidad, y por ahí se le desangra el espíritu.

Decía Isadora Duncan que **el amor puede ser un pasatiempo y una tragedia.** Yo diría que cuando tomas el amor como un pasatiempo terminas en tragedia, porque nada hay más terrible que consumir el tiempto que nos dan sobre la faz de la tierra sin disfrutar de ese estado de gracia que otorga el verdadero amor; es como perder una oportunidad única de conocer la más deslumbrante de las ofertas que nos hacen cuando, gracias a nuestros padres, nos abren el contrato de vida.

En materia de amor, demasiado es todavía poco, la vida es tan corta para amar... sin embargo, hay quienes dejan transcurrir los años obviando la búsqueda desde la honestidad y la ternura, cual si fuesen eternos.

Anoche tuve un náufrago en la cama.
Me profanó el maldito.
Envuelto en dios y en sábana
nunca pidió permiso.
Todavía su rayo láser me traspasa.
Hablábamos del cosmos y de iconografía,
pero todo vino abajo
cuando me dio el santo y seña.
Hoy encontré esa mancha en el lecho,
tan honda
que me puse a pensar gravemente:
La vida cabe en una gota.

Carilda Oliver nos mostraba desde su poesía cuánto puede significar un día de entrega, una noche, en la vida de dos seres; pero a veces ese instante supremo se teje durante toda una existencia. La relación de pareja, elevada y profunda, no cae del cielo: los espíritus necesitan un entrenamiento y la escuela que da esos conocimientos es la de la purificación cotidiana.

El poeta Gastón Baquero nos adentra en la trascendencia de dar con el milagro del auténtico amor:

Amar es ver en otra persona el cirio encendido,
el sol manuable y personal

que nos toma de la mano como a un ciego perdido
                              entre lo oscuro,
y va iluminándonos por el largo y tormentoso
                              túnel de los días,
cada vez más radiante,
hasta que no vemos nada de lo tenebroso antiguo,
y todo es una música asentada, y un deleite callado,
excepcionalmente feliz y doloroso a un tiempo,
tan niño enajenado que no se atreve a abrir los ojos,
                    ni a pronunciar una palabra,
por miedo a que la luz desaparezca, y ruede a tierra el cirio,
y todo vuelva a ser noche en derredor
   la noche interminable de los ciegos.

Guarda a tu amigo bajo
la llave de tu propia vida.

Yo también cierro los ojos para sentirte. Lo necesito para seguir sin rostro y sin edad, como requieren las almas imantadas únicamente por los misterios de la creación literaria. Hay momentos en los que la vida real me arrastra, imperfecta-divina, y no me puedo dar el lujo de contaminar estas letras, de permitir que caiga al abismo esta mágica seducción que nos abraza. Es por eso imprescindible que te sueñe, que abandone el mortal cotidiano que hay en mí y exista sólo por ese mañana desde el que me tiendes la mano, gracias al cual, tengo el privilegio de convertirme en un escriba recopilador de lo eterno...

El diablo ilustrado

Un amigo es una persona con la que se puede pensar en voz alta —escribió Emerson—, pero para llegar a ese estado de confianza se requiere hallar a alguien con quien uno se identifique plenamente, lo cual no es fácil, porque el ser humano es como la luna, que muestra su cara iluminada y se guarda para sí la oscuridad. Claro que no somos en todo momento luna llena, a veces los defectos o malas acciones están a la vista. De ser soles, no tendríamos esa dificultad, mas perderíamos el encanto de pasar por fases en las que uno vaga de cuarto menguante o creciente... y esta "imperfección" nos otorga misterio, y el misterio despierta **siempre cierta curiosidad**. No por gusto la luna es más romántica —según los poetas, aunque un buen amanecer a la orilla del mar también es un espectáculo para respetar.

Astrología aparte, siempre el ser humano guarda insondables secretos; el pensamiento es constante e infinito y uno no puede expresar más que una pequeña parte de lo que siente o medita; pero también se guarda ideas intencionalmente —por no querer confesar lo que cree un pecado o por falta de confianza en otros seres—, de ahí la importancia de encontrar a alguien en quien depositemos toda nuestra fe.

Dicen que dijo Aristóteles que **un verdadero amigo es un alma en dos cuerpos.** Yo no afirmaría tanto; incluso no sé si haga falta. Dos amigos (o amigas) pueden ser muy diferentes, lo que, eso sí, deben tener un ideal común, un sentido de la vida que los lleve a reciprocarse, una especie de mirada convergente en el futuro.

A veces somos ligeros al decir amigo(a), habrás escuchado la frase: **quien tiene un amigo tiene un central,** que viene de un sentido pragmático, de ver las amistades como relaciones con las cuales "resolver". Hay también quien llama amigo(a) a todo el que conoce: a los compañeros de aula o de trabajo, a los vecinos; en fin, se presenta y te considera, desde ya, una amistad suya. Eso está muy bien humanamente, pero es una simple manera de nombrar; una verdadera amiga(o) es algo muy hondo, que requiere una compenetración imposible de entablar con muchas personas porque el tiempo vital no alcanza y, sobre todo, porque el corazón no se pude dividir en tantas partes. Bueno, esto último es un poco cursi; y García Márquez me diría que **el corazón tiene más cuartos que un hotel de putas.** Realmente un buen espíritu puede tener energías positivas para el universo entero, lo que sucede es que no se puede clonar para sostener relaciones lo suficientemente profundas con miles de amigos.

Según Washington, **la verdadera amistad es una planta que crece despaciosamente y debe resistir los azotes de la adversidad para poder dar buenos frutos.** La amistad es como un cultivo que se siembra, se riega; se cuida de las malas hierbas, de los vientos; se le dedica tiempo y esfuerzo para que crezca rumbo a la cosecha. La vida va enseñando a definir. Dice Joan Manuel Serrat en una canción:

Decir amigo no se hace extraño
cuando se tiene sed de veinte años,
y pocas penas
y el alma sin media suela.

De todos modos, no creo que haya que esperar a la vejez para saber dónde están los amigos(as), pero es cierto que con el tiempo uno filtra sus relaciones y aprende a definir mejor, sobre todo, cuando se pasa por momentos difíciles. Según Claude Marmet, **los amigos son como las sandías. Para encontrar una dulce hay que probar un ciento.** En la medida en que la vida pasa, se van dejando atrás decepciones, intereses, distancias, y quedan sólo las personas que ensanchan contigo el horizonte: unos se marchan, otros resultaron falsos, alguno queda en el recuerdo... Alguien dejó escrito que **una triple bendición son nuestros amigos: vienen, se quedan y se van.**

Tampoco es imprescindible el tiempo de duración de una amistad. Puede depender de una situación en que te encuentres transitoriamente y no por eso esa persona deja de ser alguien que marca tu existencia, aunque sea por unos días o unas horas; todo está en el nivel de entrega y profundidad que logra ese intercambio espiritual.

La amistad es una elección. Como dijera Addison Mizner, al parecer no muy conforme con sus más allegados: **el cielo nos da los familiares; ¡Gracias a Dios que podemos escoger las amistades!** Sin pretender menoscabar a la familia, es cierto que ella nos toca al nacer, sea como sea, y los amigos son plena responsabilidad nuestra: es uno quien otorga tan elevado título con su trato; de ahí, el refrán popular: **dime con quién andas y te diré quién eres.** Esto suele emplearse despectivamente, sobre todo cuando se juzga a la ligera; mas no deja de ser cierto que una verdadera amistad se funda sobre afinidades y sintonía de sueños que permiten definirte. Lo peyorativo del **dime con quién andas...** viene de lo que suele llamarse vulgarmente la "juntera". Sobre todo en etapas juveniles, se suele salirnos o compartimos con personas que pueden no tener mucho que ver con nuestra personalidad pero determinada circunstancia nos relaciona.

> Mis amigos son unos sinvergüenzas
> que palpan a las damas el trasero,
> que hacen en los lavabos agujeros
> y les echan a patadas de las fiestas.
> Mis amigos son unos desahogados
> que orinan en mitad de la vereda,
> contestan sin que nadie les pregunte
> y juegan a los chinos sin moneda.

Estos amigos que describe Serrat son, sin dudas, "socitos" de barrio en edades juveniles; esos a los que uno se alía espontáneamente por vecindad. Con ese tipo de amigos crecemos, paliando sus defectos y virtudes, y algunos de ellos nos duran toda la vida, pues, vamos moldeándonos juntos en la cuadra, la escuela, compartimos las primeras novias y maldades, los primeros éxitos y fracasos. Luego la experiencia nos irá depurando o alejando: vamos creciendo y el tiempo es quien dice —cuando se comienzan a definir las personalidades— si engranamos realmente, o si esa relación pasa a ser un hermoso recuerdo.

En todo caso quedará en la mente esa despedida de mamá —cuando se escandalizaba al vernos partir juntos, intuyendo alguna trastada adolescente— con aquella cantaleta que inmortaliza Serrat en su canción:

**Mi santa madre
me lo decía:
cuídate mucho, Juanito,
De las malas compañías.**

También están los seres de baja catadura que se atraen por actitudes poco sociales y hasta se llaman amigos entre sí aunque, en el fondo, no son sino "socios" de negocios nada altruistas.

Realmente, **las almas nobles no tienen amigos infames** —a no ser que se esté equivocado o engañado. Para el que tiene buen corazón un amigo lo prestigia, lo enorgullece, aun en el caso de que un ser epidérmico nos apunte con el índice inquisidor. Sócrates aconseja: **anda despacio cuando escojas a tus amigos; pero cuando los tengas mantente firme y constante.** Es decir, no te apures en elegir: bucea hasta el fondo de esa persona en quien vas a depositar tu plena confianza y, una vez seleccionada, juégatelo todo por la amistad, sin que te quede nada por dentro. Como dice Serrat:

**Y ayer y siempre, lo tuyo nuestro
y lo mío de los dos.**

No todo el que se acerca a tu mundo es tu amigo(a) y, cómo suele decirse: **la prosperidad hace amistades y la adversidad las prueba.** O sea, que hay quienes se relacionan con uno por interés —que no tiene que ser material; digamos que, para explotar tus relaciones, por entrar a determinado círculo de conocimientos o facilidades que tienes, por acercarse a una muchacha(o), en fin: por disímiles razones que, aun si no fueran malas, no implican un compromiso espiritual contigo. Y por eso decía Napoleón: **¿Queréis contar a vuestros amigos? Caed en el infortunio.**

Sin "hacer tragedia" ni melodrama, es cierto que ante las dificultades se decantan relaciones y quedan los que realmente nos aprecian. Por otra parte, no se puede pensar que la debilidad siempre viene del otro lado: uno también tiene que ser merecedor de una amistad, llegar a ella con las manos limpias, sin dobleces. **Nunca conserva firmes amistades quien sólo atento va a sus pretensiones**, escribió Juan Ruiz de Alarcón; y concuerdo en que, tanto en una amistad como en la pareja, se debe tener tantas —o más— ganas de dar que de recibir. Reza una vieja frase: **cuentas claras conservan amistades**, que suele tomarse por donde no es. Cuando decimos "cuentas" vienen asociados dinero y deudas; pienso que el sentido original de la frase debe estar dirigido a la honestidad, algo así como: ser directo y andar sin rodeos hace duradera una relación. No obstante, yo haría mi versión: **la amistad debe ser algo tan claro que jamás saque cuentas.**

Es muy importante el concepto que se tiene de la amistad al buscarla, ya que uno, consciente o inconscientemente, crea las relaciones acorde a los principios que se plantea. Por ejemplo, George Eliot afirmaba que **los animales son buenos amigos, no hacen preguntas y tampoco critican.** Sobre estos presupuestos, la relación que se entable será irremediablemente superficial. El diálogo franco exige no tener fronteras ni zonas ocultas; mientras más se conoce a ese otro ser y nos dejamos conocer por él, más profundos son los lazos que nos unen. De ahí que las preguntas y respuestas no deban llevar mordazas ni medias tintas.

Un amigo(a) no es quien asiente a todo lo que decimos o hacemos: es —por el contrario— esa persona capaz de juzgarnos, de señalarnos oportunamente cuando actuamos mal. Por otra parte, decía Cicerón que **la adulación, meretriz del vicio, debe quedar fuera de la amistad.** Es muy frecuente tomar por amigo a alguien que constantemente te alaba; es de humanos sentir debilidad ante quien te estimula el ego, pero cuidado: quien te quiere sinceramente no tiene por qué estar todo el día disfrazándote de dios; casi siempre en ese tipo de actitud hay gato encerrado. Alguien dijo que **el perro tiene más amigos que la gente porque**

mueve más la cola que la lengua. Esto no deja de ser un chiste, y chiste al fin, encierra su moraleja: en la medida en que dos seres están más conectados, necesitan menos de palabras que reafirmen el afecto porque les basta un gesto, casi imperceptible, para expresarlo.

Es cierto que toda amistad entraña cierta dosis de complicidad y admiración mutuas, pero con medida; incluso, mientras más amigos sean menos necesarios son los elogios, pues, quedan sobrentendidos en las acciones cotidianas; y mientras más amigos sean, más espacio debe tener la crítica, si se supone que esa amistad ya es fruto de la máxima confianza, de la más alta estima, y quién mejor que un gran amigo para detectar nuestros errores.

Quien busca la adulación no quiere una amistad sino una abuelita. Esto va en la misma frecuencia humorística, ya que las abuelas —aunque es cierto que suelen ser quienes más nos miman— saben también alertarnos cuando nos desviamos del camino de las buenas acciones, y lo suelen hacer con la autoridad y conocimiento de causas y efectos que otorga la experiencia. A propósito, Leonard Wright dejó escrito: **la madera vieja quema mejor, el caballo viejo es mejor para montar, los viejos libros nos deleitan más, el vino añejo sabe mejor: así son los viejos amigos en los que podemos confiar.** Y relaciono esto, no sólo con una amistad de años sino, también, con buscar las amistades en los años. Es lógica la tendencia a elegir las amistades entre la gente de nuestra misma edad; por similitud de actividades, intereses, de ambiente en el que nos desenvolvemos. Sin embargo, esto tiene la limitante de desconectarnos del punto de vista de otras generaciones y de la sabiduría que pueda tener alguien mayor. Por lo regular, cuando se es muy joven uno cree que **tiene a Dios cogido por las barbas,** como dice el dicho, y piensa que los viejos son retrógrados, que ya sus pensamientos pasaron de moda. Craso error: debemos buscar amigos de otras juventudes; para propiciar confrontaciones con las cuales se enriquecen las ideas.

William Shakespeare dejó escrito: **guarda a tu amigo bajo la llave de tu propia vida,** o sea, protegerlo de todas las adversidades, defenderle más que si se tratara de uno mismo, con el convencimiento de que es realmente un privilegio haber dado con él. Romain Rolland describe exaltado ese hallazgo:

¡Tengo un amigo!... ¡Dulce sentimiento de haber encontrado un alma en la que refugiarse en medio de la tormenta, un abrigo tierno en el que se respira al fin, mientras se aplacan los latidos de un corazón jadeante! ¡No estar ya solo, no tener que permanecer armado siempre, con los ojos continuamente abiertos y quemados por las vigilias, hasta que la fatiga nos entrega al enemigo! Tener un compañero querido, en cuyas manos hemos abandonado todo nuestro ser, y que ha abandonado en las nuestras su ser por entero. Beber al fin el reposo, dormir mientras él vela, velar mientras él duerme. Conocer la alegría más grande de abandonarse a él, de sentir que él tiene nuestros secretos, que dispone de nosotros. Envejecido, desgastado, cansado de llevar desde hace tantos años la vida, renacer joven y lozano en el cuerpo del amigo, saborear con sus ojos el mundo renovado, abarcar con sus sentidos las bellas cosas pasajeras, gozar con su corazón el esplendor de vivir... Sufrir incluso con él... ¡Ah! ¡Hasta el sufrimiento es alegría, con tal de estar juntos!

¡Tengo un amigo! Lejos de mí, cerca de mí, siempre en mí. Yo lo tengo, y soy suyo. Mi amigo me ama. Mi amigo me tiene. El amor tiene nuestras almas mezcladas en un alma sola.

En la amistad, como en el amor, se produce una interacción en la que dos personas crecen espiritualmente. Como en el amor, también, cada cual tiene el amigo que se merece: según sea de limpia tu alma, será la de ese ser dispuesto a entregarte la suya. Son dos relaciones muy parecidas; yo diría que son simplemente dos maneras diferentes de expresarse el amor: en una interviene —además— la atracción sexual y en la otra no.

Compañera
usted sabe
que puede contar
conmigo

no hasta dos
o hasta diez
sino contar
conmigo

Mario Benedetti me asalta desde un poema con una nueva visión del asunto: por lo regular, las amistades más profundas se dan entre seres del mismo sexo. José Martí afirmó que **la amistad es casi imposible entre una mujer que siente con tanta delicadeza y un hombre que ama con tanta pasión.** Claro que se dan casos de amigos de sexos opuestos —mejor decir complementarios, para no enemistarlos—, pero muchas veces lo que comienza por amistad termina en relación amorosa. (Suelen ser, por cierto, de los mejores romances, porque han evolucionado de adentro hacia afuera.)

Como definiera Martí: **la amistad es tan bella como el amor; es el amor mismo.** Por lo regular, cuando se llega a ese grado de compenetración entre dos seres, se crea una afinidad tal que, aunque en principio no sintiesen ningún tipo de apetencia sexual, esa misma progresión y fusión de las almas hace emerger la belleza física; de ahí a que se tornen desesperantes los deseos de un roce, una caricia, un beso, nada más hay un pasito.

si alguna vez
advierte
que la miro a los ojos
y una veta de amor
reconoce en los míos
no alerte sus fusiles
ni piense qué delirio
a pesar de la veta
o tal vez porque existe
usted puede contar
conmigo.

En este poema, Benedetti no se refiere sólo a sentimientos de amistad; una de las partes se traga abrumadores deseos y los musita entre dientes por el temor a no ser correspondido y romper, con la confesión, el hechizo que lo mantiene cerca de su idolatrada. Aunque, en esencia, hay en esos versos una sutilísima declaración de amor. A propósito: conozco a quienes han arribado a un concepto intermedio entre amigos y novios, lo suelen llamar "amistad complaciente". Es como una amistad que incluye, de vez en cuando, placer sexual; aunque puede ser, igualmente, una relación amorosa sin compromiso de estar "atado" uno al otro. No sé si definirlo como una amistad que se va un poco más allá o un romance que se mantiene un poco más acá; quizás hayan encontrado el eslabón perdido entre la amistad y el amor.

Pero bueno, no dejemos fuera de las opciones a esa amistad pura —aunque la llamada "complaciente" no me parece para nada impura— entre un hombre y una mujer. Existen casos en que, por determinados parentescos o maneras en que se desarrollan las relaciones, queda anulada, para ambas partes, la atracción física; en todo caso, ser amigos no es menos que ser amantes. Lo importante es que dos personas sientan esa paz, esa seguridad de saber que, aun ante las peores circunstancias, se tienen como un solo ser.

Dos amigos son dos historias que se unen, sentenció Hemingway; porque cuando se logra la amistad verdadera no queda espacio para las reservas. Hay quienes son escépticos y no creen que dos personas puedan entregarse sin límites, piensan que la amistad es un romanticismo arcaico, que en estos tiempos cada cual lucha, en el fondo, por lo suyo y teorizan acerca de una supuesta naturaleza egoísta de nuestra especie. Romain Rolland no creyó en épocas difíciles cuando escribió: **el árbol envenenado del mundo produce dos frutos más dulces que el agua de la fuente de la vida: el uno es la poesía, y el otro la amistad.**

Por mucho pragmatismo que quieran imponer los que pretenden convertir al mundo en una gran tienda de variedades donde los seres se deslumbren con las baratijas y se ladren por ellas entre sí, las buenas almas no renuncian a la poética más solidaria. Se podrá aniquilar a los soñadores pero los sueños son eternos. Siempre habrá alguien que se lo juegue todo por otro ser humano y que, como el trovador Raúl Torres, cante a los cuatro vientos:

Yo tengo un amigo de nítida fe
que sueña tener su morada en el sol
como es su locura no lo aconsejé
quizás, al contrario, me vaya con él... a fundar.

Quien tiene mucho adentro,
necesita poco afuera

Eres tú quien vela mis sueños, quien los mantiene lejos de la oscuridad que amenaza a estos días del mundo. El candil de tu espíritu da calor a mi cuarto y dulcifica la melancolía que asalta en una tarde de lluvia a mi ventana.

Imagino el movimiento casi imperceptible de tus labios en este instante de lectura, y siento el privilegio de tu intimidad: de ser el humano más cerca de tus ojos, lo cual me compromete a la pureza máxima de que sea capaz, a la sinceridad atroz, al desprendimiento mayor, porque mereces que te dé lo que no alcanzo. Intento —recopilando tesoros del arte— que tu vida se vierta hacia los demás con más amor: esa sería tu felicidad. La mía, está en sentir que rozo la próxima mañana, siempre que musites, con sabor de amistad, un sobrenombre...

El diablo ilustrado

Kipling dejó escrito que **el hombre cuando se casa, o nada o se ahoga —y no le conviene ahogarse.** Esto sugiere un chapoteo en la vida para mantenerse a flote, o sea, aprender a sostener la relación: a soportar y ser soportado. Desde esta óptica cabría que te dijera: **Cásate y verás.** Pero ya sabemos que son los amantes —y no el matrimonio— los causantes del desamor. Es cierto que no son pocas las parejas a las que les va muy bien hasta que se casan; esto hace presumir un error filosófico alrededor del concepto matrimonio.

Dice un proverbio americano: **si quieres miel no des puntapiés sobre la colmena.** Pienso que en la manera de asumir la propia boda está o no la patada al amor. En el instante de firmar el contrato, en ese preciso momento en que el juez(a) o cura, declara a la pareja unidos para toda la vida, aparece siempre un gracioso que hace el manido chiste de gritarle al elegido: *Ya estás embarcado, compadre.* Hay una fuerte tendencia a asociar casados con condenados. Todo esto guarda relación con prejuicios ancestrales, tergiversaciones del amor y del compromiso formal que nos acompañan desde las sociedades antiguas. Aunque parezca mentira, la mente humana carga rezagos a veces del esclavismo, del feudalismo y, por supuesto, del capitalismo. Reminiscencias de esos matrimonios pactados en las cortes en pos de títulos nobiliarios, o como negocio de burgueses para incrementar fortunas, han llegado a nuestros días. Bueno, de hecho, en el mundo existe aún realeza de carne y hueso. De ahí que el pasado y sus esquemas no han quedado en los siglos anteriores, a veces llevamos cenizas suyas adentro y hasta hay quienes las reviven como ave Fénix.

Todos estos lastres propician —en los que aún los llevan— que vayan al matrimonio desde conceptos muy caducos; lo cual sucede incluso entre los más jóvenes.

¿Cuántos en la actualidad no hacen bodas con bombo y platillo, **tirando la casa por la ventana**, llegando a espectacularidades como valses en grandes salones, caravanas de autos de lujo alquilados y otros muchos detalles hollywoodenses por el estilo?

¿Te has preguntado qué sentido tiene toda esa rimbombancia? Sencillo, seguir un esquema impuesto por viejas sociedades. Más que las bodas por la celebración de haber hallado el amor —las que también han existido, sobre todo entre la gente humilde—, las que han trascendido en la prensa han sido las que mostraron (o fingieron) un alto estatus social. La aristocracia y la burguesía han marcado ese día para demostrar su poder, con macrofiestas reseñadas en los periódicos en las tristemente famosas secciones de "crónica social". En ellas, con lenguaje ampuloso, los periodistas han descrito los trajes, prendas, autos, cortinas, lámparas del salón, pisos del cake y otras disímiles ridiculeces. Estoy hablando en pasado, pero en la actualidad el mundo está invadido de revistas de vanidades y películas con esas tonterías y, entre nosotros, los hay que se montan en ese espectáculo. Para que tengas una idea de lo descabellada que resulta la ostentación —ajena al amor—, te propongo esta sátira de una crónica social, con la que Eduardo Galeano registra una boda contemporánea:

Prendidos al pelo de la dueña de casa, relampaguean algunos de los diamantes mayores del mundo. La nieta ostenta, en la cruz del collar, una de las esmeraldas mayores del mundo. Los

Patiño, herederos de una de las fortunas mayores del mundo, ofrecen una de las fiestas mayores del mundo.

Para dar alegría a mil gentes durante ocho noches con sus días, los Patiño compran todas las flores elegantes y las bebidas finas que existen en Portugal. Con mucha anticipación se han distribuido las invitaciones, de modo que los modistos y los cronistas sociales han tenido tiempo de trabajar como es debido. Varias veces al día las damas mudan sus modelos, todos exclusivos, y cuando en alguno de los salones se cruzan dos vestidos iguales, alguien masculla que freirá en aceite a Yves Saint-Laurent. Las orquestas vienen fletadas desde Nueva York. Los invitados llegan en yates o en aviones privados.

Asiste, en pleno, la nobleza europea. El difunto Simón Patiño, boliviano antropófago, devorador de mineros, había comprado bodas de buena calidad. Había casado a sus hijas con un conde y un marqués y a su hijo varón con una prima de rey.

En Cuba, la pequeña y media burguesía solía también utilizar los días de bodas para la competencia entre familias, por demostrar su "nivel" midiendo lo que hacían los otros para superarlos. En toda esta parafernalia, el amor no aparece por ningún lado; se trata de alborotar el barrio, gastando lo que se tiene —y lo que no— para hacer hablar, escandalizar, que todos sepan que esta boda fue "la que más sonó". Los amantes pasan a ser los invitados de la boda.

Muchas de estas ceremonias siguen siendo el día concebido para exponer atuendos de época (que parecen sacados del almacén de vestuario del ICRT o del ICAIC), completamente incongruentes hasta con el clima nuestro. ¿Te has preguntado qué hace esa muchacha, bajo un sol de agosto que raja las piedras, con un ampuloso vestido de cola, o un novio metido en un esmoquin? Bueno, lo que hacen es sudar como unos mulos. Pero, ¿por qué? Simplemente un rezago de décadas, y hasta de siglos, en el que ha desempeñado un papel importante el mal gusto (mal llamado elegancia), el importar ciertas modas foráneas, el dejarse arrastrar por esquemas preestablecidos, sin sentarse a meditar. Así, vemos autos descapotados con novios sentados como figuritas de cera exhibiéndose por las calles, entre globos y el sonar de claxons; las fotos que se repiten —los fotógrafos han hecho también su fórmula—, de manera que lo único diferente entre el álbum de una pareja y el de otra, son los rostros. Si no, fíjate: los novios con las copas cruzadas, bebiendo cada uno en su mano (pero de la manera más incomoda que se pueda concebir); ambos tortolitos mirando a la cámara por el cristal trasero del auto, los padres con los novios tras el cake, y no puede faltar la instantánea del clímax del ritual: la firma, la voz del juez dicta sentencia, se desata el corito: ¡que se besen!, ¡que se besen!, ¡que se besen!... y ahí está el flachazo junto al ¡eeeeeehhhhhh!

Romper con todo esto es muy difícil, los padres no quieren que sus hijos "sean menos" que los demás y desde ese concepto de "no ser menos" casi obligan aun a los que tienen conciencia del absurdo. Son pocos los que optan por una boda sencilla, entre amigos cercanos y familiares —para que los novios tengan ese día tranquilidad y no el estrés que implica disfrazarse, exhibirse y andar después como locos, en un salón o en una casa con cientos de personas —entre ellos hasta desconocidos—, tratando de ver a quién le falta la cerveza, a quién no le han dado su cajita, en fin, esa locura que conocemos y que desde ese mismo día nos hace pensar que casarse no es precisamente una dicha.

Casarse una vez es una obligación; dos veces, una tontería; y tres veces, una locura reza un proverbio holandés y, aunque no ha de referirse exactamente al acto de la boda, sí lleva implícito el matrimonio como una carga.

¿Qué le ves de malo, Diablo, a una boda por todo lo alto?, te estarás preguntando. Pues, no sólo todo el gasto innecesario que hace la gente —a veces hasta empeñándose— por darle falsa resonancia a un día; no sólo lo que conlleva ese aparataje de exhibicionismo, de aparentar, de querer sobresalir entre los demás; sobre todo, hace mal la manera en que se acuña el momento como algo fastuoso. Casarse, que no es más que oficializar socialmente (a los ojos de la ley) una relación, se convierte —en la mentalidad de los amantes— en un punto de giro, en un gran acontecimiento que presupone una atadura, un compromiso público, que termina por pesar y aun obstruir, la relación. De manera que, como es considerado un acontecimiento de grandes dimensiones, muchos jóvenes precipitan la boda por ansias de protagonismo. Además, se convierte —psíquicamente— el casarse en la entrada a un estatus de posesión de un ser. Habrás escuchado la frase "ya lo amarraste", como si la firma condujera a una obligación, lo cual le quita el sentido más auténtico de libertad que implica amar.

Escribió José Martí: **de abandonarse demasiado a la señorial seguridad que da el derecho, viene a los casados la mayor suma de sus males.** Hay parejas que sienten llegar al matrimonio como una meta, como si la relación hubiese arribado ya a su clímax, y el amor es una carrera infinita. Si alguien piensa que ya llegó deja de hurgar en el otro, y ahí mismo empieza la rutina destructora a corroerlos. **Casarse no es atarse a otra persona sino liberarse hacia ella**, por eso la boda no puede ser el momento extraordinario de la relación, el mejor momento de los amantes debe ser siempre el hoy que compartan. No quiero decir con esto que le restemos toda importancia al día que marcamos —como podemos señalar el que nos conocimos, o el que nos empezamos a enamorar— para contraer matrimonio; pero darle a una boda el sentido de momento supremo incita a la dejadez, al creer que se cumplió algo, que se llegó a la cúspide. **Creerse en la cima de una montaña sólo deja dos posibilidades: estancarse allí o descender.**

La sencillez es el mejor remedio que conoce la vida. Los sensacionalismos llevan implícito un vacío, una mascarada, un ánimo teatral que oculta lo auténtico. Al amor no le hace falta exhibirse: su luz es tan larga que ilumina los días por sí mismo.

(Si alguien se siente tocado, señalado o criticado por algunas de las descripciones hechas, no tengo mejor excusa que decir que yo también he pasado por algunos de esos baches, así como he rozado algunas luces que propongo. Por la vida que tienes por delante, es el brindis de este texto.)

Otros creen que en el matrimonio se acaban sus grandezas; yo creo que para mí, con él empezarán. Porque no me caso con un estorbo, sino con un impulso. En el día del dolor, en el necesario día de la miseria, si hubiese de llegar, no hallaré unos ojos hostiles que me reprendan, sino unos nobles ojos que me lloren.

José Martí nos está invitando a pensar en el matrimonio hondo y ligero, ese que no guarda relación alguna con la ostentación que es el alarde de los que buscan en lo externo, en lo que exhiben, evadir las carencias de sus adentros. Quien ama, no necesita gritar para que lo vean; el amor es luz y quien lo lleva es como un farol en noche cerrada.

> Veo tus brazos que han llevado
> mil adornos sobre tu piel
> y han olvidado hasta que fueron
> una historia de amanecer.
> Y tú, en función de relucir,
> dejas la magia humana y vas
> a interpretar otro papel,
> fingiendo para diferir.
> No sé si es desesperación
> o humilde ya resignación,
> en fin, no sé cómo llamar
> a esa versión de un pavorreal,
> sólo sí sé que no eres ya
> lo que quisiste ser.

Silvio Rodríguez me transporta, en estos versos, hacia otra celebración que suele utilizarse para el derroche exhibicionista: las fiestas de quince. Esa muchachita a la que no le hace falta ni el más ligero toque de maquillaje para encandilar por la hermosura intrínseca en su tierna figura, se convierte —por obra y gracia de su cumpleaños— en un objeto chillón que se pavonea escandalosamente.

Desde que la niña cumplió doce años —a veces antes— los padres empezaron a preocuparse, a exprimir sus ahorritos pensando en que se acerca como una amenaza, la edad fatídica, la de los quince. Habrá quienes tengan mayor poder adquisitivo y se preocupen menos; pero de todos modos ese día gravita como un terremoto que se avecina hacia los seres comprometidos con la dulce niña y, por supuesto, sobre ella misma. Crecen las tensiones por día, como si se acercara la muerte y no un cumpleaños: ella a soñar, los familiares a sufrir y a correr, a ver cómo se pueden complacer la mayoría de los antojitos.

No es que haya nada de malo en celebrar los quince, pero caemos en el mismo bache: la transfiguración de la personalidad, la absurda necesidad de marcar un día como el instante a partir del cual la gente tiene que convertirse en otra. Todos estos acontecimientos, a los que se suman diversas festividades (días de las madres, padres, enamorados, etc.) no son más que inventos de los mercaderes para incrementar sus ventas. O, ciertamente, hay algunas festividades que obedecen a tradiciones, pero todas han sido desfiguradas por los comerciantes hasta convertir en centro lo accesorio. Lo esencial (el ser humano) lo convierten en justificación de lo secundario (regalos, vestuario, brindis, local, transportación...). Nos imponen una superproducción mediante su propaganda para que ese día empeñemos hasta la vida.

Es hermoso que demostremos el amor a nuestros más cercanos seres con un presente, un gesto, una fiestecita; que esa persona sepa que la tenemos presente, que estamos dispuestos a darnos por ella; mas, piensa qué lejos está eso del gran espectáculo montado en tantos quince: cambios de ropas, montaje de un vals —en la tierra del son— y muchos otros elementos que componen —según el presupuesto— esa (no cabe otra palabra) aberración que convierte a una muchacha, durante unas horas, en un objeto de exhibición. Al igual que en las bodas, se genera una competencia donde las cualidades de la festejada no tienen ninguna importancia: la celebración en sí misma es lo importante. Hasta el nombre se convierte en un símbolo de poder, borrando al ser que representa:

—*Los quince de Juanita fueron a todo meter, lo hicieron en... alquilaron autos... se cambió de ropa 15 veces y el vestido 6 era...*

—*No, no pero, ¡cuidao! los de Chencha fueron en... y había un cake de... óyeme y pasaban los camareros con bandejas... fíjate si había bebida que...*

Un ser medianamente cuerdo, o fuera de esa maquinaria envolvente, preguntaría: *Bueno, ¿y Juanita? ¿y Chencha?... ¿qué fue de ellas?*

La festejada ha desaparecido en medio de toda esa parafernalia; la pobre, después que tuvo que prestarse para esa actuación tan ajena a su personalidad cotidiana, y ahora ha pasado a ser un detallito insignificante dentro de los recuerdos del gran espectáculo.

A propósito, te has preguntado alguna vez: ¿por qué un vals? No es que tenga nada contra el gran Strauss, ¿pero no te resulta sospechoso que una música tan distante a nuestras raíces (que no se te ocurriría bailarla en ninguna fiesta o reunión de amigos habituales), ocupe el sitial de honor en la música de ese día? Milagro no es, por ejemplo, el danzón, nuestro baile nacional; contemporáneo, por demás, del vals (y aquí, entre nos, tan elegante como aquel y mucho más sensual).

Resulta que la vieja burguesía cubana era bien picua y tenía ínfulas de europea, de ahí que imitara los bailables de la rancia aristocracia del viejo mundo. Y ese bichito de la zona más cursi del pasado nos sigue picando. Ya ves: **los muertos de esa tumba no están muertos**; los esquemas heredados de algo tan distante (temporal y espiritualmente) como aquellos señores burgueses de antaño, nos llegan disfrazados de tradición. Nosotros, en lugar de buscar las razones y el sentido de las cosas que planeamos o hacemos, para crear después, simplemente nos dejamos arrastrar y calcamos lo que otros calcaron, por inercia. Claro, en buena parte del mundo el regodeo en el lujo que circunda a las diversas celebraciones, es un presente constante. La prensa sensacionalista, con su especial acápite de crónica social, inunda nuestros días desde periódicos, revistas, cine y televisión —a veces encubierta y a veces descarnadamente. Esa mentalidad especulativa no sólo nos viene de atrás sino también de nuestro alrededor. Nos dejamos arrastrar por las modas y los modelos de felicidad impuestos por los mercaderes con imágenes sembradas para cosechar sus ganancias.

Después de todo, ¿qué es la moda? Desde el punto de vista artístico una forma de fealdad tan intolerable que nos vemos obligados a cambiarla cada seis meses. Oscar Wilde, con su agudeza, da en el centro de la diana; vivimos como en una centrífuga que constantemente irradia patrones de belleza para que nuestras vidas transcurran cazando novedades en materia de productos; así nos inyectan el principio de hacer pender nuestra felicidad de los últimos objetos que salen al mercado.

José Martí, desde su sencillez, pudo apreciar nítidamente cuanta falsedad hay tras las supuestas elegancias que nos dictan las modas:

La inteligencia tiene sus petimetres, que son los que toman a pecho cualquier novedad que sale de las sastrerías, y sus verdaderos elegantes, que son los que llevan sus vestidos de modo que siempre están bien, porque no acatan ninguna exageración y siguen la gracia natural del cuerpo.

Compulsadas por esa fiebre de parecerse a modelos, que nos inclina a medirnos con nuestros semejantes por la cantidad y calidad de las posesiones, las personas pierden el sentido de la vida, la despilfarran poniéndola en función de la apariencia, en lugar de aprovecharla buscando la real belleza que está en el infinito, encantador y misterioso espíritu de cada ser humano.

Es como la elegancia, mi María, que está en el buen gusto, y no en el costo. La elegancia del vestido, —la grande y verdadera,— está en la altivez y fortaleza del alma. Un alma honrada, inteligente y libre, da al cuerpo más elegancia, y más poderío a la mujer, que las modas más ricas de las tiendas. Mucha tienda, poca alma. Quien tiene mucho adentro, necesita poco afuera. Quien lleva mucho afuera, tiene poco adentro, y quiere disimular lo poco. Quien siente su belleza, la belleza interior, no busca afuera belleza prestada: se sabe hermosa, y la belleza echa luz.

Una vez más acude Martí para curarnos el espíritu. Piensa en esto cuando te toque festejar tu cumpleaños, tu boda, o cualquiera de las celebraciones vinculadas a las madres, los padres, los enamorados, u otras: marcamos ese día para simbolizar la felicidad que nos aporta el resto del tiempo. No tiene sentido que despilfarremos en un minuto la ternura de toda de la vida. Lo más hermoso es lograr que cada segundo de tu existencia cumplas quince años, sientas que te estás casando, y les brindes, a familiares y amigos cercanos, el más valioso regalo: tu belleza natural y humana.

Todo lo que implique ostentación, alarde, exhibicionismo es circo para bobos y puñaladas que le das a tu personalidad. Si intentas brillar por lo que tienes, los más cortos de alma se encandilarán, pero no contigo sino con tus posesiones; si brillas por la sencillez de ti misma(o), esos cortos de alma te ignorarán (para la falta que te hacen...); mas la gente sensible se sentirá imantada por eso que no te quitas ni te pones como las prendas: tu propio ser.

Procurará mostrarse alegre, y agradable a los ojos, porque es deber humano causar placer en vez de pena, y quien conoce la belleza la respeta y cuida en los demás y en sí. Pero no pondrá en un jarrón de China un jazmín: pondrá el jazmín, solo y ligero, en un cristal de agua clara. Esa es la elegancia verdadera: que el vaso no sea más que la flor.

Ellos son dos por error
que la noche corrige

La oscuridad parpadea en tono rojizo, señal de que pronto el horizonte despertará a las almas. Voces y trinos romperán este silencio de leve oleaje, donde extiendo trazos —casi ilegibles— sobre una hoja amarillenta que será, en el ahora que lees, señales de amor con olor a la tinta de imprenta. ¿Qué hago tanteando en la bruma? Sólo buscarte entre los probables desencuentros. Siempre cabe —como la esperanza de que amanezca— la posibilidad de que hagas armonía espiritual con...

El diablo ilustrado

Las batallas contra las mujeres son las únicas que se ganan huyendo, dijo Napoleón, de lo que se puede inferir que no fueron nada fáciles María Luisa —o Josefina... De todos modos estoy en buena medida de acuerdo con Bonaparte sin llegar al colmo de huir, pero creo que en una discusión con una mujer, debe ser el hombre doblemente respetuoso. (Si por esto me acusas de machista, lo asumo.) Soy irremediablemente defensor de la más estricta caballerosidad y pienso que no subestimamos en nada a una muchacha cuando la tratamos con delicadeza. Esto no quiere decir que dejemos de discrepar con ella, si es necesario, o de señalarle críticamente algo, pero podemos hacerlo sin alzarle el tono de voz, ni emplear palabra dura y, mucho menos, tener un gesto grosero —aun en el caso de que la susodicha no sea todo lo cortés o educadilla que debiera.

El escritor Oscar Wilde afirmaba que **parte del encanto de una mujer radica en hacer deliciosos sus errores**; lo que si bien alaba hasta en lo negativo a las féminas, no deja de tener cierto tufillo a ironía acerca de sus posibles artimañas seductoras. Las tradiciones —una tradición no es buena per se— le han dado a la mujer la imagen de "engatusadora", una especie de malignidad congénita de la que hay que cuidarse, porque *son enredadoras, te quieren meter bajo su saya*, en fin, ya lo dice la guaracha de Ñico Saquito:

María Cristina me quiere gobernar
y yo le sigo, le sigo la corriente
porque no quiero que diga la gente
que María Cristina me quiere gobernar.

Sobre ese "don" escribió George Bernard Shaw: **la mujer sabe esperar al hombre, pero como la araña a la mosca.** Es una especie de mitología milenaria que "sataniza" el coqueteo femenino y recrea una monstruosidad basada en la supuesta astucia para atrapar al hombre. Cierto es que la mujer se suele arreglar con más detalles (algunas en exceso); porque debido al tabú de que es el hombre el indicado para declarar el amor, ellas han tenido que buscar maneras de insinuarse —si no las dejaban hablar, alguna forma de expresión tenían que buscar—, pero ¿por qué a esos recursos sutiles, les han otorgado una connotación casi criminal, mientras al hombre —que por lo regular es más "agresivo"— se le da ese aire de víctima? En esto Voltaire apretó cuando exclamó: **una mujer estúpida es una bendición del cielo.** Como si la inteligencia en la mujer fuese un sinónimo de mal.

El cuño clásico de discriminación y sometimiento de la mujer es la denominación sexo débil, la cual suele estar argumentada con aquello de que la primera mujer no es más que una costilla del hombre. Claro que en esto interviene una interpretación tendenciosa del pasaje bíblico, donde se puede ciertamente leer que Eva fue sacada del cuerpo de Adán y pensar que por eso es sólo un apéndice de él. Pero hay otra lectura que me parece más interesante: el hombre y la mujer forman parte indisoluble de la misma materia. Y me inclino a la idea ya que el primer bocadillo de Adán en la *Biblia*, tras su "parto", dice: **¡Esta sí que es de mi propia carne y de mis propios huesos!** y acto seguido la narración cuenta: **Por eso el hombre deja a su padre y a su madre para unirse a su esposa, y los dos llegan a ser como una persona.**

No debe leerse literalmente que Eva sea un simple hueso sacado del "tipo duro" (tan duro que es capaz de parir), sino como una metáfora para significar que ambos fueron creados como seres inseparables. Dice un anónimo:

Dios no creó a la mujer de la cabeza del hombre,
para que recibiera ordenes...
Ni tampoco de sus pies, para que fuera su esclava...
Sino de su costado, para que esté siempre cerca de su corazón.

A pesar de los siglos, todavía impera el enfrentamiento hombre-mujer, marcado por un ancestral machismo. Paul Geraldy hace gala de él cuando dice que **el amor es el esfuerzo que** hace el hombre por contentarse con una sola mujer. Después de esto sólo queda que esa "elegida" no sea "ingrata" y exprese con orgullo: *fíjate si me quiere que se conforma conmigo nada más.*

Más lejos va el siguiente anónimo: **algunas mujeres se sonrojan cuando las besan; otras llaman a la policía, otras muerden. Pero las peores son las que se ríen.** El autor de esa frase debe andar con el garrote a cuestas, sin explicarse por qué no acaba de aparecer un dichoso dinosaurio.

Las féminas, que no han tenido mucha oportunidad de defenderse (si durante siglos no las han dejado ni hablar, imagínate escribir), desde hace varias décadas han comenzado a notarse. En nuestros días las hay que pasan incluso a la ofensiva. La periodista cubana Soledad Cruz le desea a alguien: **ojalá que te mueras esta misma noche de un infarto entre mis piernas.**

Como se ve, vivimos aún tiempos de una guerra sutil con armas de prejuicios que dividen el amor entre "machos" que vienen al mundo para el placer y las "candorosas" que tienen la tarea plenamente espiritual —como si las mujeres no gozasen y los hombres no tuviesen sentimientos. En algún lugar quedó escrito que **el amor del hombre es en su vida una cosa aparte, mientras que en la mujer es su completa existencia.** Hay quien apoya esta teoría con aquello de que **el hombre ama poco y muchas veces, la mujer ama mucho pocas veces.** Todo esto no es más que el respaldo literario a una diferenciación discriminatoria que le da al "sexo fuerte" el papel de callejero, infiel, sediento de carne, mientras que al "sexo débil" le deja la casa, la eterna espera, el alma pura (léase "aguantona")... en fin, el objeto hogareño de deseo (el búcaro con piernas).

Si bien, con el tiempo, la mujer ha ido ganando terreno en cuanto a reconocimiento social, la esclavitud femenina sigue siendo una de las grandes vergüenzas del mundo. Los medios masivos son feroces vendiendo la imagen de la mujer como objeto sexual; la propaganda comercial, el video clip, las revistas "del corazón" (siempre que oigo ese término pienso en una publicación para cardiólogos), el cine hecho en serie y otras vías, no se cansan de machacar el erotismo, la sensualidad, la belleza hueca, para sugerirnos que compremos sus productos.

Si quieren vender un auto, pasan un anuncio donde una estilizada chica, con un vestido abierto, pone carita de relamerse, dejando que se le vean los muslos y, si nos ponemos dichosos, hasta tira un besito a cámara. Esto quiere decir: *compre esta marca de auto y se acostará con una rubia como esa*. Si el auto es deportivo, la secuencia es más o menos la misma, sólo que en lugar del vestido, la chica lleva una raqueta de jugar cancha en el hombro y exhibe un shorcito desde el que asoma un esbozo de sus nalgas, cuando ella, casualmente, se reclina sobre el capó delantero para pasarle la mano, como acariciándolo. Lo que se traduce, más o menos: *compre este auto y ya sabe de qué manera le acariciará una trigueñita como esta*.

En cuanto al hombre, también suele venderse su imagen física, pero siempre asociado a inteligencia, vigor y poder. Los mensajes de esos comerciales, serían: *usa calzoncillos X y estarás más "duro"; con H pasta dental ella no se resistirá a tus besos; entre colchones W serás el campeón sexual; Ron S, 7 años, la bebida de los machos, machos; ella te adora porque eres inteligente: siempre eliges el restaurante M*. Realmente, si uno creyera en todo esto, pensaría que el sexo débil es el masculino: si tu sexualidad depende de los productos, no eres nadie. En el fondo ese es el principal problema de la propaganda comercial: necesitan crearte una dependencia de las marcas y etiquetas y, para eso, los placeres se asocian a los productos. Puede que en un inicio no te enganchen, pero cuando el bombardeo es por todos lados y a todas horas, terminas con la sensación de no ser nada si te faltan esas cosas.

Mi amigo trovador (ya casi resulta otro personaje incógnito, pero me pidió discreción), a propósito del despojo de valores del cual es víctima la mujer, dice en una de sus canciones:

Una mujer se miró en el espejo,
tan harta ya de ser caricatura,
que se borró los trazos de su cuerpo:
hizo estallar su piel y su cordura.
Ojos   se sostuvo en sus ojos
Ojos   para ser todo y nada
Ojos   para no andar ausente
Ojos   se convirtió en mirada

Ojos   para buscarse siempre
Ojos   para poder estar equivocada
Ojos   cansada de ser vientre
Ojos   para ser encontrada

Ojos para inventar su suerte
Ojos para no ser mil poses heredadas
Ojos por no morir de muerte
Ojos para —al menos— vivir crucificada.

No son pocos los que buscan en la mujer sólo atracción física, despojada de su espiritualidad e inteligencia. Esto también afecta al hombre, pues incitado constantemente a buscar sólo sexo, pierde el horizonte del amor, cree que las mujeres sólo existen para complacerlo en la cama y ese egoísmo y superficialidad propician que ofrezca muy poco, que su goce sea primitivo y, por tanto, la felicidad se le aleje.

José Martí, ante esa viciada y estrecha visión del amor que se limita al sexo epidérmico, advierte:

Rebelaos, oh mujeres, contra esas seducciones vergonzosas; ved antes de daros, si se os quiere, como se adquiere una naranja, para chuparla, y arrojarla, o si se os ama dulce, penetrante, espiritual y tiernamente, sin sacudida, sin predominio, ni obsesiones de deseo: si se busca en vosotras algo más que la bella bestia: —porque si es la bestia lo que se busca, la primera bestia nueva os vence. Rebelaos contra esa brutal y repugnante persecución de los sentidos: dejad de ser carne que morder y gozo que beber: resistíos, y no os quejéis de ser infortunadas mientras no sepáis ser fuertes. Pues que lo sabéis, estad al aviso: se os busca casi siempre para el gozo.

El amor es algo difícil de encontrar; yo afirmaría: más que algo alcanzable, es, precisamente, asumir un camino hacia el cenit humano entre dos. Para eso resulta imprescindible que hombre y mujer se traten de igual, sin que esto excluya las peculiaridades que nos distinguen; como diría Eduardo Galeano: **ellos son dos por error que la noche corrige.**

Durante siglos, la división de géneros ha traído consigo diferencias en la educación. Desde muy pequeños nos engendran conceptos retrógrados que luego nos hace pagar caro la adultez. Si eres machito, tienes que ser duro, espantar la ternura, ser callejero, practicar deportes y amarrarte a los "piñazos". Si eres hembrita: a jugar a las casitas, nada de retozos, y curso intensivo de tareas hogareñas.

El trovador Silvio Rodríguez nos cuenta acerca de esas divisiones:
Cuando venía de la escuela
y alguien le quitaba un medio al niño,
su padre le pegaba haciéndolo salir:
tenía que romperle la cara sin llorar.
Si se ponía a dibujar,
sus casas y soles le hacía trizas:
los machos juegan a las bolas y a pelear:
búscate un papalote y deja de soñar.
No pudo decir que tuvo miedo,
no pudo decir que le dolía,
no pudo decir que era salvaje lo que hacía.
No pudo llorar como pensaba,
no pudo pedir ayuda alguna,
no pudo sino tragar en seco su amargura.

A veces los padres no se dan cuenta y luego culpan al azar, a la escuela, al mundo, cuando un hijo le sale violento, ensimismado, introspectivo; nunca piensan que están recogiendo lo que ellos mismos sembraron, quizás por ignorancia, cuando no tendieron una mano a tiempo, no escucharon la voz de ese menor o lo obligaron a tragarse la ternura.

Hoy los archivos se desbordan
de sicopatías y prejuicios,
de mutiladas fantasías del horror,
de remendados en la frente y el amor.

De nada le sirve ser amigo
de nada le sirve ser hermano:
el sexo es el juez universal del ser humano.
Y si eres mujer no pidas ni agua
si cambias de hombre por semana:
el odio te sigue, inevitable, cama a cama.

Silvio nos lleva a meditar sobre estas marcas que dejan sobre los seres los prejuicios sexuales. No es que el hombre y la mujer deban ser iguales —nuestras diferencias son las que enriquecen la existencia humana—, lo saludable es que acabemos con los mitos de exclusividad de sentimientos, de sensibilidad, de limitar tareas domésticas o de otro tipo a uno de los dos, en fin, romper la desigualdad.

Las niñas deben saber lo mismo que los niños, para poder hablar con ellos como amigos cuando vayan creciendo; como que es una pena que el hombre tenga que salir de su casa a buscar con quién hablar, porque las mujeres de la casa no sepan contarle más que de diversiones y de modas.

Como se desprende de estas reflexiones de José Martí, no sólo las mujeres pagan los platos rotos de esos prejuicios: los hombres sufren igualmente por falta de comunicación, por tabúes incorporados que no le permiten muchas veces su realización en muchos sentidos.

Como cada ser tiene sus peculiaridades, cada género tiene las suyas; lo cual me parece maravilloso: no quiero que las mujeres se parezcan a los hombres (ni viceversa). De ser iguales, no podríamos darnos gustazos poéticos como este de Silvio Rodríguez:

cualquier mañana despierto vivo aún
y te deslizo debajo del pulgar,
te desanudo el pelo con placer
y entonces digo mirando sin mirar:
eres mujer.

Me fascinan nuestras diferencias de género, tanto como me molestan nuestras desigualdades engendradas por prejuicios que impiden la integridad de cada cual, para que podamos estar ambos sexos en el mismo plano: única posibilidad de poder compenetrarnos realmente y, por tanto, hallar el sendero del verdadero amor.

A veces, los varones, nos acomplejamos por ser tiernos; nos sensibiliza algo y no lo expresamos, porque desde muy pequeños nos enseñaron que "los hombres no lloran".

Aún suele ocurrir que las muchachas sientan limitaciones para adentrarse en un debate, en una conversación, o se recaten ante una actividad física, porque las enseñaron a esperar órdenes, a sentirse inferiores intelectualmente, a apartarse cuando hablan los hombres temas serios.

Tenemos la dicha de habitar una sociedad donde la mujer goza de igualdad de derechos y deberes; pero hay que desterrar todavía muchos esquemas que siglos de discriminación han dejado en nuestras mentes.

Nuestro José Martí, en una carta, nos dejó su visión emancipadora. Lee y relee con calma estas líneas y de seguro te ayudarán:

¿Piensa en la verdad del mundo, en saber, en querer, —en saber para poder querer, —querer con la voluntad, y querer con el cariño? ¿Se sienta amorosa, junto a su madre triste? ¿Se prepara a la vida, al trabajo virtuoso e independiente de la vida, para ser igual o superior a los que vengan luego, cuando sea mujer, a hablarle de amores, —a llevársela a lo desconocido, o a la desgracia, con el engaño de unas cuantas palabras simpáticas, o de una figura simpática? ¿Piensa en el trabajo, libre y virtuoso, para que la deseen los hombres buenos, para que la respeten los malos, y para no tener que vender la libertad de su corazón y su hermosura por la mesa y por el vestido? Eso es lo que las mujeres esclavas, —esclavas por su ignorancia y su incapacidad de valerse,— llaman en el mundo "amor". Es grande amor; pero no es eso.

En la libertad de la mujer está la del hombre, no se puede hallar el amor sino entre dos seres afines. Una relación que se base en uno que manda y otro que obedece sólo es válida para un ejército; las más hondas pasiones sólo emergen de dos seres que se respeten, admiren y deseen mutuamente; para eso no puede haber otras diferencias que no sean las exquisitas particularidades de cada sexo —las cuales también nos acercan porque se complementan.

Liberarnos de las trabas mentales no nos asegura, per se, encontrar a la persona ideal, pero nos pone en condiciones de hallarla. Partiendo de esa premisa, Silvio Rodríguez abre signos de interrogación a los misterios del amor:

Puede ser que tu mano abra puertas por siempre cerradas,
o que a un beso veloz me lo vuelvas de pronto una espada.
puede ser que tú seas la llave de un cofre divino,
y también puede ser que me estrenes como un asesino.
Puede ser que tú seas la mujer que me falta por darle
el vigor que me da un aguacero a las tres de la tarde.
Puede ser que seas tú quien comparta este culto a la lluvia
bajo un techo de zinc, sobre un lecho, a las tres de la furia.
Puede no ser o ser
todo, mujer.
puede no ser o ser
¿Quién va a saber?
Puede que seas tú
y puede llover aún.
Y puede que seas
y que no te vea
mi mala salud.

La memoria es la dueña del tiempo

Cobra cuerpo una página más con ese estado de gracia de quien se adentra en un misterio que lo imanta. La vida nos acostumbra a existir y dejamos de ver la magia que nos circunda, el milagro de la comunicación humana. Esto lo puedo valorar mejor desde el momento de dar razones, sentimientos, pensando en ese alguien (tú) que en un instante desconocido que vendrá (este en el que lees) recibirás mis señales. ¿Cómo eres? ¿Con qué palabras darme mejor? ¿Podré realmente tocarte?

Desconozco tu silueta, tus horizontes, tus inviernos, pero sueño tus ojos ansiosos de reflexiones revoltosas, animando los laberintos infinitos de la inteligencia y el amor (si es que la verdadera inteligencia no es en sí misma amor) y eso me hace verte y hasta sentirte. No estamos tan lejos como el tiempo y el espacio pueden hacer pensar. Estamos conectados por lo inexplicable o inefable que hay en el alma humana y su sed de hallar amparo en otro ser.

Tomo entonces citas de todos los parajes, y, con ellas bajo el brazo, doy aldabonazos en tu umbral, con la esperanza de pasar a ese rinconcito cálido que, quién sabe si lo tienes reservado, para ...

El diablo ilustrado

Conquistamos el mundo entero antes de levantarnos de la cama, dice un verso de Fernando Pessoa, con un escepticismo que no culpo; cuando se mira con ojos de poeta esta modernidad tan primitiva no quedan muchas ganas de asaltar el mañana. Pero hay un refrán que nos advierte: **de los cobardes no se ha escrito nada,** y otro: **siempre que llueve, escampa.** No somos de los que se cruzan de brazos, quizás porque habitamos una isla especialista en hacer imposibles; además, en último caso, cantaríamos con Carlos Varela:

Y sé con qué canciones quiero hacer revolución,
aunque me quede sin voz,
aunque no me vengan a escuchar
aunque me dejen sólo como a Jalisco Park.

Claro que un amante de la justicia nunca está solo, ni la niebla imperial será eterna; ya lo dice el poeta Bladimir Zamora: **no subestimen las posibilidades de la pureza.** Los soñadores sabemos que, como tales, tendremos que soportar las teorías elaboradas para desilusionarnos (que somos utópicos, que no tenemos los pies en la tierra, que la justicia social fue un proyecto imposible, que aprendamos de la caída del muro de Berlín, que el mercado es una ley natural, y otras por el estilo). A los que esgrimen esos argumentos "inteligentes" se les puede decir que no actuamos sólo por el hecho de estar convencidos de que el planeta no puede soportar mucho tiempo más la agresión y la desigualdad a que está sometido, si no también, por un problema de concepto vital; como escribiera Romain Rolland:

Aquello que se cree, debe defendérselo. Cualesquiera que sean nuestras fuerzas, está prohibido abdicar. En este mundo, el más pequeño tiene un deber, lo mismo que el más grande. Y —cosa que él no sabe— tiene también un poder. ¡No creáis que vuestra rebelión aislada sea vana! Una conciencia fuerte, y que osa afirmarse, es un poder.

No se trata de que estén más cercanas o distantes nuestras posibilidades de hacer una sociedad global plenamente equitativa, es que, como dijera Emma Goldman: **cuando no podemos soñar más, morimos.** Es digno de lástima aquel que ve el temporal y se encoge de hombros; aquel que prefiere dejarse arrastrar por la corriente, y encerrarse en (y para) sí mismo, colgando sus ilusiones en la orilla de su pasado. Convendría hacerle esta propuesta de Juan Ramón Jiménez:

Tira la piedra de hoy,
olvida y duerme. Si es luz,
mañana la encontrarás,
ante la aurora, hecha sol.

No hay otra opción que conspirar por la solidaridad humana. Como exclamara Martí: **¡Pesan mucho sobre el corazón del genio honrado las rodillas de todos los hombres que las doblan!** El mundo no ha sido lo que debería ser y de los poderosos, no se puede esperar un arrebato de sensatez que los haga decir al fin: *caramba, tanta ambición, tanto derroche irracional, tanto belicismo, tanta muerte que provocamos en lugar de poner la tecnología y los recursos a favor de la humanidad.* **No se le pueden pedir peras al olmo,** los poderosos querrán serlo cada vez más hasta que se colme la copa de los pueblos. Ya llegará el tiempo en que se cumplan ideas como las de Jean-Jacques Rousseau: **La igualdad de la riqueza debe consistir en que ningún ciudadano sea tan opulento que pueda comprar a otro, ni ninguno tan pobre que se vea necesitado de venderse.**

Ya se sabe que desde la revolución francesa hay ideales incumplidos, que la de 1917, encabezada por Lenin, fue igualmente tergiversada y traicionada a la larga; se puede afirmar, como Rousseau, que **el hombre ha nacido libre y en todas partes está encadenado.** Ciertamente ha habido mucha esperanza malograda, pero no debemos concluir por eso que el ser humano está condenado a cadena perpetua; cuando algo no ha salido bien, se analizan las razones y se mejora el proyecto. En ningún caso, resignarse y vender la esperanza es solución: **el mundo será conquistado por los soñadores o no será.**

León Tosltoi dejó escrito: **sólo hay una manera de poner término al mal y es devolver bien por mal.** No sugiero la clásica idea de poner la otra mejilla, sino la de emplear las armas más eficaces: las de las razones y el amor. Podrá parecer ingenuo, pero lo descabellado de este mundo no soporta uno solo de estos argumentos y cada día seremos más contra menos.

Y así va el mundo. Hay veces en que deseo sinceramente que Noé y su comitiva hubiesen perdido el barco. Esta solución de Mark Twain no es muy estimulante que digamos; por muy mal que hayan salido las cosas, la humanidad merece haber llegado hasta aquí. Aunque sea para vivir la nostálgica rebeldía con que el trovador Santiago Feliú describe esta época:

No eres tú: son estos días de mierda que también se irán,
son Lennon y Guevara que no quieren regresar,
latinos divididos sin América,
soy yo que no me curo de quererte más,
es por los pasaportes y la enemistad,
no es por ti, mi amor.

No eres tú: es tanta democracia para no creer,
es la canción de Silvio y la crisis de fe,
es la sabiduría de desaprender,
es Panamá sin guía agradeciendo a Bush
es un amor por Cuba, es socorrer la luz,
es como cuando, cuando faltas tú,
no eres tú, mi amor.

La conspiración de los herejes construirá su mundo. Dice un refrán yoruba: **la memoria es la dueña del tiempo,** mientras más nos adentremos en la historia, podremos ver mejor en ella nuestro destino. Lo importante es no olvidar; profundizando en quiénes somos, de dónde venimos, tendremos más clara la idea de lo que no debemos ser y el camino a seguir.

José Martí nos enseñó a reconocernos buscando nuestro rostro en las raíces: **oscura anduviera la memoria si no se iluminara con la vida de los héroes de la patria.** De ahí la importancia de la historia, de saber el entorno del que somos hijos, de hurgar en los siglos como quien no se cansa de buscarse en la vida de sus padres, de sus abuelos.

La historia es parte de la identidad del ser humano. **Hay quienes viven como extraños de sí mismos pues desconocen su lugar en el universo.** Ese lugar está en las anécdotas que guardan los muros o casas de la ciudad, en la poética de su cancionero, en las motivaciones de un partido de béisbol, en una manera de andar, en una costumbre, en un paisaje natural, en su clima, en su luz solar. Con el conocimiento dejamos de ser simples espectadores del mundo circundante para sentir cada palmo de su naturaleza y su vida como una parte más de nuestros cuerpos.

Fernando Pessoa nos invita a meditar desde estos versos:
**El Tajo es más bello que el río que corre por mi aldea,
pero el Tajo no es más bello que el río que corre por mi aldea
porque el Tajo no es el río que corre por mi aldea.**

Si entendemos aquí que el "río que corre por mi aldea" es todo lo que va acompañando y animando la vida, en la medida que nuestro conocimiento aprende a amarlo, arribaríamos a un concepto de patria que se amplía infinitamente. Como expresara un día Martí: **patria es humanidad.** Desde ese gozo incomparable que sentía cuando estaba en su tierra, supo expandir su alma para sentirse hijo del universo.

Decía el poeta Kavafis: **No hallarás otra tierra ni otra mar. La ciudad irá en ti siempre.** Y es que sólo desde el arraigo al terruño se puede llegar a esa identidad como ser humano que nos permite la universalidad. El que renuncia a su tierra, el que no llega a sentir por sus raíces, está condenado a flotar sin centro de gravedad. Como el propio Kavafis dijera: **La vida que aquí perdiste la has destruido en toda la tierra.**

El propio Martí, que daba su vida al mundo, escribió también: **¿Casa dije? No hay casa en tierra ajena!...** Él, que vino de todas partes y hacia todas partes fue llevado, precisamente, por amor a la patria, supo que nada hace más feliz que el sentirse acunado con el arrullo de sus palmas, con el calor de su gente, por ese ambiente único que nos da la madre mayor. Vale la pena detenernos en su definición: **Patria es comunidad de intereses, unidad de tradiciones, unidad de fines, fusión dulcísima y consoladora de amores y esperanzas.**

Habitamos un tiempo que se caracteriza por grandes desigualdades, entre pueblos e individuos, de ahí la marejada de emigrantes, desde el sur hacia el norte, desde los campos hacia las ciudades y dentro de las ciudades, la violencia con que la miseria intenta emigrar hacia la riqueza. Esto guarda relación con la universalización del sueño americano (realmente debe decirse norteamericano), que suele ser muy mencionado, pero pocas veces le buscamos su origen. ¿De dónde nace esa filosofía del individualismo, del progreso material a toda costa? José Martí tiene una respuesta en la formación de los Estados Unidos:

En las luchas se acendran e inflaman los elementos que las inspiran, por lo que acá llega a ser señora única del alma el ansia de la fortuna. La nación se ha hecho de inmigrantes. Los inmigrantes se dan prisa frenética por acumular en lo que les queda de vida la riqueza que desearon en vano en la tierra materna. De esta tierra adoptiva sólo les importa lo que puede favorecer o retardar su enriquecimiento o su trabajo. No les estorban para adelantar ni las creencias religiosas, que aquí son libérrimas, ni las opiniones políticas, que caldean el corazón y turban el juicio en el país propio. Acuestan sobre la almohada por la noche la cabeza cargada de ambiciones y cifras.

Aquí está la esencia de la mentalidad que hoy se globaliza, la del desarraigo, la de no tener más bandera que el dinero, la de desconectar lo que sucede a nuestro alrededor por estar concentrados en el círculo estrecho de los intereses personales. Piensa que el emigrante va a buscar fortuna, no siente por la tierra a la que arriba, cuenta sólo con su familia o amigos envueltos en esa empresa, sólo le interesa de ese lugar las ganancias que pueda ofrecerle; la patria es la que lleva en el recuerdo.

En este pueblo revuelto, suntuoso y enorme, la vida no es más que la conquista de la fortuna: ésta es la enfermedad de su grandeza. La lleva sobre el hígado: se le ha entrado por todas las entrañas; lo está trastornando y deformando todo. Los que imiten a este pueblo grandioso, cuiden de no caer en ella. Sin razonable prosperidad, la vida, para el común de las gentes, es amarga; pero es un cáncer sin los goces del espíritu.

Los maquiavélicos —por aquello de que el fin justifica los medios— ven en esta competencia la vía ideal para las ganancias económicas; y no están errados cuando ven la acelerada prosperidad de esa nación. Aunque a ese desarrollo también han contribuido factores externos (como las guerras mundiales, que devastaron a Europa y dejaron a la potencia de Norteamérica en un lugar privilegiado en la economía mundial), es innegable que el ser humano, explotado al máximo por la avaricia que le siembran y el temor a quedar desempleado, produce mucho. Lo que habría que ver cuánto dura ese deterioro del ser humano, cada vez más creciente, ¿hasta dónde podrá soportar?

Los hombres se van a regocijos acres y locos. Como que con las uñas y con los dientes pelean por asir el premio de oro, tienen el placer en lucirlo, y entre el ganarlo y el ostentarlo, se les va por entre los dedos, pueril a veces como la de un niño, la vida. No saben cautivar a la hermosura con las únicas armas que la rinden, y la compran o la toman en alquiler, lo que es tanto como acostar una hidra en el tálamo.

José Martí supo ver con nitidez el costo de esa prosperidad, cada día más hueca, cada día más enajenante. El progreso que se asienta sobre la destrucción del espíritu humano es un espejismo efímero. No por gusto el imperio trata de exprimir por la fuerza al resto del mundo, su prosperidad interna no da más. Ojalá Latinoamérica sepa ver a tiempo el peligro que se le incuba y pueda, como advertía Martí: **sujetar a esta nueva Roma, cuando empiece a degenerar en sí, y a querer, como la de los Césares, que toda la flora y la fauna del mundo le llene los manteles y le nutra los estanques.**

Esa avaricia destructora es una tendencia muy fuerte, pero no la única; aún en los propios Estados Unidos —donde han primado estas fuerzas— emerge un pensamiento progresista consciente de que, viviendo el individuo como enemigo de su prójimo, se va derechito a la extinción de la especie.

Ser pequeño no es tener poca estatura sino ser bajo de alma, así como no se es grande por poseer riquezas, poder o fama, sino cuando se llega a la libertad de la sabiduría sencilla, cuando se alcanza el don de descubrir el sortilegio de la luna, las sorpresas del amanecer, los rumores del mar. Es grande quien conoce la felicidad de darse, quien tiene la capacidad de viajar hacia la pureza, aun en las más difíciles circunstancias, como diría Fayad Jamís:
  con tantos palos que te dió la vida,
  y aún te atreves a decir te quiero.
Escribió Goethe: **Una época grandiosa ha parido este siglo, mas halla el gran momento una raza pequeña.** Sospecho que el sentido de estas palabras está relacionado con la poca evolución (o incluso involución) del espíritu con respecto al desarrollo científico-técnico, —algo que no es exclusivo de su época. La segunda mitad del pasado siglo XX es una muestra de cómo el tiempo se acelera; cada día se desboca más el torbellino de la inventiva y, a su vez, aumentan la pobreza, la injusticia, las calamidades, las guerras; tal parece que viajamos hacia las cavernas mientras se torna más sofisticada la alta tecnología. Claro que la culpa no es de los avances científico-técnicos sino de una sociedad de consumo que no los pone en función del hombre (y la mujer), porque está estructurada de manera que todo se desboque hacia las ganancias de quienes patentizan los inventos en lugar de mejorar la existencia humana. Un ejemplo sencillo y brutal de estos días es el del SIDA. Las potencias más desarrolladas pretenden la exclusividad de los medicamentos que contrarrestan el avance de esta enfermedad, tratan de impedir que otros países puedan producirlos. El colmo de lo inhumano es que, en lugar de expandir rápidamente el mínimo hallazgo para salvar a nuestra especie, se esté pensando en sacarle ganancias con el control de las patentes, sabiendo que esto cuesta millones y millones de vidas.
Por eso —aunque lo entiendo—, en el fondo discrepo algo de Goethe; creo que es la época la que no es grandiosa porque está mal diseñada: los mismos seres, quizás por sus oscuridades y limitaciones, no han logrado un proyecto racional que cambie de una vez los principios selváticos que sustentan a la sociedad de la avaricia. Los seres humanos —es cierto que los hay terribles—, están cegados por las leyes del mercado, por la ambición; pero **esa no es la raza humana sino sus manchas.** Como describiera nuestro José Martí:

En el mundo ha de haber cierta cantidad de decoro, como ha de haber cierta cantidad de luz. Cuando hay muchos hombres sin decoro, hay siempre otros que tienen en sí el decoro de muchos hombres. Esos son los que se rebelan con fuerza terrible contra los que les roban a los pueblos su libertad, que es robarles a los hombres su decoro. En esos hombres van miles de hombres, va un pueblo entero, va la dignidad humana.

Hay que empinarse más allá del lodo para alcanzar las cumbres de la vida y esto sólo se consigue templando el alma. Ninguna época fue fácil y cada tiempo ha tenido versos como los de este amigo de pupila insomne, Rubén Martínez Villena:

¡Oh mi ensueño, mi ensueño! Vanamente me exaltas:
¡Oh el inútil empeño por subir donde subes!...
¡Estas alas tan cortas y esas nubes tan altas...!
¡Y estas alas queriendo conquistar esas nubes...!

No renunciar a los sueños es la única manera de estar vivos, no hay opciones. Somos los pobres ricos que enfrentamos a los ricos pobres. Estamos en ventaja: de nuestra pobreza se sale.

Cada nueva injusticia que estrena el mundo siembra nuevas alas en las almas de sus habitantes. El trovador Santiago Feliú, desde la experiencia de la revolución cubana, nos describe un proceso inevitable: una hoguera de amor que nos espera en cada voz que se suma al coro de los soñadores:

Pasean las noches de enero,
vagabundas y alegres,
se juntan todas las palomas,
parecemos luciérnagas.
Y aquí está el enamorado,
con su luna entre los brazos,
pidiéndole a la esperanza para todos
                para todos.

Puedes venir desnuda
a mi fiesta de amor

Soy un vigía a punto de gritar ¡Tieeeerraaa... ante el amanecer oceánico; te esbozas en el horizonte del amor, como añorada aparición entre la bruma —esa que uno no se atreve a creer sin que un rayo de sol traiga certeza.
Bendita cada página que rompe las olas del silencio, como quilla de proa en mi ansiedad. Sólo contigo estaré a salvo de mí mismo; arribar al puerto de tu alma, será el momento de juzgar válida esa travesía que ya me dura la existencia.
Quedan atrás tempestades y naufragios, me alejo nudo a nudo del invierno; tu mano agita el pañuelo de bienvenida desde el espigón, puedo sentir el tibio calor del manto de tu espíritu, el amparo de quien llega tras siempre al hogar. Mientras bogo hacia ti dejo de ser pirata, ya sólo me queda atracar en tu abrazo y lograr ese beso que nos reencuentra en...

El diablo ilustrado

Una mujer desnuda y en lo oscuro
genera un resplandor que da confianza
entonces dominguea el almanaque
vibran en su rincón las telarañas
y los ojos felices y felinos
miran y de mirar nunca se cansan

Mario Benedetti saca un poema de los cuerpos, le canta a esa desnudez que va más allá de estar simplemente sin ropas. Fiesta de los sentidos, las razones, las ideas, danzón de los instintos, libertad de las ganas, del amor:

una mujer desnuda y en lo oscuro
es una vocación para las manos
para los labios es casi un destino
y para el corazón un despilfarro
una mujer desnuda es un enigma
y siempre es una fiesta descifrarlo

Sublime instante el de intimar con el ser que se ama; vuelo mágico que nos embriaga, detalle a detalle, creciendo en la semiconsciencia hasta el clímax de fiebre deslumbrante. Cuántos siglos vale cada segundo de poseer, y ser poseído, por esa simple mujer, que ante los ojos del amor, es una diosa.

¡Oh, el deseo supremo!
¿Hay algo comparable, Marinello,
a la paralizante carcomilla
que, naciendo en el vientre,
poco a poco se extiende
por todos nuestros miembros
ante los inefables, calipigios meneos
de la ebúrnea o ebánica ninfa
que, transeúnte, nuestra vista hiere
y se aferra al cerebro,
desalojando todo otro pensamiento?

En estos versos, José Zacarías Tallet entabla un debate poético con su amigo Juan Marinello —no sin cierto cariz bromista— en defensa del sexo.

Hacer el amor es algo muy sano: quemas calorías y hasta te olvidas de quién eres, dijo una vez una mujer y me parece saludable, pero debo confesar que la expresión "hacer el amor" me resulta algo simplona. Claro que ya está generalizada y no vamos a desterrarla, mas no me complace, porque viene siendo como un sinónimo de coito —no es que me resulte sonora esta palabrita (musicalmente es horrible, no recuerdo, entre tantos poemas y canciones que hablan de sexo, uno solo en que se haya empleado). Lo que quiero decir es que igualar sexo y amor es reducir este último. Así como simplificar la sexualidad al contacto carnal es una ignorancia (en el mejor de los casos). Por otra parte, aquello de que el amor se "hace", me da la idea de un producto que se fabrica. Romain Rolland escribió:

La casuística del placer no tenía secretos para ellos; y en su virtuosismo, inventaban casos nuevos, con el fin de tener el honor de resolverlos. Esta ha sido siempre la ocupación de los que no tienen otra; ya que no aman, "hacen el amor"; y sobre todo, lo explican.

Aquí está aludiendo a cierto vacío espiritual en una relación; ese que se sustenta en inventar fantasías sexuales en sustitución de la falta de entrega, de la ternura real. Ojo, no me refiero a la imaginación que brota de los deseos —esa que ilumina cuando se hurga en el otro cuerpo en pos de los puntos más vulnerables del ser amado—, sino al trucaje montado y ensayado, por quienes practican el sexo por el sexp, que pretende piruetas mecánicas a falta de profundas motivaciones. Quiero aclarar también que Romain Rolland deja por sentado que "hacen el amor" porque no aman; la idea en esencia es correcta, pero el término está hoy en día tan generalizado que no podemos acusar de falta de amor a todo el que lo emplee.

Una tercera arista sería lo de "explicar" el acto sexual —algunos hasta lo pregonan, lo cual denota (al menos) insensatez. Suele pasar, sobre todo en la adolescencia, por inmadurez. Habrás visto, o recordarás, algún amigo(a) que, eufórico por sus primeras experiencias sexuales, no puede contenerse y empieza a contarte desbocado: *óyeme, llegamos al pasillo, estaba oscuro, la empecé a tocar por allí... ella se puso... le metí la mano por... ella estaba como loca y me besó...* en fin, se recrea como si estuviese contando una película. Esta falta de tacto es perdonable sólo en los primeros hallazgos. Piensa que ese adolescente acaba de descubrir la maravilla y, por lo regular, en esa etapa, nos parece mentira si no se lo contamos a alguien. También se hace por vanagloriarse, ganarse puntos ante los demás, para dárselas de conquistador(a). Silvio Rodríguez, es uno de los que no se pudo contener y narra su primer encuentro sexual con lujo de detalles:

Me veo claramente en la mano una noche
(lugar de aprenderme con miedo y paciencia lo que era el amor).
Me veo apretado al calor de unas piernas,
tragando del aire un planeta tras otro, bañado en sudor.
Me veo semialzado en la luz de esa hora
riéndole al techo, riéndole a ella, riéndome a mí.
Me veo claramente tan digno de amantes
y breves países de felicidad.
Me veo claramente si miro detrás.

Se trata de una canción y, por tanto, una recreación artística que no delata a nadie, aunque no deja de ser una manera de recordar su primera aventura sexual —con otro ser, quiero decir, pues, desde que nacemos tenemos sexualidad, y en el camino a la madurez la vamos desarrollando y orientando (o desorientando).

Mi novia era muda: por eso nunca pude conquistar a su mejor amiga. Este chiste se inspira en el defecto de contar a los amigos, paso a paso, nuestros amoríos. El exceso de entusiasmo en las narraciones casi siempre conduce a que ese amigo, al que nos confesamos, termine enamorándose también de nuestra novia. Igual sucede con las muchachas: pintan de una manera tal a su galán que dejan a la amiga chupándose los dedos. Estos son pecados adolescentes, la inocencia y la emoción nos impiden ser muy reservados. También los hay, tarajalludos ya, que siguen con el defecto de pregonar sus intimidades, cayendo en el campo de la denigración, traicionando a quien se ama. Igualmente cuando se alardea de hacer más veces el sexo, o se pretende ser el que más rico "lo hace", como si el acto sexual fuese una competencia; además, creerse tales sandeces, es ignorar que la intimidad de dos cuerpos no tiene recetas; nadie hace bien o mal el amor, porque simplemente no existe un patrón, depende sólo de saber entregarse, de sentir lo que se hace, de tener tanto adentro que a la hora de intimar se piense sólo en el placer y la dicha de la otra parte. No hay más secretos. Lo de si fulanito es "pipi dulce", "mala hoja" o si ciclanita se mueve como una batidora o es tremenda "calentona", no son más que absurdos conceptos basados en esquemas y mitos, que pasan incluso por los medios masivos —en especial el cine—, y llegan hasta las charlatanerías de los personajes que venía describiendo.

El beso de la boca tentadora
que me diste embriagada de ilusión
yo lo guardo como llama animadora
en el fondo de mi pobre corazón

Miguel Matamoros nos lleva al inicio de la relación sexual: el beso. Sobre esto Hollywood ha sentado pautas, en cuanto a esquemas se refiere. Mira, en el cine sí se "hace el amor", lo construyen, lo mitifican, lo reducen incluso a fórmulas. Las películas de crímenes y policías terminan siempre con un beso iluminado por las luces intermitentes de los carros patrulleros, que nunca llegan a tiempo porque el muchacho es el que tiene que matar al malo para quedarse en buena lid con la muchacha — no llegan a tiempo para hacer justicia pero al beso final no fallan. Serían incontables las secuencias que se repiten con las mismas maneras de besar (esa en que la muchacha se empina hacia el hombre en puntas de pies, elevando hacia atrás una pierna) y varios los mitos de machos besadores (empezando por Rodolfo Valentino en las primeras décadas del siglo XX). Todo esto va dejando la sensación de que hay maneras de besar bien y, por ende, otras no. Entonces algunas se acomplejan porque no tienen la boca de la besadora de un video clip, y otros no saben cómo dar el abrazo previo porque a su estatura le queda muy alta la muchacha que ama, y esto no les ocurre a los "tipazos" en las películas americanas (filman con tacones altos). Los hay que temen por su aliento (tanta propaganda insistiéndole en determinadas marcas de pasta dental para besar mejor), y por ahí podríamos encontrar muchos intimidados por los esquemas sexuales de los medios masivos. Resumiendo: no hay boca que no esté hecha para que la bese otra boca y —salvo en casos de una enfermedad— no hay mal ni buen aliento, sólo alientos distintos. **El verdadero paraíso no está en el cielo, sino en la boca de la mujer amada,** dijo Teófilo Gautier, y esa es la cuestión, si tenemos en cuenta que cada cual tiene su "mujer amada" —aunque hay ocasiones en que más de uno coinciden con la misma.

Cada caricia, por muy leve que parezca, puede tener dimensiones insospechadas, puede abrir un cosmos en la piel y en el alma. No hace falta recetas para amar, sólo hay que dejar que cada poro de la piel sea un medio de expresión. Te entrego a la más lírica descripción de la ternura, brota de Julio Cortazar:

Toco tu boca, con un dedo toco el borde de tu boca, voy dibujándola como si saliera de mi mano, como si por primera vez tu bocase entreabiera, y me basta cerrar los ojos para deshacerlo todo y recomenzar, hago nacer cada vez la boca que deseo, la boca que mi mano elige y te dibuja en la cara, una boca elegida entre todas, con soberana libertad elegida por mí para dibujarla con mi mano en tu cara, y que por un azar que no busco comprender coincide exactamente con tu boca que sonríe por debajo de la que mi mano te dibuja.

Me miras, de cerca me miras, cada vez más de cerca y entonces jugamos al cíclope, nos miramos cada vez más de cerca y los ojos se agrandan, se acercan entre sí, se superponen y los cíclopes se miran, respirando confundidos, las bocas se encuentran y luchan tibiamente, mordiéndose con los labios, apoyando apenas la lengua en los dientes, jugando en sus recintos donde un aire pesado va y viene con un perfume viejo y silencioso. Entonces mis manos buscan hundirse en tu pelo, acariciar lentamente la profundidad de tu pelo mientras nos besamos como si tuviéramos la boca llena de flores o de peces, o de movimientos vivos, de fragancia oscura. Y si nos mordemos el dolor es dulce, y si nos ahogamos en un breve y terrible absorber simultáneo del aliento, esa instantánea muerte es bella. Y hay una sola saliva y un sólo sabor a fruta madura, y yo te siento temblar contra mí como una luna en el agua.

Cuando dos seres se entregan por amor el sexo es arte, un auténtico acto de creación. No valen planes, ni esquemas, ni trucos, ni caricias premeditadas; a esa hora se hace lo que pide esa inmensa energía que dicta la presencia de la persona amada.

Apuesto que hoy dormirás con los ángeles y soñarás conmigo, pero un día dormirás conmigo y soñarás con los ángeles. Esta es una buena frase para la autoestima sexual; vale que destierres los temores: si amas y eres amado, van a sentirse en la gloria cuando hagan el amor. Algo muy distinto podrá suceder si se trata de una simple aventura sexual, en la que no medien hondos sentimientos. Cuando falta el verdadero cariño, vienen los inventos, las búsquedas epidérmicas y las incomprensiones. El acto sexual es como bailar: a quien te ama no le interesa si le das un pisotón o te vas un momento de ritmo, de todos modos delira, y hasta le gustan tus equivocaciones, ríen y las disfrutan. A quien sólo le interesa pavonearse ante los demás, imaginando ser protagonista de la película *Bailando suave*, al mínimo error o falta de soltura, comienza a contraerse, a sentirse incómodo, se le enfrían los pasillos y la torpeza lo invade. También puede ser que lo hagan bien, porque aplican técnicamente lo establecido para seguir con los cuerpos la melodía —quizás los demás hasta los aplaudan por cierto virtuosismo—, **pero nada como bailar como quiera, con quien te quiere.**

Nicolás Guillén confiesa poéticamente sus íntimas locuras:
**Llegan tus brazos de oro, tus dientes sanguinarios;
de pronto entran tus ojos traicionados,
tu piel tendida, preparada
para la siesta;
tu olor a selva repentina; tu garganta
gritando (no sé, me lo imagino), gimiendo
(no sé, me lo figuro), quejándose (no sé, supongo, creo);
tu garganta profunda
retorciendo palabras prohibidas.
Un río de promesas
baja de tus cabellos,
se demora en tus senos,
cuaja al fin en un charco de melaza en tu vientre,
viola tu carne firme de nocturno secreto.**

En este delirio hay un detalle que quiero resaltar: "tu olor a selva repentina". El olfato es uno de los sentidos que más misteriosamente interviene en la atracción de dos seres. Cada ser humano tiene su olor peculiar (no hay dos iguales), pasa como con las huellas digitales. De ahí que, en ocasiones, uno se sienta atraído especialmente, sin hallar nada excepcional con la vista o que, por el contrario, en ese acercamiento paulatino, que es el tanteo amoroso, algo inexplicable nos frene: es muy simple, no empastaron los olores. Esta es la parte química del amor, relacionada con los sudores y las secreciones, la textura de la piel y el roce, la frotación, lo que influye en el olfato y el tacto.

Nada como el olor particular de cada ser; no es una guerra contra los productos de aseo personal (champú, perfume, talco, etc.) pero piensa que luego de sudar un poco, todos volvemos a nuestro aroma original. Es igual que pretender ser irresistible por la marca de camisa o calzoncillos (como si todos los gatos de noche no fueran pardos); la única diferencia es que los olores no se ven y se hacen notar en un plano menos consciente. La hora mejor de intercambio para los cuerpos es, por lo regular, cuando están sin ropas y sin cosméticos. La moraleja podría ser algo así como: no te barnices tanto, no hay nada como el tú natural.

Puedes venir desnuda a mi fiesta de amor. Yo te vestiré de caricias.

Música, la de mis palabras; perfume, el de mis versos; corona, mis lágrimas sobre tu cabellera.

¿Qué mejor cinturón para tu talle, qué cinturón más tierno, más fuerte y más justo que el que te darán mis brazos?... Para tu seno, ¿qué mejor ceñidor que mis manos amorosas?... ¿Qué mejor pulsera para tus muñecas que las que formen mis dedos al tomarlas para llevar tus manos a mi boca?...

Una sola mordedura, cálida y suave, a un lado de tu pecho, será un broche único para sujetar a tu cuerpo la clámide ceñida y maravillosa de mis besos...

Puedes venir desnuda a mi fiesta de amor. Yo te vestiré de caricias...

Rubén Martínez Villena convida desde el más profundo y natural amor; ese que no lleva falsas posturas, ni disfraces, ni poses ensayadas, el que viene de la poética más honda y cristalina, la de impregnarse de la belleza circundante y depositarla en otro ser. Hay que tener adentro mucho amor, y entregarse sólo en su nombre.

Los prejuicios sobre el sexo han venido con los siglos. Algunos lo separan del amor y buscan, como animales, saciar sólo un instinto primario. Otros, por su parte, lo ven como algo pecaminoso, cual si el contacto de los cuerpos fuese una inmoralidad.

¿**Es sucio el sexo? Sólo cuando se hace bien**; dice, con su sarcasmo habitual, Woody Allen. Realmente es el amor quien califica el acto sexual. Dos seres que se aman tienen la libertad para hacer lo que se les ocurra cuando se unen, todo lo que hagan y digan, bajo los efectos de ese sentimiento, vale; son cómplices de las acciones que disfrutan, porque les pertenecen solamente a ellos (que pasan a ser uno). Cuando por el contrario, no existe el amor: **hasta la más suave caricia le parecería el brutal manejo del verdugo**, como diría Luis Rogelio Nogueras.

Las relaciones sexuales a la ligera, o por simple satisfacción física, siempre vienen desde el egoísmo y provocan las frustraciones y aberraciones morbosas —para las cuales las sociedades de consumo tienen toda una industria pornográfica, con materiales audiovisuales, prensa especializada y grandes cadenas de tiendas donde venden todo tipo de artefactos para llevar el sexo hasta la violencia más atroz. Eso es increíble. Se ven tales objetos para el masoquismo, que un museo de instrumentos de tortura de la Inquisición, es una juguetería comparado con una de esas tiendas.

Dejó escrito W. H. Auden que **las iglesias junto a los burdeles atestiguan que la fe puede perdonar la conducta natural**. Claro que esto lleva cierta dosis de humor, nada más deprimente y antinatural que vender el cuerpo (o para ser preciso, el alma). Quien se prostituye no se estima para nada y desconoce el tesoro de la entrega más pura del cuerpo. Pero en el fondo de ese chiste de Auden hay una gran verdad: la relación sexual es —o debe ser— algo muy natural.

Hay quienes tuercen, desfiguran, o hasta le otorgan morbosidad al sexo, y esto se lo debemos a creencias, a malas películas o canciones, prejuicios y, por supuesto, a la industria del sexo. Toda esa galería de manquedades mentales y mal gusto, aleja al ser humano del infinito placer de la entrega total, de la música de los cuerpos que se aman.

Dice mi amigo trovador, en una de esas canciones que se hacen cuando el mundo no parece ir a la par de tus sueños:
**La sucesión de acordes por tu empeine hacia arriba
me imanta hacia una herida delirante.
Es tu respiración esa última verdad**

que se lo juega todo al borde de la vida
burlando este sepulcro de espejismos.
Protégeme de ser un ajeno a mí mismo
sálvame con tu vientre
de esta hora de lobos y egoísmos
aunque se acabe mi canción
y no encuentre el final de tus abismos.

  No se puede separar alma y carne, el verdadero acto sexual debe ser la más alta expresión de la compenetración entre dos seres humanos, esa que nos libra de dudas, de mentiras, de dolores y nos lleva al éxtasis mayor: el que brota de entregarse plenamente a alguien y recibir con la misma intensidad. Sólo entonces los cuerpos se descubren y llegan al gozo mayor.

  No la que das, la flor que tú eres quiero, escribió Fernando Pessoa, expresando que, más allá de lo que se palpa, es la esencia del ser lo que permite llegar a abrir ese misterioso cofre del tesoro que es el verdadero amor.

  Dice un jaikus (poema breve japonés):

¡Ah, qué caliente
la piel de una mujer,
la piel que esconde!

  Llegar a ese más allá que es el espíritu a través de los cuerpos, conocer la caricia más honda, la que viene de darse como ante la muerte, que no conoce fronteras, es descubrir la felicidad. Allá los tontos que se conforman con el orgasmo primario, que practican el sexo como deporte. Dice en sus versos Juan Ramón Jiménez:

**Todas las frutas eran de su cuerpo
las flores todas, de su alma.**

  Es la fusión cuerpo-alma la que produce la alquimia divina. No quiere decir que una pareja tenga que hacer primero una tesis para llegar al sexo, el tiempo no dicta el momento de la cama (o del colchón de hierba, o arena, o del peldaño de una oscura escalera). El instante lo indica la necesidad física que brota de la compenetración espiritual: la señal es creer que el amado(a) es un ángel personificado, el ser en quien se confía absolutamente, el que invita desde su mirada a la mayor sinceridad, y nos hace, a su vez, sentirnos el dios de su altar. Retornando a W. H. Auden:

**También nosotros vivimos buenos tiempos
cuando el cuerpo sintonizaba con el alma,
y bailamos con nuestros amores sinceros
a la luz de la luna llena.**

Lo esencial en el sexo es que se haga desde la pureza, aun cuando no exista un compromiso de eternidad. Lo importante es que sea un acto pleno, sin engaños, sin dobleces. Para que los cuerpos canten es necesaria la devoción espiritual, sólo así se percibe el sabor de la suave ternura, de la búsqueda en la piel de razones existenciales.

**Tú sólo, sólo tú, sabes el modo
De reducir el Universo a un beso!**

José Martí, poetiza las dimensiones de una caricia. En un beso te pueden ofrecer todo el espíritu, lo cual entraña la experiencia acumulada durante la vida, o sea, la síntesis de la ilimitada mente humana llevada al contacto de los labios. Calcula entonces, la magnitud que puede tener un acto sexual, cuánto puede llegar a significar cada segundo de entrega total, hasta qué desquiciados y remotos parajes pueden llegar dos seres que se aman.

**Entonces...
Cuando en tu cuerpo, rendido, no vibre ya el temblor elástico de los miembros; cuando tu labio no tenga fuerzas para besar; cuando tu brazo fatigado se extienda en su reposo lánguido, y en un gesto débil y esquivo de negación agites la cabellera trémula...
Entonces... Cuando tus ojos estén borrachos de adormideras sutiles, cuando los párpados te pesen y se caigan, quemados por la mirada ardiente de toda la noche...
Entonces, a través de la fina malla de tus pestañas, verás todavía alargarse en mis pupilas ávidas un desperezamiento de panteras...**

Rubén Martínez Villena poetiza la fusión indivisible que sólo conoce la ternura del amor. Por un solo momento de esa especie de levitación, vale la pena vivir buscando a ese ser especial que a cada cual espera; por ese único instante hay que crecer humanamente —única forma de merecer a una persona de espíritu tan fino que sepa volar.

Vale más un segundo pleno que una vida a medias, sé profundo(a), honesto(a), natural; no vayas hacia el sexo con ecuaciones premeditadas, el éxtasis emana de los cuerpos sólo cuando es desesperado el afán de descubrimiento. Amar es una danza que se ejecuta con la música que sea capaz de improvisar cada hallazgo en el alma del otro. Algo que desborda en estos versos de Cintio Vitier:

> Te amo, lo mismo
> en el día de hoy que en la eternidad,
> en el cuerpo que en el alma, y en el alma del cuerpo
>   y en el cuerpo del alma,
> lo mismo en el dolor que en la bienaventuranza,
> para siempre.

Nunca es triste la verdad, lo que no tiene es remedio

Esta dicha de cabalgar hacia ti, por los montes frescos y naturales del espíritu, me da el goce de alejarme de la podredumbre universal que se expande entre guerras y miserias. Es difícil abstraerse de tanto dolor pero el aliento de tu pureza, de esos ojos que esperan la otra cara de la humanidad —la de los buenos, al final vencedores—, me lleva a la grupa de las páginas, si no salvado, al menos esperanzado.

Sé de un jardín sin puertas, hondo y sincero, sin avaricias ni desigualdades, que me espera adonde quizás no llegue. Pero dándome plenamente a ti, sé que de alguna manera estaré en esa mañana limpia de otro mundo mejor, aunque sea a manera de un recuerdo, que quedará para entonces en tu alma, como un sobrenombre...

El diablo ilustrado

Le adjudican a Confucio el siguiente pensamiento, casi axiomático, porque lo aceptamos sin necesidad de mucho argumento: **los cautelosos muy poco se equivocan**. Y es cierto que no andar a la ligera evita problemas. Cada paso en la vida debe llevar una previsión (un estudio pervio); pero, cuidado: la cautela extrema limita la osadía: **el hombre que no comete errores, hace muy poco en la vida**. Toda empresa que se salga de convencionalismos o formalidades tiene cierta dosis de riesgo.

Hay una máxima muy usada entre los negociantes: **el que no se arriesga no gana**; en ella está la idea básica de la publicidad para arrastrar a la gente a comprar nuevos productos. A esto se le podría ripostar diciendo que el que no se arriesga tampoco pierde. Pero, más allá del *marketing* —y otros trucos de ese mundo de marcas y etiquetas—, la frase puede incitarnos en un buen sentido: **el riesgo es algo que debemos correr, siempre que nos propongamos una noble aventura**. No por temor a que las cosas nos salgan mal debemos achantarnos; la búsqueda de nuevos horizontes, debe ser propósito constante. Por supuesto, que no se trata de lanzarse de cabeza al disparate: **¿qué sentido tiene correr cuando estamos en la carretera equivocada?** No por huirle al fracaso debemos limitar nuestras posibilidades.

Me gustan mis errores; no quisiera renunciar a la deliciosa libertad de equivocarme, dijo Charles Chaplin, quien amaba esa prueba de fuego del arbitrio. Porque cada vez que nos equivocamos aprendemos algo —siempre que sepamos ser críticos, aceptar las fallas y no regodiarnos en autocomplasencias ni autocompaciones. Hay quienes no sacan nada de los errores, tropiezan infinitamente con la misma piedra, porque no analizan los fracasos, los inconvenientes, que sus actitudes o acciones les traen. Se autojustifican, echándole siempre la culpa a los demás, y esquivan la esencia de los problemas. **No hay peor error que el no reconocerlo.**

No arriesgarse implica, casi siempre, renunciar a un sueño y, cuando se da ese paso, es porque del otro lado de la balanza está una comodidad, una ventaja inmediata, una ganancia monetaria. Si andas por la vida a base de indecisiones, indefiniciones, buscando un trono para dormir la siesta, te conviertes en un impecable mediocre. Romain Rolland describe el final de esos seres:

Todos aquellos que han renegado de su alma, todos aquellos que llevaban en sí una obra y que no la realizaron, por aceptar la seguridad de una vida fácil y honorable, piensan; "Si yo no pude hacer lo que había soñado, ¿por qué irían a hacerlo ellos? No quiero que lo hagan.

La envidia de la mediocridad, la inconformidad consigo mismo, es un castigo que recibe quien se acomoda en esta vida (y no hay muchos vestigios de alguna otra); inspira pena, el que termina confesando con apagada voz: yo *solía ser indeciso, pero ahora ya no estoy seguro.*

Cada día uno debe pasar revista a los planes que hizo ayer; como si fuese un fin de año, en que uno hace el balance de lo que cumplió, de lo que se le quedó en el tintero, y de ahí pasa a soñar nuevamente con el pretexto de que **año nuevo, vida nueva.** A veces, factores externos, ajenos a tu voluntad, te aplazan propósitos, pero nunca los eches al recuerdo, ni a la comodidad.

**A cada uno le llega el día
de pronunciar el gran Sí o el gran
No. Quien dispuesto lo lleva
Sí manifiesta, y diciéndolo
progresa en el camino de la estima y la seguridad.
El que rehusa no se arrepiente. Si de nuevo lo interrogasen
diría no de nuevo. Pero ese
no —legítimo— lo arruina para siempre.**

En estos versos de Kavafis está la clave: no dar nunca el paso fácil, no dejarse llevar por la oscuridad de un alma vencida o vanidosa, o turbia o engañosa, sino por lo que el más puro sueño nos exija, aunque ese sendero no sea rosado. El mismo poeta griego nos aconseja:

**Si imposible es hacer tu vida como quieres,
por lo menos esfuérzate cuanto puedas en esto:
no la envilezcas nunca
en contacto excesivo con el mundo,
con una excesiva frivolidad.
No la envilezcas
en el tráfago inútil
o en el necio vacío
de la estupidez cotidiana,
y al cabo te resulte un huésped inoportuno.**

Entregarte a cada amanecer, desde el crecimiento como ser humano, buscando tu integridad, es darte el lujo de parecerte cada vez más al ideal que te has propuesto; algunos renuncian porque es muy difícil y terminan pensando (para aliviarse) que los ideales son ilusiones de tontos, se desvían entonces hacia las zonas pantanosas de la personalidad y culminan, como es lógico, con el lodo al cuello.

Yo soy el dueño de mi destino; yo soy el capitán de mi alma, dice un verso que alguna vez escuché y se me ha quedado como el desafío de toda suerte, como un llamado a tejer en el presente nuestro mañana. Sólo siendo consecuentes podemos dar cuenta de nuestros actos, limpiamente, y eso abre los caminos y te prepara para enfrentar los infortunios.

Dejó escrito nuestro José Martí: **era de la raza selecta de los que no trabajaban para el éxito, sino contra él.** Fama o éxito no deben ser el fin de nuestros propósitos, quien cree en otras cumbres que no sean las del conocimiento y el darse a los demás, está ahuecándose el alma. Uno debe cada día crecer como una planta, sin otro fin que disfrutar ese crecimiento. La savia para tal empresa es la sencillez, la humildad, el goce infinito que la sabiduría ofrece al que se empeña en mejorarse. **Sólo las plantas que se empinan logran acercarse al sol, las que se retuercen esquivando la luz, terminan mustias o marchitas.**

Todos somos aficionados, decía Charles Chaplin, como afirmando que no creía ni en su genialidad. Siempre queda mucho por aprender, quien se siente muy profesional, o se autotitula como tal, no es más que el clásico sujeto que vive del cuento.

No juzgues cada día por lo que cosechas, sino por las semillas que siembres, escribió Robert Louis Stevenson para invitarnos a mirar siempre con luz larga, preocupándonos por lo que está por alcanzarse: los sueños cumplidos suelen ser muy lindos —puedes hasta aplaudirte por ellos— pero ya pasaron.

André Gide nos aconseja: **cree a aquellos que buscan la verdad, duda de los que la han encontrado.** Nos está marcando la diferencia del que piensa que ya llegó, y es, por tanto, un detenido en la vida, un asesinado por su propio ego (una de las maneras de ser ignorante); mientras quien duda, intenta hallar razones, choca y busca otra salida para avanzar; podrá pasarla más incómodo, pero está caminando.

Hoy estoy vencido, como si supiera la verdad, escribió Fernando Pessoa. Sospecho que esto guarda relación con esa verdad final, total, de la existencia humana, que han perseguido siempre los filósofos. Ciertamente sería desconcertante tener la verdad de las verdades, sería como llegar al fin del sendero, como darse de bruces con la nada. Por suerte sólo podemos aspirar a pequeñas y fragmentadas zonas de ella, pues, el conocimiento no puede ser absoluto, por ser infinito.

Dijo Thomas Fuller: **La astucia puede tener vestidos, pero a la verdad le gusta ir desnuda.** He aquí la gracia de la sinceridad: te permite ir desnudo (metafóricamente hablando —aunque sería delicioso para nuestros veranos, que fuese también literalmente).

En algún lugar, no recuerdo dónde, leí:

En algunas lenguas mayas el saludo es *pattoan* **que significa literalmente: "Doy vuelta a mi corazón para que tú puedas ver el dorso y te puedas dar cuenta de que lo que hay detrás no es distinto de lo que hay delante".**

Sin dudas, la fórmula mágica para aligerar la existencia y andar siempre alegre, despejado, está a la mano de todo mortal: vivir sin dobleces. Algo que no siempre cumplimos, a veces nos cuesta mostrar nuestras zonas oscuras, por prejuicios, por temor a desagradar. Dice Pessoa:

**Cuando quise quitarme el antifaz,
lo tenía pegado a la cara.**

**Cuando me lo quité y me miré en el espejo,
ya había envejecido.**

He aquí el peligro de no luchar contra la mentira en todo momento. La simulación, por pequeña e inocente que pueda parecer, va enredando nuestra manera de ser y termina por convertirnos en lo que quizás nuestra mejor intención no quiso. A veces la verdad es dura, peligrosa, y solemos optar por esquivarla o anularla. A la larga se vuelve contra uno mismo: **la mentira es como un puñal que tenemos que esconder en el espíritu y a cada movimiento nos corta el carácter.** No hay nada que nos suelte más la vida que la sinceridad, te da la risa inocente, la palabra sana, la idea justa. No por gusto, cuando una verdad grave flota en el ambiente, caldeándolo, y de pronto alguien se atreve a decirla, los demás expulsan el aire y exclaman: *tremendo peso nos has quitado de encima*. Las inconformidades con uno mismo no hay quién las cargue (habrás visto a alguien una vez caminando con la mirada vidriosa, los hombros recogidos, incapaz de atender una conversación: es muy posible que lleve sobre sus hombros una mentira; ¡cómo pesan!, el incremento de esas penas pueden aplastarte, incluso destruirte).

Si lo que tú rehusas quieres que te entreguen, tal vez según tu propio ejemplo te lo nieguen, dijo don William Shakespeare y, realmente, no esperes que la vida te pague con otra moneda: según das, recibes.

Hay quienes comienzan su jueguito por las "mentiras piadosas"; quizás nimiedades subjetivas: por no ser cruelmente sinceros, cedemos un poco en el criterio sin llegar a contradecirnos. Está bien, pero cuidado con el exceso de piedad; decía Terencio que **una mentira va pisándole los talones a la otra** y así te vas enredando hasta que despiertas un día con nariz de Pinocho.

Si tu intención es describir la verdad, hazlo con sencillez y la elegancia déjasela al sastre, es una broma al estilo de Albert Einstein, que nos advierte sobre esa tendencia a darle vueltas y vueltas a un asunto cuando pensamos que puede resultar enojoso. Es el caso típico del que llega a desesperar porque habla y habla sin caer en un tema preciso y termina haciendo un cuento sin relación alguna con lo que venía a decirte.

Pío Baroja sentenció: **Es que la verdad no se puede exagerar. En la verdad no puede haber matices. En la semiverdad o en la** mentira, muchos. Quizás no haya que llevarlo al extremo, hay verdades que exigen cierto tacto para no herir, pero ten presente siempre que una media verdad contiene media mentira (y si no mediste bien...).

Escribió Martí, desde un punto de vista más social:

Los hombres aman en secreto las verdades peligrosas, y sólo iguala su miedo a defenderlas, antes de verlas aceptadas, la tenacidad y brío con que las apoyan luego que ya no se corre riesgo en su defensa.

Está describiendo a los oportunistas, que defienden las verdades convenientes, o en otras palabras, no se arriesgan a asumir la verdad hasta no estar seguros que va a otorgarles ganancias. Este es un paradójico caso en que la verdad se torna casi una mentira, o al menos una verdad odiosa; o seamos precisos, no es la verdad la odiosa sino el sincero por astucia. Por lo regular, no son exactamente verdades las que esgrimen los oportunistas, realmente enfatizan, exageran verdades o su importancia, para escalar. Puede que lo asista parcialmente la razón pero en su actitud, en su manera de aprovechar la ocasión, va la deshonestidad. De todos modos esos seres terminan descaracterizados, así que nunca os preocupeis por los sinceros de ocasión.

Nada hay como la paz con uno mismo, ella nos da la verdadera estatura, y de eso dan fe estos versos de Fernando Pessoa:

Para ser grande, sé entero: nada tuyo exageres o excluyas. Sé todo en cada cosa. Pon cuanto eres en lo mínimo que hagas.

En la relación de pareja las verdades suelen relajarse más. Las pasiones arrastran ciertas mentirillas que no se meten con nadie (aunque también las hay muy graves) y consisten en halagos, en no incomodar al ser amado, o en ceder ante criterios un poquitín estrechos, animado por cierta condescendencia. Cuando se levanta una relación sobre la pomposidad y las verdades a medias, se van creando zonas oscuras que cortan invisiblemente los lazos de la compenetración. Dice Joan Manuel Serrat:

Cuéntale a tu corazón
que existe siempre una razón
escondida en cada gesto.

Del derecho y el revés
uno es sólo lo que es
y anda siempre con lo puesto.

Nunca es triste la verdad,
lo que no tiene es remedio.

Andar siempre como se quiere ser, sin trasfondo, asumiéndose, es la mejor manera de tejerse buena suerte. Las mentiras no llevan sino a la decepción.

No sólo hay entre los amantes mentiras sutiles, las hay también abiertas, o, incluso, algunos prefieren que les mientan antes que escuchar una verdad dolorosa:

Mentiras hay que anhelamos que nos las digan,
visiones que son ensueños de una ilusión.
Mentiras como las tuyas que me mitigan
las hondas penas que me desgarran el corazón

Es don Miguel Matamoros jugando musicalmente con esas ganas que a veces tenemos de escuchar un halago aunque no sea muy sentido. De más está decir que esta especie de engaño de mutuo acuerdo no resuelve el amor, pero hay quienes practican esa filosofía de aquel clásico bolero de Arsenio Rodríguez:

Hay que darse cuenta
que todo es mentira,
que nada es verdad.
Hay que vivir lo que puedas vivir,
hay que gozar lo que puedas gozar,
porque sacando la cuenta, en total,
el mundo está hecho, sin felicidad.

Es una manera aplastantemente escéptica de ver la vida, en la que nada vale la pena, por tanto, es mejor vivir engañado, pasarla lo mejor posible. Esto es lo que solemos llamar **ahogarse en un vaso de agua**, es decir, dejarse aprisionar por los inconvenientes y problemas concretos que solemos tener, o tirarse al abandono por un desengaño amoroso.

Como escribiera Denis Diderot: **engullimos de un sorbo la mentira que nos adula y bebemos gota a gota la verdad que nos amarga.** De ahí la importancia del conocimiento que enseña a dominarse, a sobreponerse a los obstáculos y templar el carácter. Los demás son sinceros con uno en la medida en que uno sea sincero y capaz de aceptar las verdades más duras. A la hora de acercarte al ser amado, si a la primera verdad que no te agrada, respondes con agresividad, con mala forma, no te quejes después cuando te mientan. Esa reacción cierra a tu interlocutor toda posible puerta a la sinceridad.

Martí nos dejó su credo: **amo las sonoridades difíciles y la sinceridad, aunque pueda parecer brutal.** No sé de otro camino que conduzca tan lejos; ese que llevó el Maestro lo hizo eterno, pues, como él mismo dijo: **La aparición de la verdad ilumina súbitamente el alma, como el sol ilumina la naturaleza.**

Hacer el bien sin buscar recompensa, crecer con la inteligencia noble, buscar la verdad en sí y en los demás, son las fuerzas que hacen hermosa la vida. No creas en los pícaros, ni en los astutos que suelen verse como ganadores, al final ellos pagan su espejismo. Siempre es bueno escudriñar en los escritos de Martí: **la sinceridad: he aquí su fuerza. El estudio: he aquí su medio. Y un derecho solo recaba para sí: su derecho a lo grande.**

Estos fantasmas inmensos que ha tenido la humanidad nos dictan la esencia de la vida, allá el que no la siga, pobre del que se empequeñece entre la envidia, la ignorancia, la ambición; pobre del que se encoge porque no sabe dar, pobre del que consume la existencia sin conocer la felicidad que da la paz de saberse un ser completamente humano.

Con Antonio Machado te acompaño a la orilla de la costa; llevemos el ánimo sereno, la alegría contagiosa (aunque golpeada por los dolores del mundo) como el oleaje que emerge de la sencillez de los espíritus honrados:

**Y al cabo, nada os debo; debéisme cuanto he escrito.
A mi trabajo acudo, con mi dinero pago**
el traje que me cubre y la mansión que habito,
el pan que me alimenta y el lecho en donde yago.

Y cuando llegue el día del último viaje,
y esté al partir la nave que nunca ha de tornar,
me encontraréis a bordo ligero de equipaje,
casi desnudo, como los hijos de la mar.

La angustia es el precio
de ser uno mismo

Quisiera estar en el rincón de tu cuarto, junto a la cama quizás –tirado en el piso– a la hora exacta en que se te haga necesaria la charla con un gorrión, un perro, hasta un adorno; o en esos mágicos minutos del crepúsculo rojizo y morado de tono algo nostálgico, donde la soledad –a veces momentánea– pide a gritos un susurro que sepa a la más convencional seña de amor. Pero no sé escoger, tus manos han doblado por la esquina de un artículo anterior hacia esta página, tal vez en pleno pasillo de tu escuela o en un muro del barrio, y quién quita que hojeando, como de pasada, rodeada(o) de otras bocas y miradas que te animan. En ese caso soy un ruido alterno, mas tengo fe en que luego buscarás un instante de cierta intimidad para estar más cerca de los pequeños fragmentos de la humanidad que te ofrece...

El diablo ilustrado

Cupido anda sin alas por mi calle.
Sucede que flechó a Eva
y no precisamente en nombre de Adán.

Con estos versos de Carlos Figueroa entramos a ese cosmos insospechado que es el amor; algo que no siempre llega como debiera: unas veces no es correspondido, otras sí pero se deteriora, y hay ocasiones en que es sólo espejismo. Son ciertamente peligrosas las flechas del "encuerusillo con alas" cuando están en mal estado o le falla el pulso a la hora de disparar, porque puede aparecer la infidelidad. Ella o él optan por una relación paralela y nace entonces lo conocido cinematográficamente como triángulo amoroso (que también puede ser cuadrado).

Montaigne escribió que **del mismo papel en que el juez ha escrito la sentencia contra un adúltero, rasgará un pedazo para escribir unas líneas amorosas a la esposa de un colega.** Esta reflexión deja el amargo sabor de que no hay quién escape y, si se extrajera de él una moraleja, vendría a ser algo así como: hasta el que juzga, de dientes para afuera, la traición, es en el fondo un traidor. Ciertamente, la infidelidad tiende a ser más regla que excepción, no por eso menos criticable: **sin honestidad no hay felicidad humana posible.** No hay amor donde hay máscaras; se agrieta el placer supremo de la interacción de dos cuerpos y almas cuando se empiezan a ocultar cosas, cuando uno lleva dobleces ante la otra persona —que podrá no saber que la engañamos, pero en el fondo de su espíritu lo sentirá de alguna manera. El (o la) infiel, se ve obligado a premeditar, a masticar cada palabra que va a decir, y por lo regular empieza a inventar cuentos que justifiquen ausencias o llegadas tarde. Es como vivir tres vidas: una con su pareja, otra con la amante, y una tercera de ficción que contiene todas las mentiras inventadas a una o ambas relaciones. En la medida que se acumulan adulterios, vienen silencios, dejadeces, falta de detalles, incomprensiones, y se termina en irritabilidad, malas acciones y hasta violencia. La sedimentación de secretos incrementa la inseguridad, el temor a que se escapen huellas dejadas en el camino, pruebas delatoras: no hay cosa peor que el sentimiento de culpa, **no es posible dar caricias de paz con las manos de un crimen.**

Entonces, ¿por qué se es infiel?

Hay una tradición de siglos que hace ver la separación como un pecado, de ahí que cuando una de las partes empieza a sospechar que la otra no es su media naranja, en lugar de optar por la ruptura, se aferra a seguir contra viento y marea.

No se suele asumir la relación como un camino, como la búsqueda de algo muy difícil (todo lo hermoso cuesta) que es hallar a la persona ideal (y real), capaz de llegar junto a uno muy lejos en los misterios de la compenetración, sino que, por lo regular, desde el primer enamoramiento, creemos que ya llegamos y tenemos en las manos el amor (como si el amor fuese algo que se captura y apresa y no un eterno horizonte). Esta es otra causa; cuando alguien piensa que ya TUVO el amor con esa pareja, romper la relación equivale a perderlo y a nadie le gusta perder lo que tiene (o cree que tiene).

Según un proverbio chino **se puede dormir en la misma cama sin tener el mismo sueño** y no se tiene el mismo sueño por disímiles razones: no elegimos la pareja adecuada —escribió Antoine de Saint-Exùpery que **amar no es mirarse uno a otro, es mirar juntos en la misma dirección**—, o existe únicamente una atracción física —la cual resulta frágil cuando las almas no encienden los deseos—, o por el contrario, se enlazaron por afecto, sin atracción física, como canta Pablo Milanés:

Muchas veces te dije
que antes de hacerlo había que pensarlo muy bien,
que a esta unión de nosotros
le hacía falta carne y deseos también,
que no bastaba que me entendieras y que murieras por mí,
que no bastaba que, en mis fracasos, yo me refugiara en ti.
Y ahora ya ves, lo que pasó, al fin nació,
al pasar de los años,
el tremendo cansancio
que provoco ya en ti.
Aunque es penoso
lo tienes que decir.

Muy dura es, casi siempre, una separación, sobre todo en casos donde el cariño se mantiene pero faltan deseos. A esto contribuyen los abandonos paulatinos en que caemos por el error de creer que ya no hay nada que defender. Esto sucede, por ejemplo, después del matrimonio, porque se suele tomar como el objetivo supremo alcanzado. Esa mentalidad de: *ya me casé*, como si se hubiese tocado el techo del amor, es fatal. Descuidas el aspecto físico, detalles hacia tu pareja, dejas de hacer locuras, *para qué, esas son aventuras de noviazgo*, y así se le va dejando a la rutina, a la costumbre, el espacio que cubría la novedad, la sorpresa, el interés de atrapar al otro ser. Por eso es muy recomendable proyectar cada día pensando que **nada se hace por amor si no se hace todo lo posible**.

Hay relaciones que llegan a un punto tal de enmohecimiento, que cuando uno de los dos reacciona y empieza a tener nuevamente gestos, o detalles similares a los de antaño, la otra parte comienza a sospechar: *¿se acordó de mi cumpleaños...?, ¿me besó en la nuca al pasar hacia el cuarto...?, ¿me dedicó este libro?* Entonces, en lugar de corresponder a ese florecimiento, comienza la sospecha: *¿en qué andará él que tiene esas deferencias conmigo? Alguna abeja le está dando vueltas cuando él está tan zalamero.*

Podría tener razón en sus sospechas, a veces esos cambios bruscos, de mal para bien, o viceversa, son el manto tras el cual se esconde un temporal. Dice la poetiza Juana García Abás que **no hay cambio sin catástrofe**, pero no debemos inferir mecánicamente, que un milagro de la primavera sea la señal del engaño. Más bien se debería pensar que la relación rutinaria es la señal inequívoca de que vendrá el engaño.

El poeta griego, Kavafis, lejos de considerar la extensión en el tiempo de una relación, como una agravante, la ve como una suerte, porque los deseos pueden emplear a su favor los recuerdos:

Vuelve otra vez y tómame,
amada sensación retorna y tómame
cuando la memoria del cuerpo se despierta,
y un antiguo deseo atraviesa la sangre;
cuando los labios y la piel recuerdan,
cuando las manos sienten que aún te tocan.

Vuelve otra vez y tómame en la noche,
cuando los labios y la piel recuerdan...

Coincido con Kavafis: cuando el amor es verdadero el sexo no decrece poco a poco, como piensan muchos; por el contrario, cada nueva relación tiene como base la anterior, hay un conocimiento mutuo mayor, se han rebasado los tanteos a ciegas, principiantes, se es más certero en dar gozo. Por otra parte, las almas deben ir más lejos en cada nueva entrega, llevan más caricias acumuladas, más ternura y la compenetración espiritual es superior. Por supuesto, partiendo del principio de que los amantes no decaigan su interés, ni pierdan el propósito de ser cada día más plenos.

Alguien dijo: **no sabrás todo lo que valgo hasta que no pueda ser junto a ti todo lo que soy.** Un ser humano es intraducible plenamente, adentrarse en la persona amada es una proeza que nunca acaba.

La confianza mutua es imprescindible para el crecimiento continuo; cuando llegan las dudas las relaciones comienzan a detenerse, a enfriarse, una neblina va filtrando la luz hasta que los amantes se dejan de ver. Por eso es muy saludable entregarse sin límites y confiar en esa persona, que por algo ha sido la elegida. No hace falta volverse un Sherlock Holmes, atando cabos para encontrar al asesino. Como dijera La Rochefoucauld: **no hay disfraz que pueda largo tiempo ocultar el amor donde lo hay, ni fingirlo donde no lo hay.** Además, el jueguito a los detectives, puede tener el gran inconveniente de que no existan víctimas, y en ese caso, de sospecha en sospecha terminas por asesinar, o por arrastar hacia el asesinato, a tu inocente amante.

Tú sabes cómo estoy sufriendo,
tú sabes que no puedo más,
tú sabes que me estoy muriendo por tus celos nada más.

Tú sabes que no estoy mintiendo,
tú sabes que todo es verdad,
tú sabes cómo estoy pagando de tu alma la impiedad
y así me estoy acabando como el tiempo que se va
y no vuelve más.

Miguel Matamoros estaba evidentemente acosado por una mujer celosa cuando hizo este son. A veces nos obsesionamos por un pequeño pasaje que nos pareció un flirteo, comenzamos a lucubrar, a inventar maquinaciones, y, desde entonces, todo lo estudiamos con un doble filo. Se empiezan a hacer asociaciones que llegan hasta el paroxismo y terminamos inventando una historia macabra, completamente de ficción.

Hay quienes justifican, o hasta se vanaglorian de celar por aquello de que **el que no cela no ama.** Otros, incluso, desconfían de su pareja porque no lo celan. Entonces acuden al recurso conocido como: "darle en la cabeza", que consiste en insinuarse a un tercero con el único fin de hacer sospechar a su pareja. Lo peor de esto es que, por lo regular, la broma es tomada en serio, y termina por malograrse la relación.

Miguel de Cervantes nos hace una precisión al respecto: **puede haber amor sin celos pero no sin temores.** Entre dos que se amen realmente no caben las dudas, se supone que las auténticas relaciones estén asentadas sobre la máxima confianza. Cómo se puede amar a alguien en quien no se tiene fe, de qué manera se entregan plenamente si ni siquiera cree uno en el otro. Cosa distinta es el temor, ese que va siempre con el que ama. Pero el temor de perder a quien nos incita a entregarnos cada segundo como si fuese el último, por no llegar a sus profundidades, por no alcanzar a abrazar su espíritu, por creer que su cuerpo no es capaz de darle toda la maravilla que se merece; ese temor empina y nos lleva a sacar el extra en cada momento.

La diferencia entre el miedo y el celo radica en que el primero es altruista y el segundo egoísta. El que teme, admira y quiere ser más porque cree que el otro se lo merece. El que cela, desconfía, y teme por sí mismo, por estar haciendo el ridículo; ve en su pareja a un enemigo, a un infiltrado en sus filas, no a un cómplice. Cree que debajo de cada caricia hay un puñal.

Por mi parte esperaba
que un día el tiempo se hiciera cargo del fin.
Si así no hubiera sido
yo habría seguido jugando a hacerte feliz.
Y aunque el llanto es amargo
piensa en los años que tienes para vivir,
que mi dolor no es menos
y lo peor es que ya no puedo sentir.

Pablo Milanés nos hace meditar sobre la necesidad de ser honestos en todo momento, de no dejar que una relación llegue al hastío, la repulsión, la indiferencia. Un "hasta aquí" oportuno, evita una ruptura posterior más grave, o hacer (y hacerse) el daño de consumir los días sin pasión.

Muchas son las razones que sostienen las ataduras de las personas sin sentirse enamoradas, pero todas son, en el fondo, convencionalismos, maneras de autoflagelarse o, lo que es peor, renunciar a la búsqueda del sentido de la existencia que es caminar hacia el amor.

La sinceridad, el sobreponer el aprecio humano por encima de los lazos formales, es un posible antídoto contra la infidelidad. No se estima de verdad si optamos por ser infieles para evitar el dolor de una separación; a la larga esto es más humillante. Dijo Napoleón que **una retirada a tiempo es una victoria,** y con esto no sugiero romper lo salvable, hay que luchar por salir a flote con la pareja — si se cree y se siente que hay alas para ascender hacia el amor y posibilidades de volar hacia un sueño común. Pero retardar lo que se sabe perdido es sentarse a esperar la erupción del volcán.

Siempre es tarde cuando se llora, dijo Salustio. No dejes entonces correr las insatisfacciones por temor a herir al otro, con tal de salvar promesas de otros días, o por prejuicios sociales. Siempre aparece la amistad que ha mitificado nuestra relación y que, al conocer la ruptura, pregunta: *Pero...¿cómo es posible, con lo bien que se llevaban ustedes?* A ese amigo hay que responderle: precisamente, para seguir llevándonos tan bien como hasta ahora, dejamos de ser novios. Si te dejas apresar por convencionalismos te sucede esto que describe Silvio —con cierta ironía— en una canción:

Pero necesitas quedar bien con todo,
todo que no sea bien contigo misma.
La angustia es el precio de ser uno mismo.
Mejor ser felices como nuestros padres
y hacer de la lástima amores eternos
hasta que a la larga te tape el invierno.

El conformismo, la falta de fe, el pensar que ya es tarde para comenzar una nueva experiencia, suelen ser causas de relaciones anquilosadas, donde la rutina tediosa sustituye a la alegría del descubrimiento común cotidiano: **la temible soledad mantiene más parejas que el amor.**

Existen también los que guardan las apariencias por los hijos, optan por soportarse para evitarles el dolor de la separación. Incluso ante tan poderosa razón, mantengo que cuando se esfuma el amor hay que asumirlo. El simulacro también se respira y los niños crecen entonces en un ambiente enrarecido. Una ruptura a tiempo, comprensiva, sin lastimarse uno al otro, propicia un trato cariñoso después y, a la larga, los hijos comprenderán que la vida es así, que sus padres no estaban hechos el uno para el otro, pero supieron hacer del final una amistad sincera que los ayudó a crecer felices.

Caso aparte son los que llevan la promiscuidad como principio, los que llaman amor al simple contacto de los cuerpos practicando el sexo como deporte. Para ellos, ser infiel es algo natural, pues, su entrega es epidérmica, su sexualidad se limita a los números, se mide por la cantidad de parejas y no por la intensidad de una relación. Estos pobres de alma no llegan a conocer lo que es el verdadero placer, porque hacen el amor como máquinas.

Pensando en alguien, más o menos de esta especie, Félix Luis Viera bromea:

Traicionaste a quien más te quiso,
quien era, además, a quien más quisiste.
Eso debe ser un récord.

Cuando sientas la necesidad de ser infiel revisa tu relación, algo no anda bien y estás al borde de ser injusto con quien ha depositado su fe en ti.

El sentimiento es una flor delicada: manosearla es marchitarla, escribió nuestro José Martí, llamándonos a no podar nunca la alegría ajena.

Solemos apenarnos (hay quien hasta se burla) por el engañado(a), en lugar de sentir esa lástima por quien engaña, que es realmente el que actúa con menos limpieza. Ser infiel es no tener valor para asumirse uno mismo, tal cual es, en todo momento.

Dice un proverbio árabe que **la primera vez que tú me engañes la culpa es tuya, la segunda será mía.** Claro que cada persona es un mundo y cada pareja, por tanto, es única; de ahí que las reacciones ante el engaño fluctúen desde los que conviven con la infidelidad hasta los que quieren matar al (o la) infiel. Si algo te puedo sugerir es que, de ser el engañado(a), no te martirices, piensa que esa otra persona no estuvo a la altura de lo que le entregaste y es ridículo adoptar una posición cavernícola.

Hondas reflexiones hace nuestro Martí sobre este tema:

Yo no entiendo así el dolor que la traición de la mujer amada causa. Porque, luego de certificada la traición, no quedan en aquella mujer las condiciones que amábamos. La amábamos porque nos amaba: esta razón, luego del engaño, ya no existe. La amábamos, porque el espíritu humano necesita hallar o fingirse que ha hallado, —algo puro y tierno: no subsiste esta causa tampoco. Queremos en la mujer lo abnegado, lo generoso, lo blando, lo delicado: pues ya no podemos en mujer semejante querer esto. Ni las condiciones generales del espíritu femenil; ni la ternura y delicadeza que el espíritu ansía; ni el amor que nos tiene, —podemos amar, tras el engaño, en esa criatura: ¿qué amaremos —pues? ¿El deleite físico? —pero este no es concebible, ni excusable, sin el afecto, sin cierto género de viva simpatía afectuosa, sin la relación espiritual que luego del engaño no subsistirían. De manera, que es como si nos empeñáramos en aspirar en un ánfora vacía la esencia de que estuvo llena. No podemos engañar a nuestro sentido. Él irá donde brille ánfora nueva llena de perfume. Porque se ama el perfume, no el ánfora: se ama por el alma y por el cuerpo, mas no por el cuerpo, si no está como velado, aromado, embellecido, entibiado por el alma. Ni concibo, pues, dolor semejante. Y mientras más vivo haya sido el amor puesto en

la engañadora criatura, y más confianza hayamos puesto en ella, y más honor le hayamos hecho con nuestro tierno respeto —con más claridad veremos, por lo extremado del contraste, la injusticia de nuestro afecto. Que de más alto suena más el golpe. Y más se clava la saeta que viene de más lejos. Desaparecen las cosas cuando cesan de existir las razones que las produjeron. Como, con la capacidad para el engaño, que es revelada por el engaño mismo, desnúdase la mujer amada de todo el brillante arreo con que la engalanamos, —y aparece que faltan de ella las condiciones que en ella supusimos y nos confirmaron en amarla —el amor, con el engaño vuela. Queda cierto dolor, a las veces vivísimo —mas no de amor, —ni de pesar de haberlo perdido, —porque ya en ella, en lance semejante, ¿qué amaremos —sino de que aquel ser que acariciamos haya sido capaz de albergar traición fea, y de ira justa por no haber sabido a tiempo penetrarla? Cuando se ha amado verdaderamente, queda, más que cólera, lástima: y el amor compasivo que se tiene a los criminales. Cuando se ha amado poco, queda náusea.

Estos pensamientos son aplicables, igualmente, en el caso de que sea el hombre quien engaña. Lo aclaro, porque subsiste aún la desigualdad a la hora de juzgar a los infieles de uno y otro sexo. Cuando es ella la que traiciona: *es una bandida, una fletera, una cualquiera.* Cuando es él: *es un bárbaro, un tipo duro, jevoso, un Don Juan.*

Pobres de los que optan por una vida a medias cuando la otra opción es un segundo completo. El amor nunca está en el lugar de las medias tintas, por eso no se le puede exigir la eternidad. Una relación debe durar el tiempo que dos seres sientan que son imprescindibles el uno para el otro; el tiempo que uno necesita esa otra mirada como un impulso para ser mejor. En el preciso instante en que no puedes compartir la más honda de tus preocupaciones o la más sutil alegría, porque crees que va a faltar sensibilidad para recibirla, es el segundo de decirlo, para no caer en el secreto o la mentira que conduzca al aislamiento, el vacío, la sed de otro ser.

Hay que dejar que el amor se extienda el tiempo que él decida; es él, y no los amantes, quien debe indicar el fin; nuestro papel se debe limitar a la entrega absoluta y a estar atentos para, cuando él nos indique, no ponernos malcriados, ni querer quedarnos un ratico más. Ama hoy y mañana, espera a que llegue; si llega, ama entonces un poquito más. Como dice Luis Rogelio Nogueras:

> Qué importan los versos que escribiré mañana
> ahora cierra los ojos y bésame carne de madrigal
> deja que palpe ciego el filo de tus piernas
> para cuando tenga que evocarte en el papel
> cruza entera por mi garganta profunda
> entrégame tus ojos voraces tus dientes asesinos
> quítate el alma con un susurro de brumas acariciadas
> y deja que salte hacia mi sangre
> el animal que acecha preso entre tus pechos.
> Qué importa el poema donde fluirás inmaculada al alba
> ahora dame la húmeda certeza de que la noche es nuestra
> y de que estamos vivos
> ahora posa ferozmente desnuda
> para el madrigal donde sin falta florecerás mañana.

Alma con alas

Un parpadear en el tiempo, apenas una fracción de la eternidad —como un micropunto en la historia humana—, es la señal que te llega en cada página. ¿Quién sabe cuánto puede durar un gesto, un efímero mensaje de un mortal, en la existencia de otro? A veces, años de vida quedan borrados por un manotazo del olvido; otras, una breve impresión se eterniza —cual fotograma mental que el cariño atesora por siempre. ¿Cuál de las suertes correrán estos trazos? No puedo predecirlo, ni ambicionarlo.

Pone el alma sobre el papel, quien se conforma con un roce de bien en tus días, y sólo aspira a que un sabor de honda miel quede en tus labios si por alguna necesidad o casualidad, un día nombras, como de pasada, a...
El diablo ilustrado

Hoy viene a mí la damisela soledad,
con pamela, impertinentes y botón
de amapola en el oleaje de sus vuelos.
Hoy la voluble señorita es amistad
y acaricia finamente el corazón
con su más delgado pétalo de hielo.

Con un lirismo clásico, Silvio Rodríguez nos conduce al estado melancólico adonde se posan nuestras vidas de cuando en cuando; sobre todo en esos días de vagar desorientados por un amor que se fue o por uno que no acaba de llegar.

Alguien dijo: **la soledad es el precio de la libertad** y esto me trae la paradoja de la compañía o la falta de ella. ¿Cuántas cosas pueden acompañar al ser humano? Sé de quienes andan solos en la multitud y quienes han sentido a un pueblo consigo desde la oscuridad de una prisión, quienes prefieren el gentío y el bullicio y quienes aman las playas solitarias. Todo gira en torno al espíritu. Se puede disfrutar la soledad de un cuarto para escribir versos, pensar en alguien que se ama, o para una lectura concentrada. Pero son breves lapsos, siempre es saludable y necesario el intercambio con otros, la compañía física.

La sabiduría popular sentencia: **es mejor estar solo que mal acompañado** y esto se dirige, hacia el nivel selectivo que puedas tener a la hora de romper la desolación. Si andas con alguien de alma torcida, o que limita tus sueños por no saber mirar limpiamente, sentirás —aunque vaya colgado de tu brazo— que estás antiacompañado, lo cual queda más allá de toda soledad. Si, por otra parte, encuentras el amor de otro ser que te comprende y eleva el alma, sentirás su compañía hasta vagando solitario por los confines de una selva.

El famoso mito de Hollywood, Marilyn Monroe, fue uno de esos casos de soledad agónica entre cientos de fanáticos y periodistas que la perseguían siempre, no para encontrarla a ella, sino a la leyenda que giraba en torno a su figura; de ahí que dijera: **vivir sola es como estar en una fiesta donde nadie te hace caso.** Por eso pienso que, más allá de estar entre personas, la compañía es encontrar seres afines. Es importante la calidad de alma que uno posea, las reglas que el instinto o la razón (o ambos) proponen como bases al entablar una relación. De ahí la importancia del conocimiento y la espiritualidad. Quien se preocupa en cultivarse, en leer, en indagar sobre disímiles temas, tiene posibilidades mayores de hacer afinidad con más personas, porque posee una gama de intereses amplia, lo que permite entablar un diálogo que despierte la curiosidad en cualquier interlocutor. Si tu espectro cognoscible es limitado, puedes dejar dejar haciendo un monólogo a cada semejante que se te acerque a conversar. A quien aburras lo estás dejando solo. Si, por otra parte, tienes conocimientos pero el alma turbia, puedes animar una charla un rato mas empiezas a dejar mala impresión, por los enfoques que le das a los temas, y vas desentonando igualmente en el espíritu del otro. En estos casos vale decir que **no son los demás quienes te han dejado sólo sino tú mismo.**

Claro que la vida no son hipótesis y a veces nos asalta la soledad aunque no la hayamos buscado. Alguien dejó escrito: **solitario me encuentro cuando busco una mano y sólo encuentro puños,** y este es uno de los males que imperan en nuestros días. El **vales según tengas**, como tasador, hace que la gente busque —y sea buscada— por el estatus o poder monetario; las relaciones no se asientan sobre el intercambio de pasiones, dolores y esperanzas, sino sobre las bases del cálculo: entonces, por muchos conocidos que tengas, no romperás la soledad: en el fondo son asociados de negocios, no amigos.

La soledad no es más que falta de amor. Quien sale a la calle cada día, con necesidad de descubrir y entregarse, lleva consigo el universo, encuentra a cada paso compañía.

El mundo entra por la puerta
con mil sabores que no puedo recordar.
Como ha crecido lo que miro,
los viejos ruidos ya no sirven para hablar.
Ya descubrí los ascensores, los cines y las construcciones,
la fosforera y el avión,
y otras cosas que conozco bien,
que cuando niño no sabía observar,
entonces no necesitaba:
con los juegos siempre basta
para comprender.

Silvio Rodríguez nos cuenta del hallazgo de la vida cuando se tienen ojos para recibir las sorpresas cotidianas que nos reserva el mundo. El enamorado se despierta y, al abrir los ojos, descubre encantado al sol —¿qué mejor abrazo, luz y calor?—, sale a la calle y acontece la vida: muros que guardan recuerdos, niños que juegan animando la curiosidad, hojas que se mecen entre el trinar de los gorriones: fiesta de los sentidos. Basta el ánimo con que se mire para ser imantado por la anciana a la que le urge una mano tendida, por la historia que cuenta la iglesia del pueblo o el museo, los versos que recita la escuelita o un banco del parque, y así, suma de hallazgos a cada paso, como libros atesorando mundos por explorar, noticias que esperan una opinión, o hasta un amigo —aún desconocido, ávido de charla— y quién quita que hasta un ser cargado de nostalgia con el corazón abierto en la espera de que le toque un intercambio espiritual que conduzca al amor.

Siempre existe en el mundo una persona que espera a otra. Cuando estas personas se cruzan y sus ojos se encuentran, todo el pasado y todo el futuro pierden completamente su importancia y sólo existe aquel momento.

La nostalgia podrá tener muchos motivos, ahora, la soledad es ausencia de amor en tu interior, es un egoísmo que no deja ver que ella no existe.

El ser humano es parte de la naturaleza, del decursar del tiempo, y en esto hay un sinfín de compañía que no permite la desolación. Silvio nos invita en su canción a escudriñar en nuestro entorno:

> **Crecí parejo con un cielo
> lleno de objetos que brillaban como el sol,
> como vivir frente a un espejo
> y no saberlo hasta tocarlo y verme yo.
> Y todo crece en cada libro, en cada cinta, en cada sueño,
> en cada vista alrededor.**

Crecimiento junto a tu época, a sus objetos, a su espíritu, que te permite la sintonía de tus contemporáneos; cosas esenciales e inmutables que te acercan al género humano y su historia; peculiaridades dependientes de todo lo que hayas sido capaz de captar e incorporarlo a tu experiencia. Somos insignificantes, microscópicos en el espacio y en el tiempo universales, pero somos inmensos (o podemos serlo) en la medida que acerquemos nuestra luz al infinito hueco negro de lo desconocido.

Si en algún momento crees que estás sola(o) piensa que **todo cuanto te rodea fue puesto para ti,** como dice en una canción Joan Manuel Serrat y, por tanto, **vivir no es esperar a que te abracen sino, por el contrario, tener prestas las manos para saber estrechar al infinito mundo que espera por ellas.**

No encontrar a alguien en quién depositar todo el amor que llevas dentro, puede embargarte de nostalgia, pero eso no indica soledad, aunque estés solo, si lo miras estrictamente desde el punto de vista de pareja. En todo caso, **no ser amado es una simple desventura, la verdadera desgracia es no saber amar.** Siempre existe la posibilidad —casi puedes tener la certeza— de que aparezca alguien a quién entregarte, mas, si estás escaso de espíritu para recibir a otro ser, es mucho más difícil.

En el amor todas las cumbres son borrascosas, escribió el marqués de Sade, de lo que infiero que cada momento espectacular viene con tormenta detrás. Se dice, dramatúrgicamente, que el climax de una obra va a desembocar al desenlace. No creo que un verdadero amor llegue al momento de bajar la montaña, aunque muchos suban precipitadamente y así mismo rueden cuesta abajo. **El amor no es más que una curiosidad**, como expresara Giovanni Giacomo Casanova —Casanova al fin, de seguro lo de "curiosidad" viene con acento promiscuo; descubrir nuevos cuerpos. De hecho, muchos son de la filosofía de que el amor muere con el tiempo porque uno se aburre de las mismas caricias, de ver la misma cara día a día. Esto es en extremo simplista y se sustenta en un plagio del amor que solemos tomar por el original. No obstante, creo que el amor es una curiosidad, pero no en el sentido de tener que cambiar el cuerpo de estudio. Amar es encontrar al ser que engrana justamente en uno, que propicia un intercambio inagotable físico-espiritual. Cuando esto llega es perenne el hallazgo, a cada momento le tocan nuevas sensaciones —mientras más se sabe, más enigmas aparecen por descifrar— y, lejos de tener la sensación de tocar fondo, se siente mayor necesidad de hallar nuevas y más elevadas respuestas en el cuerpo y el alma del otro; porque el espíritu humano es inatrapable.

Decía José Lezama Lima que **la hondura del deseo no va por el secuestro del fruto**. De aquí podemos inferir que **la horma de tu zapato no aparecerá si no sabes buscar bien**. Por lo regular se indaga superficialmente, arrastrando a la mente con el deseo; en otras palabras: la ceguera de amor. Un impacto visual que va moldeando, justificando y hasta inventando el espíritu de esa persona "atrapante", que termina en un desencanto en la medida en que la vida cotidiana va despojándola del disfraz que nuestra imaginación desbordada le quiso otorgar. La búsqueda del ser amado tiene que ser con todos los sentidos, por todos los rincones, con todas las fuerzas del espíritu.

Y te busqué por pueblos,
Y te busqué en las nubes,
Y para hallar tu alma
Muchos lirios abrí, lirios azules.
Y los tristes llorando me dijeron:
—¡Oh, qué dolor tan vivo!
Que tu alma ha mucho tiempo que vivía
En un lirio amarillo—

Mas dime —¿cómo ha sido?
¿Yo mi alma en mi pecho no tenía?

Ayer te he conocido,
Y el alma que aquí tengo no es la mía.

José Martí, nos llama a seguir un proceso de búsqueda y cercamiento paulatino en la formación de una pareja. Ese que termina por arrebatar el alma particular para elevarla a una común.

La precipitación, el desbocarse ante la primera cosquillita del deseo, hace que se salten etapas progresivas de roces y tanteos, necesarias para que la relación se desnude poco a poco, como debe ser para que los sentidos puedan gozar mejor cada momento —sin los bruscos desconciertos que puede dar el caer, de pronto, en una abrumadora clasificación de sensaciones desconocidas que emite ese intruso.

Santa Catalina de Siena sentenció: **el amor más fuerte y más puro no es el que sube desde la impresión, sino el que desciende desde la admiración.** Aquí va implícito el sentido crítico y juicioso que tenga quien va en busca de su media naranja. El amor que entra por los ojos, esa primera impresión que arrebata los sentidos, regularmente olvida a la razón; en lugar de un análisis que debe hacerse del otro(a), se acude a una imaginación que justifica o dulcifica cualquier señal negativa. En estos casos se monta una especie de teatro —a veces inconsciente— en el que no quieres ver las manchas oscuras y empiezas a dejar de ser tú para amoldarte a los gustos o ideas de tu interlocutor. Te comportas, no como eres, sino como crees que esa persona quiere que seas. Te conviertes en un actor (o actriz) que encarna el personaje ideal para tu ser amado. Pero una actuación no puede ser eterna, cuando rebasan la etapa de tanteos y se pasa a una convivencia, más o menos cotidiana, van saliendo a flote los rostros que están tras las máscaras: la razón va ocupando su lugar y te percatas de que ese ser no era como quisiste imaginarlo, y él, a su vez —tras los aplausos del primer acto—, va descubriendo que su amado personaje no era real sino un papel que protagonizabas. ¿Final del drama? Desencanto a dúo. Baja el telón.

El amor que entra por la mente (sin desechar el papel de los ojos) es el que brota de la admiración por otro ser, es decir, la razón, las cualidades y sintonías éticas y cognoscitivas. Esto propicia un diálogo más franco y crítico. De manera que no hay una impresión física arrebatadora, la serenidad inicial permite el mutuo estudio del que podrá nacer una atracción corporal, que vaya de menos a más, en la medida en que la afinidad espiritual le vaya otorgando dones más profundos a los cuerpos. Llega entonces la verdadera belleza, la inagotable, la que emerge de la interacción de las almas, dándole un vuelco de ternura a todo lo que revolotea a nuestro alrededor.

Mariposita de primavera,
alma con alas que errante va
por los jardines de mi quimera
como un suspiro de amor fugaz.

Miguel Matamoros nos adentra con su habanera, en esa nostalgia que es como un estado de gracia: nos agudiza los sentidos, apresamos cada instante, cada matiz, cada detalle apenas perceptible, con la hondura de los deseos contenidos, acumulados, en espera de alguien sobre quién depositarlos.

Que la vida no vaya más allá de tus brazos.
Que yo pueda caber con mi verso en tus brazos.
...Que me sean tus brazos horizonte y camino...

Dulce María Loynaz, con cierta melancolía, desea ese amor pleno que lo arrebata todo, amor que puede durar unos minutos y no por eso dejarnos luego secos; una gran pasión, aligera y honda, puede igualmente embriagarnos el alma para siempre, desterrarnos la soledad, aunque nunca se vaya la nostalgia.

Muchos aspiramos a que ese milagro aparezca y se quede en la vida hasta que ella se vaya, como lo sueña Romain Rolland:

Envejecer juntos. Amar, en su compañera, hasta el mismo desgaste producido por los años. Decirse: "Esas arruguitas junto al ojo, sobre la nariz, las conozco bien, las vi formarse, sé cuando aparecieron. Esos pobres cabellos grises se han decolorado, día por día, conmigo; un poco también ¡ay! por mí. Esa cara de finas facciones se ha hinchado y enrojecido con las fatigas y las penas que nos han ido consumiendo. ¡Alma mía, cuánto más te amo por haber sufrido y envejecido conmigo! Cada una de tus arrugas es para mí una música del pasado." ¡Ancianos encantadores, que después de la larga velada de la vida, pasada el uno al lado del otro, quieren dormirse también el uno al lado del otro, en la paz de la noche!

Sobre los principios de la búsqueda del amor se puede indagar una eternidad, pero es bueno aclarar que no hay receta: se trata del encuentro de dos seres, es decir, dos mundos que encajen en una armonía apasionante.

El amor aparece no cuando lo buscas sino cuando lo llevas. Cultivar el espíritu es la premisa y la tarea cotidiana para un amante; en la medida en que el ser se eleva con el conocimiento y la pasión, se acerca más a ese ideal que no es sino estar más preparado para enamorarse de todas las cosas, para vivir queriendo hacer el bien y mejorar cuanto nos rodea. Cuando se llega a ese estado del alma es que se acerca uno a los umbrales del amor.

Podemos recorrer el mundo en busca de la belleza, pero si no la llevamos con nosotros, nunca la encontraremos, escribió Ralph W. Emerson. Si vas por las calles de la vida, con amor, y dispuesto a entregar todo lo hermoso que hay en ti, podrás "nostalgiar" pero nunca estarás solo(a); y, en última instancia, esa tristeza tiene el encanto de poder entonar, sentidamente, canciones como esta de Miguel Matamoros:

**Si el amor hace sentir hondos dolores,
y condena a vivir entre miserias
yo te diera, mi bien, por tus amores
hasta la sangre que hierve en mis arterias.**

**Si es surtidor de místicos pesares
y hace al hombre arrastrar largas cadenas,
yo te juro arrastrarlas por los mares
infinitos y negros de mis penas.**

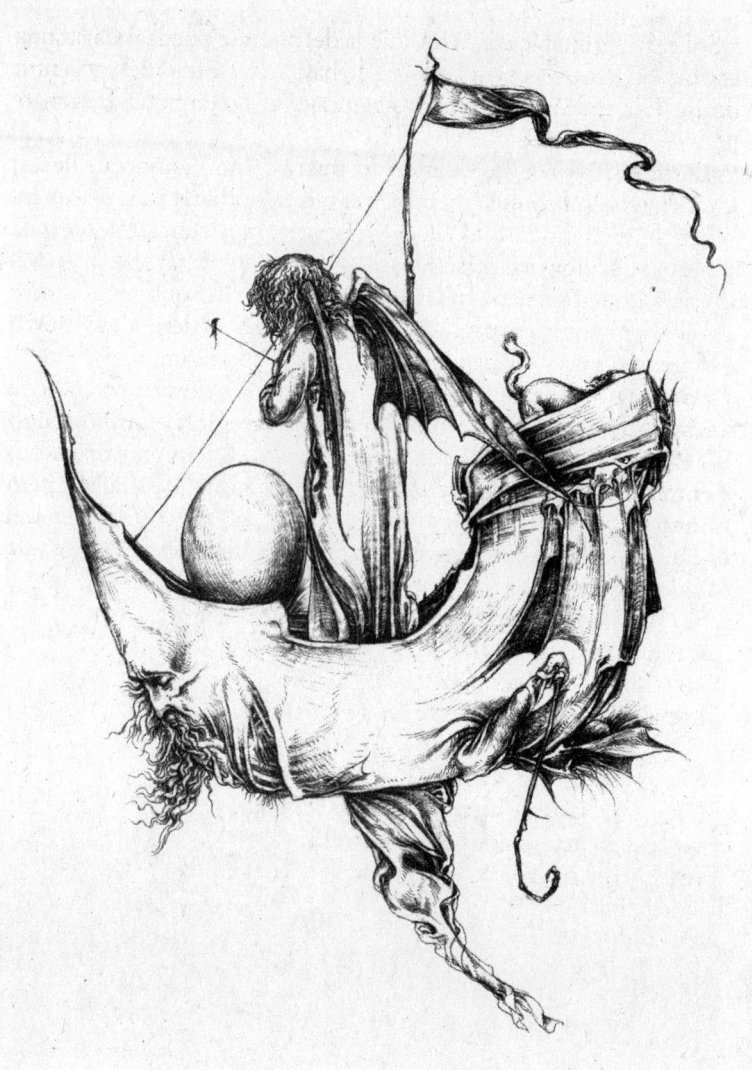

Soy el destino del mar

Otra visita más y te dejo en paz con nuestros recuerdos. Las cosas entrañables nunca se van del todo, aunque quisieran, y sé que ya no somos aquellos extraños del Prefacio —ni mucho menos. He descubierto contigo la maravilla de la entrega absoluta, esa que va por encima hasta de uno mismo, ¿quién me iba a decir que emergerías realmente de la silueta abstracta, que me inventaba para definir el texto —en ese pasado, remoto como milenios, de las primeras cuartillas—? Sin embargo, nada más claro que tú a estas alturas; como una creencia que viaja hacia la aparición tras un insistente monólogo. Puede ser que esa fe me haya llevado a atender más, a fijarme en ti (o ese tú que extraigo sintetizando a todo el que me rodea en la vida real). El caso es que ya existes, y no quiero partir —si acaso parto— sin darte las gracias por el mágico hecho de todo lo que me has enseñado en estos silencios con...

El diablo ilustrado

**Cual tú también me complací en las fiestas
del loco carnaval, y alegres danzas
al son bailé de mágicas orquestas
lleno el pecho de amor y de esperanzas,
y, arrebatado, ebrio de ternura,
deliré con fantástica hermosura.**

**También forjé mis locos devaneos,
también gocé variadas impresiones;
sentí apagarse y renacer deseos,
y crucé por espléndidos salones;
en la fuente bebí de la opulencia
y saludé las aulas de la ciencia.**

Carlos Manuel de Céspedes se desliza en sus versos por los ámbitos comunes a toda juventud: fiestas, estudios, amores. Cambia la ambientación, pero las esencias de la vida son las mismas. Quizás él sacara a bailar a una muchacha en un salón mientras tocaba en vivo una camerata y tú lo haces ahora entre efectos de luces y bafles, con música grabada; pero en el fondo son dos jóvenes que sacan a bailar a su pareja.

**Yo idolatré tan sólo a las mujeres
el amor, el talento y la hermosura.
Y de ellas no esperaba más placeres
que la fe, la adhesión y la ternura;
siempre entre dulces cánticos diversos
cual tú por ellas entoné mis versos.**

¿Enamorarse no será lo mismo en cualquier época? Ahora Carlos Manuel de Céspedes es una imagen dimensionada por la historia, en su tiempo era un muchacho, un estudiante, un amante, como lo puede ser cualquiera. Su entereza y las circunstancias, fueron llevando a ese joven —amante de las trovadorescas serenatas al pie de los balcones—, a encabezar una guerra por la independencia.

Siempre me ha gustado hurgar en la historia, no sólo para conocer los grandes hechos, sino para tratar de adentrarme en los seres que los realizaron. Alejo Carpentier, quien hallaba lo real maravilloso de sus novelas en los acontecimientos históricos, escribió:

Lo primero que debe enseñarse a quien emprenda la lectura de los clásicos, es a despojar a los personajes de sus trajes de época. Quitarle los cascos, los coturnos, los peplos, amén de los jubones y guardainfantes. Considerarlos como seres vivos, dotados de una humanidad que es la nuestra y que, bajo costumbres y maneras de hablar que no son los de hoy, conocieron los mismos sentimientos, pasiones, ambiciones, dolores, despechos, grandezas y crisis, de nuestros contemporáneos.

La historia, al igual que la literatura, ha sido levantada y registrada por hombres y mujeres de carne, hueso y sueños; siempre que estés ante una obra o estudiando un suceso, despójate de esa tendencia a analizarlos fríamente, y de ver a los personajes cual si se tratara de dioses —el tiempo nos hace marmolizarlos y solemos aceptar las cosas como hechos consumados, sin meditar en las pasiones y debilidades que invadieron esos instantes.

**Nuestras son esas artes y cultura,
que mueven tardas, mas seguras ruedas;**

nuestras son las nacientes alamedas,
del teatro la noble arquitectura,
y nuestros son los bailes cadenciosos
y nuestros los trabajos fatigosos.

Es el joven abogado Céspedes, describiendo en sus versos la necesidad de alimentarse de la cultura. Qué alma tan rebelde, tan humana, lleva a este hacendado a abandonar toda su paz, con gestos como darle la libertad a sus esclavos y encabezar una guerra; o en otro momento, aun más grave, elegir entre deponer las armas o que el enemigo le fusilara a su hijo; cuánto de desgarramiento pudo haber en esas decisiones. Así mismo pienso en aquellas mujeres de Bayamo, que recibieron con júbilo a las tropas de Céspedes, y que luego, ante la llegada de los españoles, decidieron quemar el pueblo y lanzarse a la manigua con sus hijos. Eso no fue decir: ¡arriba, nos vamos! y salir andando. Imagínate a una madre, ante los ojos desorbitados de su hijo, escogiendo qué llevarse, qué dejarle a las llamas, con qué recuerdos partir, qué pasado sepultar. Qué fuerza de ideal hace que esa mujer decida quedarse, de pronto, con cero pertenencia, y lanzarse con su criatura a enfrentar las más grandes penurias. Sindo Garay, conmovido por aquella historia, hizo una de las páginas más hermosas de la trova cubana:

Lleva en su alma la bayamesa
tristes recuerdos de tradiciones:
cuando contempla sus verdes llanos
lágrimas vierte por sus pasiones.

Ella sencilla, le brinda al hombre,
virtudes todas y el corazón,
pero si siente de la patria el grito:
todo lo deja, todo lo quema,
ese es su lema, su religión.

La historia es imprescindible para conocernos: **no hay hoy sin ayer**; abarcar lo más posible de lo transcurrido en el universo, en tu país, en tu propia familia, es la única forma de entenderte, de saber el tiempo y espacio en que estás latiendo. Alejo Carpentier noveliza esta búsqueda de sí mismo:

Y me doy cuenta de que necesité de un largo periplo, de una suerte de viaje iniciado colmado de pruebas y de riesgos, para hallar la más sencilla verdad de lo universal, lo propio, lo mío y lo de todos —entendiéndome a mí mismo— al pie de una ceiba solitaria que antes de mi nacimiento estaba y está siempre, en un lugar más bien árido y despoblado, entre los Cuatro Caminos...

Penetrar en el tiempo: sondear lo infinito, intuir, al menos, que le debes el estar habitando este instante preciso a todo lo acontecido en el universo; piensa, por ejemplo, que de no haber existido Cristóbal Colón, el contacto de los dos mundos se hubiese producido, no sé, quizás treinta o cincuenta años después. Eso bastaría para cambiar buena parte de la historia; los descubridores —otros— habrían llegado en otras circunstancias, de distinta manera y por otros puntos. La conquista habría empezado por otra parte del continente, quién sabe qué distribución habrían tenido entonces las colonias entre las potencias; otros habrían sido los emigrantes, los primeros esclavos no hubiesen sido los mismos sujetos. Toda la evolución pudo alterarse cambiando un simple suceso. ¿Qué seríamos hoy, dónde pudiste haber nacido (o no)?

**Soy aria, endecha, tonada,
soy Mahoma, soy Lao-Tsé,
soy Jesucristo y Yahvéh,
soy la serpiente emplumada,
soy la pupila asombrada
que descubre como apunta,
soy todo lo que se junta
para vivir y soñar:
soy el destino del mar:
soy un niño que pregunta.**

Soy todo lo sucedido, vengo de todas partes y de todo el tiempo, nos dice Silvio Rodríguez en esta canción. Lo que ha sucedido desde la explosión inicial, que dio origen a las galaxias, tiene que ver con nosotros; por supuesto que los millones y millones de años no son estudiables por un ser humano, pero, según lo que puedas apresar de ese cosmos, podrás entenderte mejor. Tenemos muchas preguntas por hacernos, tantas que no basta la temporada que nos dan sobre el planeta. Desde esa perspectiva sabrás cuán importante es cada segundo que consumes.

Hay una edad en la vida, en la que se debe tener el atrevimiento de ser injusto, en la que se debe tener el atrevimiento de hacer tabla rasa de todas las admiraciones y todos los respetos aprendidos, y negar todo —mentiras y verdades—, todo lo que no se ha reconocido como verdadero por uno mismo. Por toda su educación, y por todo lo que ve y oye en torno suyo, el niño absorbe tal cantidad de mentiras y de tonterías mezcladas con las verdades esenciales de la vida, que el primer deber del adolescente que quiere ser un hombre sano es limpiarlo todo.

Romain Rolland nos enfoca el momento en que pasamos de la adolescencia a la juventud; nos zafamos de las manos de los padres y empezamos a auscultar el mundo circundante, más allá de esa pureza con que nos rodean en la niñez. Es el tiempo de virar la tierra de una vez, del primer choque de nuestro idilio humano con la realidad.

**El mundo viene y te despierta
sin una noticia buena
no encuentras nada cuerdo que no seas tú
buscándote la paz por dentro
por dentro.**

Puede que te encierres en una ostra, como dice Santiago Feliú, o que sientas rebeldía y ansias de transformación; será urgente que vayas definiendo tu papel en lo que acontece en tu entorno —desde el barrio, hasta el panorama internacional—, que asumas tu tiempo, que lo desgranes, información tras información, que vayas a las raíces de las cosas —a veces muy profundas. Así te irás tejiendo la cultura que te alargue la visión hasta darte ojos propios. Tal vez te vayas por la tangente más fácil: ignorarlo todo y dejarte llevar por el entretenimiento ligero y evasivo.

**¿Qué les queda por probar a los jóvenes
en este mundo de paciencia y asco?
¿sólo graffiti? ¿rock? ¿escepticismo?
también les queda no decir amén
no dejar que les maten el amor
recuperar el habla y la utopía
ser jóvenes sin prisa y con memoria
situarse en una historia que es la suya
no convertirse en viejos prematuros.**

O te metes de lleno en el juego de la humanidad o te escapas frívolamente, lo que a la larga significa vacío, nos sugiere Mario Benedetti desde estos versos. Pero no será fácil tu elección, las sociedades de consumo están diseñadas para moldearte de manera que inviertas tus energías en mucha acción hueca, en saltos y piruetas, en el disfrute del vértigo que es sólo sensación; te enseñan a no pensar, a no tener memoria.

**¿qué les queda por probar a los jóvenes
en este mundo de consumo y humo?
¿vértigo? ¿asalto? ¿discotecas?
también les queda discutir con dios
tanto si existe como si no existe
tender manos que ayudan
abrir puertas entre el corazón propio y ajeno
sobre todo les queda hacer futuro
a pesar de los ruines del pasado
y los sabios granujas del presente**

Benedetti nos muestra el plano de la trampa; está hecha como el corral de las reses, lleno de forraje para que te entretengas y no pienses en las praderas abiertas. Las utopías, son peligrosas, entonces los teóricos tratan de inculcarnos que ya se acabaron; *no hay nada que hacer, a divertirse muchachos,* es el lema filosófico que les conviene, para que cierres los ojos y te concentres sólo en ti, aunque te cueste el alma.

> Yo he preferido hablar de cosas imposibles
> porque de lo posible se sabe demasiado.
> He preferido el polvo así, sencillamente,
> pues la palabra amor aún me suena a hueco.
> He preferido un golpe así, de vez en cuando,
> porque la inmunidad me carcome los huesos.

Silvio Rodríguez, desde una rebelde canción, nos impulsa a sumarnos al coro de inconformes, a adentrarnos cada vez más en los dolores humanos, a no dejarnos arrastrar por la indiferencia a la que nos intentan condenar quienes viven del negocio de hacernos tontos, de encerrarnos en la feria de ilusiones para que les compremos lentejuelas y fuegos artificiales, y no cuestionemos ese mundo al revés.

El egoísmo desangra al planeta y sus habitantes. No se toman medidas porque ningún poderoso quiere perder: al que posee industrias le interesa la ganancia, por encima de la contaminación; al que fabrica armas le convienen las guerras; al que se dedica a la politiquería le vienen de perillas los descalzos para prometerles. Sólo los pobres sueñan, los ricos sacan cuentas.

> Sigue arrasando el demonio sexual,
> los peces lanzan eses o heces,
> la guerra no deja de ser normal
> y dios que ahora tampoco aparece.
> ¡Extra! ¡Extra! ¡Noticia de última hora:
> promete el futuro portarse bien!

Realmente, asomarse a estos días requiere valor, como describe Santiago Feliú en su canción, pero no hay otro tiempo que el que nos ha tocado, por tanto se trata de buscarle el sentido y las brechas por donde, inevitablemente, tendrá que colarse el amor —que a la larga siempre vence al odio.

Albert Schweitzer escribió: **vivimos en una época peligrosa. El hombre domina la naturaleza antes de que haya aprendido a dominarse a sí mismo.** Bueno, ya se sabe que la naturaleza no puede ser dominada: o aprendemos a convivir con ella, a armonizar, o la destruimos, es decir, se va a bolina la especie humana.

Pero el sentido de la frase está en que el progreso científico técnico —vertiginoso en el último siglo—, se ha ido muy por delante del desarrollo social, espiritual, moral; la inventiva no está siempre en función de mejorar la vida de los seres humanos —o al menos de la mayoría. En ocasiones, incluso, el desarrollo tecnológico se da en ramas de destrucción del *homo sapiens* (y sus acompañantes).

Entre drama y comedia
he llegado trovando a la Edad Media.

Ironiza Silvio en una canción, y es muy cierto que el viaje, en el sentido humano, parece ser hacia atrás. La globalización ha tomado un camino equivocado. Ahora le llamamos así, pero no es nada nuevo, nuestra especie se viene globalizando casi desde siempre; desde el invento de la rueda, hasta las carabelas, luego el tren y más tarde el avión, la radio, la televisión, hasta el satélite e Internet; no hemos hecho otra cosa que acortar distancias, acercar los pueblos, intercomunicarnos. Piensa que en el siglo XVI una noticia demoraba meses en llegar de Europa a América, hoy bastan unos segundos tecleando ante una computadora; cualquier ser humano, al otro lado del planeta, puede ser nuestro vecino.

Si esta evolución hubiese sido pareja para todos, fuese una maravilla. Nos enriqueceríamos con el intercambio entre las disímiles culturas: costumbres, filosofías, arte, historia, la inteligencia colectiva flotando para cada uno de nosotros. Pero resulta que esa globalización ha ido trayendo una hegemonía, donde cada vez menos personas imponen su cultura a más. Ha ido ocurriendo, entonces, una homogeneización empobrecedora, que ha arrinconado la memoria de muchos pueblos, e incluso, algunas se han extinguido.

No hay equidad, conviven en este momento seres en la era cibernética con otros que no han llegado ni siquiera al teléfono, o peor aún, ni a tener asegurada el agua para tomar.

Yo diría que en lugar de globalización (que vendría siendo la socialización del globo terráqueo) estamos dentro de un proceso de "imperialización" o "primermundización", ya que no se trata de una interinfluencia de todas las culturas, sino de la expansión de las pertenecientes a las potencias.

Hasta aquí pensarás que no hay nada que hacer; todo lo contrario, es la hora de aprovechar la inevitable globalización (la posibilidad tecnológica de estar cada vez más cerca unos de otros) para subvertir la manera en que se está imponiendo, hacer una humanización universal, como propone Fito Páez:

Y uniré las puntas de un mismo lazo,
y me iré tranquilo, me iré despacio,
y te daré todo y me darás algo,
   algo que me alivie un poco más.
Cuando no haya nadie cerca o lejos
yo vengo a ofrecer mi corazón.
Cuando los satélites no alcancen
yo vengo a ofrecer mi corazón.

El futuro sólo se portará como lo eduquemos, para eso haces mucha falta. Si miras a tu alrededor verás almas melladas, calcificadas en la desilusión; pero verás igualmente señales de vida, si sabes adentrarte en ti mismo, es decir, en el universo puesto ahí para que te encuentres.

He estado al alcance de todos los bolsillos
porque no cuesta nada mirarse para adentro.
He estado al alcance de todas las manos
que han querido tocar mi mano amigamente.
Pero, pobre de mí, no he estado con los presos
de su propia cabeza acomodada,
no he estado en los que ríen con sólo media risa,
los delimitadores de las primaveras.

Silvio abre fuego de amor contra la deshonestidad, el acomodamiento, los que ponen trabas al humanismo desde sus intereses personales. Encontrarás al que tuvo un sueño pero se cansó, "maduró", le cogió el gustico al lado práctico de la vida. Quizás intente frenarte diciendo: *yo también cuando joven era así, pero eso pasa.* Podrás encontrarte también al arrepentido, al que eche sobre la historia el peso de su desilusión: *ya la época de las utopías se fue, yo era un hippie y mírame ahora.*

Auguste Comte sentenció: **vivir para los demás no es solamente una ley de deber, sino también ley de felicidad.** No encontrarás dicha, ni paz contigo mismo, si escoges tus caminos encandilado por las aparentes ventajas de la astucia; nunca traiciones un sueño elevado por una ventaja a mano: **vive como piensas o acabarás pensando como vives.** Nada más triste que esos que llegan a sentirse satisfechos porque han logrado su máxima aspiración: un ridículo confort donde encerrarse a vegetar. Albert Einstein dijo: **vivimos en el mundo cuando amamos. Sólo una vida vivida para los demás merece la pena ser vivida.**

Ante cada paso, en que debas tomar una decisión, piensa que **no hay camino a la felicidad, la felicidad es el camino.** Los torpes piensan en llegar —lo que implica acostarse repochonamente—, los virtuosos saben que no hay dicha como la de navegar entre mal tiempo y cielo despejado, de sueño en sueño, siempre hacia el horizonte.

Toda nueva generación necesita una bella locura. Incluso los más egoístas entre los jóvenes tienen un exceso de vida, un capital de energía que no quiere permanecer improductivo; y tratan de emplearlo en una acción, o —más prudentemente— en una teoría. Aviación, o Revolución. El deporte de los músculos, o el de las ideas. Cuando se es joven, se siente la necesidad de hacerse la ilusión de que se participa en un gran movimiento de la humanidad, en que se está renovando el mundo. Los sentidos vibran con todos los vientos del universo. ¡Se siente uno tan libre y tan ligero! Todavía no se ha cargado con el lastre de una familia; no se tiene nada, no se arriesga nada. Se es muy generoso, cuando se puede renunciar a lo que todavía no se tiene. Y además, ¡es tan bueno amar y odiar, y creer que se transforma la tierra con sueños y gritos! Los jóvenes son como los perros en acecho, que se estremecen y ladran al viento. Una injusticia cometida en el otro extremo del mundo, los hace delirar...

Si en algo discrepo en estas ideas de Romain Rolland, es en que hace exclusiva de los más jóvenes la necesidad de transformar el mundo. Los que destierran la juventud con el paso del tiempo, son precisamente los que van optando por caminos fáciles durante su existencia.

Vida ciudadana: millones de seres viviendo juntos en soledad, dijo Henry David Thoreau aludiendo al individualismo, a ese terreno particular en el que se encierra el hombre (y la mujer) de las sociedades "modernas". Te invitan a vivir solamente para ti. Es la regla de oro del mercado, es decir, de la competencia, el prójimo debe ser, no tu hermano, sino tu rival: o él o tú.

Mi amor es mi prenda encantada
es mi extensa morada,
es mi espacio sin fin.
Mi amor no precisa fronteras;
como la primavera,
no prefiere jardín.

Mi amor no es amor de mercado
porque un amor sangrado
no es amor de lucrar.
Mi amor es todo cuanto tengo;
si lo niego o lo vendo,
¿para qué respirar?

Silvio nos confabula en nombre del amor, el único capaz de romper las barreras de los grandes poderes y acercar a los pueblos y a los seres humanos a la vida.

Yo amo a aquel que desea lo imposible, decía Goethe y este es un derecho que no hay edad que pueda arrebatarlo si se piensa, hasta el final de la vida, como Shakespeare, que: **el pasado es un prólogo.**

El amor es una dulce flor de delicioso aroma, pero hay que tener el valor de ir a recogerla al mismo borde de un horrible precipicio. Arriésgate siempre, lleva en tu mochila la sinceridad y las ganas de dar, escala sin ceder hasta las cumbres del género humano, que siempre estarán altas pero no más allá de tu más noble ilusión. Cualquier persona, por muy distante que esté, puede contar con mi mano, y sé que con la tuya; hagamos, en este instante (firmado con una canción de Silvio Rodríguez), un pacto de sangre —o de sueños— por un mañana que no tiene salvación sin nuestra solidaria cofradía:

Mi amor no es amor de uno solo,
sino alma de todo
lo que urge sanar.
Mi amor es un amor de abajo
que el devenir me trajo
para hacerlo empinar.

Mi amor, el más enamorado,
es del más olvidado
en su antiguo dolor.
Mi amor abre pecho a la muerte
y despeña su suerte
por un tiempo mejor.
Mi amor, este amor aguerrido,
es un sol encendido,
por quien merece amor.

Vida, muerte, amor. Ahí quedan,
escritos sobre tus labios

Siento que me voy apagando, página a página, en los textos de otros; los caminos se bifurcan y divago, perdiendo sustancia, absorbido por esa verdad que te ha ido creciendo en los sueños. Sé que estoy al desaparecer dentro de ti, como un recuerdo, como un aprendizaje superado –no utilizable, pero imprescindible como cimiento. Pronto seré esa caricia que ya fue, que ya no es nada... ¿nada?... ¿de qué se nutre la ternura que un alma vierte sino de todas las caricias resguardadas en su nido?

Ya me rebasas, y sólo atino a aprovechar al máximo el espacio-tiempo que me queda en ti; las ideas se arremolinan hacia la última palabra colocada en el libro –que será seguramente de algún buen fantasma, o de nadie, porque la poesía no tiene dueño: una vez encontrada, alcanza la libertad de servirle a todo el que la beba.

Gozosamente me esfumaré donde amanezcas; allí estarán tus manos, para cerrar el libro, y quién quita que, mientras leas por última vez su título, me regales un suspiro de despedida, como quien dice alegre y definitivamente adiós, a los ratos compartidos con...

El diablo ilustrado

Un silencio universal
y la vida se paró: tú pasabas.
El tiempo se recostó
con la espalda en la pared: descansaba.
Y tú andabas.
Así, plenamente llenaste el cielo,
la lluvia humedecía tus cabellos,
que me ataban.

El trovador Gerardo Alfonso, con desgarrada ternura, se adentra en el tiempo de los amantes, que puede quedar como una eternidad en los recuerdos, cuando pasa. Así sucede con un amigo o familiar que ya no está físicamente, o con ese instante de pasión desbordada que, por alguna misteriosa razón, no se pudo extender.

Caminamos sobre el mar
sobre hojas de cristal que saltaban.
Nunca supe qué pasó,
tu beso se oscureció en mi almohada.

Y hoy que los días parecen niños
corriendo con las manos agarradas
tú no pasas.
Y hoy que la vida salta desnuda
y grita su existencia encabritada
eres nada.

Esta melancólica dulzura, es una sensación por la que todos pasamos, al menos una vez. Todo amor tiene inevitablemente que irse un día, por alguna caprichosa incomprensión, por un error, o porque los años nos rebasan y vamos todos quedando en el camino.

El tiempo, el implacable, el que pasó, siempre una huella triste nos dejó, dice en una canción Pablo Milanés. La vida es una sucesión de experiencias, de contactos con otros seres, una interpretación constante de lo que sucede a nuestro alrededor; vamos corriendo por ella entre momentos felices, chocantes, algunos tristes; todos nos enseñan, en la medida en que sepamos crecer espiritualmente sobre ellos. Decía el poeta José Zacarías Tallet que **hay poesía en todo, más la cuestión es dar con ella**. Se me ocurre transferir esto hacia el amor, **todo lo que nos rodea es amor, la cuestión es dotarnos de alma suficiente para sentirlo**. Por la existencia de cada cual pasan muchos tipos de amores, marcados por la intensidad que sepamos darles: unos duran un tiempito, otros un poco más y, los entrañables, se marchan con nosotros.

El cuerpo tiembla y la sonrisa queda muda,
trepando en arco iris mi timidez y mi pasión,
me vibran frases sin sonidos,
estoy tendido ante tu piel, ante ti.
Suenan las campanas del adiós
y me colma de ansias tu pelo en despedida:
manantial de soles perfumados por la juventud
hunde más tu boca en esta luna vacía.

Santiago Feliú nos invita a la plenitud en cada entrega, en cada oportunidad de corresponderle a quien nos da el privilegio de su vida, o de una temporada de ella.

Cuando se es joven no se piensa en el final de la existencia, vejez y muerte son parajes muy remotos para tenerlos presente y a veces malgastamos los días, cual si sobraran; o no amamos suficiente, como si bastara. La vida tiene una duración que nadie sabe, por eso hay que dotarla de alegría y espesura en todas las direcciones hacia las que emitimos señales; sólo así va lustrándose la belleza espiritual y sentimos como si se nos alargara el tiempo, porque es aprovechado.

Georges Duhamel dejó escrito: **si quieres hallar en cualquier lado amistad, dulzura y poesía, llévalas contigo.** De lo que seas capaz de dar, dependerá lo que recibas. Esto trae el inconveniente de que no todos te comprendan o hasta intenten burlarse o aprovecharse de tu bondad. Por eso debes llevar en una mano la piedad, para los que no atinen a los poemas que tu vida ofrece. Silvio Rodríguez sabe apreciar tus virtudes cuando dice:

Creen que lo digo todo,
que me juego la vida,
porque no te conocen ni te sienten.

Con el amor podemos ir tan lejos que muchos no nos vean, llegar a parajes tan remotos como tu alma quiera, y nunca será suficiente para apresarlo. Y cada cual, a su manera, cree amar, sólo que muchos cuando piensan haber llegado rozan apenas el punto de partida, ya que, penosamente, la palabra está muy manoseada.

Hemos corrompido
de mentira y de uso
la palabra
amor,
y ya no sabemos
cómo entendernos: habría
que decirlo de otro modo,
o callarlo, o mejor,
no sea cosa
que se vaya, el insólito
Huésped.

Amor también es crear, y Fina García Marruz huye de las palabras gastadas; a veces repetimos por inercia, sin detenernos a darle dimensión o sentido a lo que decimos, como si hablar fuese expulsar sonidos conocidos, en lugar de expresar lo que necesitamos para comunicarnos con alguien. Esto sucede con frecuencia en cancioncillas de moda, que sin aportarnos nada al espíritu, las tarareamos mecánicamente a fuerza de tanto escucharlas. No podemos dejar que se enmohezca nuestra riqueza interior con lugares comunes o frases repetidas hasta el paroxismo. Debemos ser siempre creativos y sinceros —es la única manera de transitar con buena estrella por este asunto limitado que llamamos vida.

No creo en la mala suerte del que ama; **en el horizonte humano siempre está la persona que uno merece**, la que, como tú, ha logrado cultivarse el alma (y sigue por ese camino interminable), poetizándola con el conocimiento y la bondad. No siempre esa persona aparece fácilmente y, a veces, por equivocación creemos haberla encontrado. El viaje del amor es similar al del desierto (al menos del que sale en las películas): **el oasis queda tras varios espejismos** —a no ser que el azar te ayude y, en estos casos, por lo regular, no contamos entonces con la experiencia suficiente para aprovechar la suerte que se ha tenido.

No sé. Lo ignoro. Desconozco
todo el tiempo que anduve
sin encontrarla nuevamente.
¿Tal vez un siglo? Acaso.
Acaso un poco menos, noventa y nueve años.
¿O un mes? Pudiera ser. En cualquier forma
un tiempo enorme, enorme, enorme.

No darse por vencido, insistir sin desmayo desde el amor, por el ser que sentimos afín —ese que hace saltar la poesía que desconocíamos albergar en nuestro interior—, es el vuelo a que nos incita Nicolás Guillén en sus versos. No se trata de caerle arriba a la persona como una pituita, sin dejarla vivir; por el contrario, hazle saber lo que sientes y cómo lo sientes, y déjala libre, ella, por contraste con lo ofrecido por otros, sabrá lo que vale tu amor; si no, es que no tiene el espíritu que te merece. Dice mi amigo trovador (el incógnito de narras):

Si tanto no la quisiera
quizás cortara sus alas
para estrecharla en mi pecho
y eternamente tenerla.

Pero no por poseerla
puedo cortarle sus alas,
libre, pues, prefiero verla
antes que herida en mis manos.

—Alza tu vuelo tan sano
tras de ti irá mi mirada,
y si extrañaras mis manos,
vuelve a mí paloma amada.

Nunca temas invertir tiempo en querer, aunque te parezca muy distante, incluso imposible, esa persona. **Amar es el más poderoso hechizo para ser amado.**

A veces nos encaprichamos, nos empeñamos en alguien como el ideal buscado. Nos dejamos arrastrar por el atractivo físico, o por algunas coincidencias de gustos, y le atribuimos entonces la magia que soñamos. La relación empieza a cancanear, a trabarse, y entonces nos empecinamos tratando de quitar obstáculos o dejando caer sobre ellos lágrimas de nostalgia. Hay un anónimo que dice: **si crees que algo te pertenece déjalo escapar, si vuelve es que siempre fue tuyo, pero si no vuelve, es que nunca lo fue.**

Por el ser que suponemos nuestra media naranja, hay que luchar; y, además, saber en qué sentido. Debemos despojarnos de los disfraces con que muchas veces arropamos a nuestra personalidad, para que puedan reconocernos plenamente. Cuando esto se ha logrado, debe surgir la alquimia maravillosa que hace levitar. **Amar es beberse entre dos la existencia como si cada instante fuese el último.** Cuando dos seres destinados a amarse se hallan y se reconocen, no hay obstáculos, ni pretextos, ni otros compromisos. Si por el contrario, tras un examen mutuo, hay tibieza de una parte, es porque no era esa la mitad anhelada. En este punto sucede la tragedia y la parte empecinada se va por la tangente de que no puede amar a otro ser.

En el sendero de mi vida triste hallé una flor,
que al verla su perfume delicioso me embriagó,
cuando empezaba a percibir su aroma se esfumó,
así vive mi alma, triste y sola, así vive mi amor.

Queriendo percibir de aquella rosa,
 su perfume y color,
 que el lloro triste de mi cruenta vida cegó:
 como la rosa, como el perfume,
 así era ella,
 como lo triste, como una lágrima,
 así soy yo.

Oscar Hernández, desde el delirio trovadoresco, nos adentra en el dolor del amor que se ha esfumado. Momento que también tiene su disfrute —sin que esto implique masoquismo—, cuando le damos el toque artístico necesario a nuestra vida. Pablo Milanés nos dice: **aferrarse a las cosas detenidas es ausentarse un poco de la vida, la vida que es tan corta al parecer.** "Nostalgiar" puede ser hasta divino. Si no fuera por los desamores no tendríamos canciones como esas, u otros tipos de obras de arte que suelen salir más intensas cuando son paridas en duros trances. Cada ser humano debería tocar un instrumento musical, escribir, buscar sus senderos en la creación artística. No puedes imaginarte cuánto alivia hacer un poema, una canción, un dibujo, cuando algún inconveniente nos llovizna. Por otra parte, la creación te hace descubrir mucho de lo que guardas adentro. Creo que estás a tiempo.

Honorato de Balzac escribió: **El amor no es sólo un sentimiento. Es también un arte.** Y yo le agregaría que el amor no es sólo un arte en sí mismo, sino que es la esencia de la creación artística.

El verdadero amor está más allá de todo impedimento, arrasa los sentidos, las razones, no sabe de medias tintas.

Yo no quiero
verte lejos de mí: ¡verte es mi vida! —
Deja, mujer, que en tus miradas beba
La fiebre del placer; —deja que estreche
Este nido de amor que me arrebata;
Deja que aspire entre tus labios rojos
El almíbar sabroso que me anuncia
La languidez divina de tus ojos:
Amemos y murámonos...

Amor y muerte parecen abrazarse en estos versos de nuestro José Martí. La muerte es como el límite, el final. Lo máximo que se puede ofrecer es la vida, precisamente porque no somos eternos.

Hay quienes sueñan con lograr la inmortalidad. ¿Tendrán idea de lo aburrida y sin sentido que sería en ese caso la existencia? Sin la muerte, ¿qué te podrías jugar cuando te quieres dar totalmente?, ¿qué valor tendría el amor si no existiera el temor a perderlo, a perderte? Sin esa majestuosa sombra, que amenaza con arrasarnos a todos, no tendría importancia ningún sueño, ningún abrazo, ningún adiós. Para todo habría tiempo, nos sobraría siempre, viviríamos en la asfixia de la indiferencia: sin dolor, la alegría no tendría nada de particular. De no existir la muerte: ¿qué diría el santo padre a la hora de enlazar a los tórtolos ante el altar: "hasta que la vida los separe"? Shakespeare sería un escritor de ciencia ficción: los finales de *Macbeth*, *Hamlet*, *Otelo*, y muchas otras obras —donde el asesinato es el centro gravitacional—, darían risa. Su dramático final de *Romeo y Julieta* sería de una ridiculez antológica —piensa en la apasionada amante clavándose una daga (que no puede matar) ante su adorado (que no puede ser cadáver). Pero la muerte existe y gracias a ella podemos adorar plácidamente a los amantes de Verona. (Otra cosa será cuando la humanidad un día ya no se interese por la muerte, al saber mucho más sobre la vida; cuando llegue a dominar los misterios de la cadena genética...)

Por otra parte, no hay que tomar la idea de "morir de amor" tan literalmente, es un deceso en esencia simbólico, porque ciertamente, cuando se alcanza un alto grado de ilusión y placer, uno se siente "morir" —que sigue siendo una manera de llamar al tope del vivir, como quien dice: lo máximo.

Cercano a este concepto dice en una canción Silvio Rodríguez:

Amar es como rodar un coche
por el precipicio de la noche
y ante tal peligro es muy humano
querer tener riendas en las manos

El amor nos embriaga con una especie de vértigo capaz de romper las convenciones, de enfrentar cualquier tempestad; es un peligro que nos vuelve valientes. Cuando la entrega es total se está ciertamente como al borde de un abismo, se experimenta el temor a perder a ese ser de pronto, a que la maravilla encontrada sea un espejismo, a que todo se pueda esfumar. De ahí la asociación con la muerte, símbolo del único poder capaz de romper ese hechizo.

En esta noche rara que tanto me has mirado
la Muerte ha estado alegre y ha cantado en su hueso
en esta noche de setiembre se ha oficiado
mi segunda caída y el más humano beso

Este poema de César Vallejo es el clásico ejemplo de la relación muerte-amor. Hay un sentimiento de estar rebasando, con la pasión, los límites de la vida —tanto se ama que no puede concebirse mucho tiempo a favor. Dice Silvio: **lo más terrible se aprende enseguida y lo hermoso nos cuesta la vida**. El amor, el que revuelca los sentidos, el de la armonía que sentimos perfecta, deja la impresión de haber llegado a lo divino, de estar desafiando a algún dios. La felicidad suprema nos parece pecado, de ahí que se sienta como un tentar a la muerte.

Amada, moriremos los dos juntos, muy juntos;
se irá secando a pausas nuestra excelsa amargura;
y habrán tocado a sombra nuestros labios difuntos

Y ya no habrá reproches en tus ojos benditos;
ni volveré a ofenderte. Y en una sepultura
los dos dormiremos, como dos hermanitos.

Vallejo desafía a la muerte, la vence con el amor, eterniza sus sentimientos haciéndolos pasar por encima del máximo poder destructor. Dominar lo indomable, sentir que no nos intimida pasar por lo más terrible: expresar las dimensiones de un gran amor, sólo es posible contrastándolo con la muerte.

Canción que vuelve las alas
hacia arriba y hacia abajo.
Muerte reducida a besos,
a sed de morir despacio,
das a la grama sangrante
dos tremendos aletazos.
El labio de arriba el cielo
y la tierra el otro labio.

Boca que desenterraste
el amanecer más claro
con tu lengua. Tres palabras,
tres fuegos has heredado:
vida, muerte, amor. Ahí quedan
escritos sobre tus labios.

Miguel Hernández eterniza los labios de una mujer poniendo en ella los tres elementos claves de la exitencia: en su beso está todo y por él se da entero. La muerte, lo más poderoso y arrasador que existe, devoradora de cualquier esfuerzo humano, se empequeñece ante los amantes que le han dado, con el amor, cumplimiento a la vida.

La muerte es una vida vivida. La vida es una muerte que viene. Dice Jorge Luis Borges, que todo lo pone difícil con su peculiar modo de penetrar en las cosas; mientras Antonio Machado le da, más o menos, las mismas vueltas al asunto, pero con un sutil toque de humor: **La muerte es algo que no debemos temer porque, mientras somos, la muerte no es y cuando la muerte es, nosotros no somos.**

Cierto que ella y nosotros nunca coincidimos —al menos en la plenitud—, de ahí que no debamos preocuparnos por la posibilidad de su llegada, aunque sí prepararnos para que, sea cual sea el momento que escoja para visitarnos, nos sorprenda con la mayor suma de nobles cosas hechas.

No le temo a la muerte, sólo que no me gustaría estar allí cuando suceda, dice Woody Allen, en uno de sus sarcasmos, para expresar que no quiere saber de la mujer de capucha negra y guadaña. Sin embargo, otros sienten hasta fascinación por la muerte, sin que esto implique el más mínimo aliento suicida. Por ejemplo, en una de las reflexiones más hondas que se halla escrito sobre la susodicha (no la llamemos tanto), Thomas Mann la emparenta —más allá de contraponerla— con la vida y el goce de los cuerpos:

¡Oh, el amor!, ¿sabes?... el cuerpo, el amor, la muerte, esas tres cosas no hacen más que una. Pues el cuerpo es la enfermedad y la voluptuosidad, y es el que hace a la muerte; sí, son carnales ambos, el amor y la muerte y ¡ese es su terror y su enorme sortilegio! Pero la muerte, ¿comprendes?, es, por una parte, una cosa de mala fama, impúdica, que hace enrojecer la vergüenza; y por otra parte, es una potencia muy solemne y muy majestuosa —mucho más alta que la vida riente que gana dinero y se llena la panza; mucho más venerable que el progreso que fanfarronea por los tiempos—, porque es la historia, y la nobleza y la piedad, y lo eterno, y lo sagrado, que hace que nos quitemos el sombrero y marchemos sobre la punta de los pies. De la misma manera, el cuerpo, también, y el amor del cuerpo, son un mismo asunto indecente y desagradable, y el cuerpo enrojece y palidece en la superficie, por espanto y vergüenza de sí mismo. Pero también es una gran gloria adorable, imagen milagrosa de la vida orgánica, santa maravilla de la forma y de la belleza, y el amor por él, por el cuerpo humano, es también un interés extremadamente humanista y una potencia más educadora que toda la pedagogía del mundo. ¡Oh, encantadora belleza orgánica que no se compone ni de pintura al óleo, ni de piedra, sino de materia viva y corruptible, llena del secreto febril de la vida y de la podredumbre! ¡Mira la simetría maravillosa del edificio humano, los hombros y las caderas y los senos floridos a ambos lados del pecho, y las costillas alineadas en parejas, y el ombligo en el centro, en la blandura del vientre, y el sexo oscuro entre los muslos! Mira los omoplatos cómo se mueven bajo la piel sedosa de la espalda, y la columna vertebral que desciende hacia la doble lujuria fresca de las nalgas, y las grandes ramas de los vasos y de los nervios que pasan del tronco a las extremidades por las axilas, y cómo la estructura de los brazos corresponde a la de las piernas. ¡Oh, las dulces regiones de la juntura interior del codo y del tobillo, con su abundancia de delicadezas orgánicas bajo sus almohadillas de carne! ¡Qué fiesta más inmensa el acariciar esos lugares deliciosos del cuerpo humano! ¡Fiesta para morir luego sin un solo lamento! ¡Sí, Dios mío, déjame sentir el olor de la piel de tu rótula, bajo la cual la ingeniosa cápsula articular segrega su aceite resbaladizo! ¡Déjame tocar devotamente con mi boca la "Arteria femoralis" que late en el fondo del muslo y que se divide, más abajo, en las dos arterias de la tibia! ¡Déjame sentir la exhalación de tus poros y palpar tu vello, imagen humana de agua y albúmina, destinada a la anatomía de la tumba, y déjame morir con mis labios pegados a los tuyos!

La majestuosidad de la muerte, su misterio, su "no hay más allá" —al menos conocido—, le otorgan el don supremo, la fuerza imantadora hacia la que gravitan todos los amores trascendentes. No hay mayor prueba de pasión que desafiarla: unos ofendiéndola, otros minimizándola, algunos adorándola y hasta hay quien se burla de ella; pero todos desde el único poder que puede derrotarla, el amor:

Mira que ya me muero, pues sufro mucho,
Mira que ya me abruman penas muy hondas,
Mira que si muriendo tu voz escucho
Pueda después de muerto que te responda.

Miguel Matamoros le hace un guiño de ojo a la muerte, amenazando a una mujer con regresar del otro mundo por adoración.

Roque Dalton, por su parte, echa mano al tremendismo que inspira siempre un cuerpo inerte, para trocarlo en el más lírico deseo sexual, en la belleza de la desnudez absoluta, símbolo de pureza y ternura.

El día en que te mueras te enterraré desnuda
para que limpio sea tu reparto en la tierra,
para poder besarte la piel en los caminos,
trenzarte en cada río los cabellos dispersos.

El día en que te mueras te enterraré desnuda,
como cuando naciste de nuevo entre mis piernas.

Amar, cual si la muerte estuviese esperando tras la puerta, es una buena manera de sentirse vivo. Incluso, aunque físicamente aún no sea derrotable, sí podemos burlar a la muerte en otros terrenos. Dijo San Agustín: **lo que hayas amado quedará, sólo cenizas el resto.**

Muerte bendita y abismal, no eres invulnerable, te podemos vencer en las ideas, en el cariño, en el arte, en la ciencia, en las huellas que imprimimos sobre la tierra, dejándolas a quienes nos relevan. Todos los fantasmas que han acudido a la fiesta de este libro, lo atestiguan. Ahora mismo, tú y yo vamos con ellos, los hemos sacado del más allá (en el pasado) porque los necesitamos, como en el poema de César Vallejo:

Acudieron a él veinte, cien, mil, quinientos mil,
clamando: "Tanto amor, y no poder nada contra la muerte!"

Le rodearon millones de individuos,
con un ruego común: "¡Quédate, hermano!"
Pero el cadáver ¡ay! siguió muriendo.

Entonces, todos los hombres de la tierra
le rodearon; les vio el cadáver triste, emocionado;
incorporóse lentamente,
abrazó al primer hombre; echóse a andar...

    Quién quita que el hoy, en que lees esta página (¿del dos mil qué..?), sea yo parte de los fantasmas del coro universal de este libro. Por supuesto que me refiero al yo que escribe (quizás echando ya una siestica en el nulo anonimato de mi sepultura); el yo escrito (el personaje), es del tiempo de tu lectura, ese ahora en que tus ojos lo crean. Una razón más para ser sólo el sobrenombre en este libro, así no habrá noticias de defunción (siempre la bola se riega) y podrás sentir que va contigo, adondequiera, un amigo leal.

    Así que podrás esperar eternamente nuevas diabluras, o las inventarás por ti, por mí, por todos los inquietos que no dejamos de vagar, como Vicente Feliú, tras la más humana ilusión:

Créeme
cuando te diga que me voy al viento
de una razón que no permite espera,
cuando te diga: no soy primavera
sino una tabla sobre un mar violento.

Créeme
si no me ves, si no te digo nada
si un día me pierdo y no regreso nunca...
Créeme
porque así soy
y así no soy de nadie.

A fe de diablo honrado

En una gaveta he encontrado (casi robado) cartas y correos; los he bebido con la avidez del clásico sediento bajo el sol del eterno desierto. Algunos me sueñan como duende, otros mistifican el anonimato, hay quien me atribuye deformaciones físicas o misteriosos encantos y hasta el que encuentra retorcidos fondos en eso de ser diablo, aunque ilustrado me apellide.

Habrás de saberlo —a riesgo de defraudarte—: no hay enigmas. No develo mi nombre porque no soy más que el tejido de frases pertenecientes a la cultura humana; dentro de ella, a José Julián Martí, amigo que inspiró mi firma con un artículo escrito a los 15 años de edad titulado El diablo cojuelo. Te propongo buscarlo si te motivan estos fragmentos:

Nunca supe yo lo que era público, ni lo que era escribir para él, más a fe de diablo honrado, aseguro que ahora como antes, nunca tuve tampoco miedo de hacerlo. Figúrese usted, público amigo, que nadie sabe quién soy: ¿qué me puede importar que digan o que no digan?

Diránme que en nada me ajusto a la costumbre de campear por mis respetos, —que nada más significa esta comezón de publicar hojas anónimas con redactores conocidos; diránme que soy un mal caballero; amenazaránme con romperme los brazos, ya que no tengo piernas, mas a fe de osado y mordaz escribidor, prometo y prometo con calma que a su tiempo se verá que este Diablo, no es diablo, y que este Cojo no es cojo.

Ya sabes que no hay capa ni antifaz, soy un ser común y corriente intentando arrancarse los defectos del alma a la hora de hacerte estas líneas, sin mi identidad, pues no tienen mérito personal alguno; apenas rastreo huellas que los soñadores de todos los tiempos han dejado para conducirnos a un mejor rincón de la existencia. Estas páginas, por tanto, no me pertenecen, no soy sino un mensajero portando disímiles señales que te envían muchos otros, y de todos ellos se forman mis manos y mi rostro. No existo realmente, como no puede existir quien atesore el aura de versos, cuadros, canciones, gestos, palabras, acciones acumuladas en el oleaje humano y muchas de las cuales quedaron en la costa o en sus cimientos de manera intangible.

    Soy pequeños fragmentos de un cosmos que, evolucionando, ha llegado hasta este instante y te circunda. Si abres los ojos del corazón, verás a tu alrededor la inmensidad testigo de que el amor sintetizado en estas páginas no puede ser más que un micro-suspiro de la eternidad. La clave está en saber mirar, en abonar el espíritu para cosechar mejor vida, esa que dota a los que saben darse y dar. Cada cual recibirá en su cuerpo a este diablo como su instinto le indique, y se ilustrará o no según las alas de la belleza que profese; yo pongo sólo el viento, tu impulso interior determina el vuelo: El diablo ilustrado no es más que el ser configurado por tu alma, ese otro YO que anhelas ser, o, acaso, esa otra mitad que todos perseguimos.

AUTORES CITADOS

Addison, Joseph (1672-1719). Ensayista, poeta y político inglés, cuya obra influyó enormemente en los gustos y opiniones del siglo XVIII inglés. Su tragedia *Cato* fue traducida a diversos idiomas, y críticos tan influyentes como el escritor y filósofo francés Voltaire la consideró la mejor tragedia del idioma inglés. Sin embargo, su reputación literaria ha ido decayendo poco a poco desde su época. En la actualidad se le recuerda principalmente como uno de los fundadores del ensayo familiar moderno y como un estilista de prosa refinada, graciosa y elegante.

Addison, Mizner (1872-1933). Destacado arquitecto norteamericano nacido en California.

Agustín, San (354-430). Teólogo cristiano y filósofo místico, próximo al neoplatonismo. Su concepción del mundo: «Sin fe no hay conocimiento ni verdad». Sus criterios son una de las fuentes de la escolástica. Desarrolló la concepción cristiana de la historia universal. Sus obras fundamentales son *La ciudad de Dios, Confesiones* y el *Tratado de la Gracia*.

Ajmátova, Ana (1889-1966). Poetisa rusa nacida en Odessa. Escribió varios poemarios, entre los que se destacan *La tarde* y *Réquiem*. Fue galardonada con el Premio Internacional de Literatura en 1963. Su obra está entre las principales voces de la poesía de su país.

Alejandro Magno (356-323 a.n.e.). Rey de Macedonia, alumno de Aristóteles. Sometió a Grecia, venció a los persas, conquistó Egipto, fundó Alejandría y dominó Arbelas. Se apoderó de Babilonia, de Susa, quemó Persépolis y llegó hasta el Indo. Su obra se ha estimado civilizadora por propagar la cultura helénica a Asia y África.

Alfonso, Gerardo (1959). Destacado compositor e interprete de la nueva trova cubana. Entre sus temas se destacan canciones como *Eres nada, Sábanas blancas, Paranoico, La Habana* (conocida como *Aquí cualquiera tiene*) y *Son los sueños todavía*. En su discografía se encuentran los títulos *Recuento*, *Sábanas blancas* y *El ilustrado Caballero de París*.

Allen, Woody (1935). Escritor, actor y director de cine norteamericano. Su verdadero nombre es Allan Stewart Konigsberg. Uno de los más importantes exponentes del llamado «cine de autor» norteamericano. Su obra es de profundo análisis y abarca todos los sectores de la sociedad norteamericana. Defensor de los «antihéroes» en el cine y crítico del «sistema de estrellas».

Alonso, Pacho (1928-1982). Cantante y músico nacido en Santiago de Cuba. Estudió magisterio. En 1946 viajó a la Habana donde conoció a Bebo Valdés y a José Antonio Méndez, quienes lo llevaron a cantar a la emisora radial La Mil Diez. En 1951 comenzó a cantar en la orquesta de Mariano Mercerón. Formó su conjunto en 1953. En 1957 se radicó en la capital y amenizó bailables en centros nocturnos y sociedades de recreo; paralelamente se presentaba en radio y Televisión. En 1962 viaja a Francia y otros países donde obtiene éxitos. Ya con su grupo los Bocucos, llega su etapa de esplendor con la creación del Pilón, el Upa Upa y otros ritmos.

Aristóteles (384-322 a.n.e.). Filósofo y científico griego nacido en Estagira (Tracia). Enciclopedista, fundador de la ciencia de la lógica y otras teorías del conocimiento. Estudió en Atenas, en la escuela de Platón y sometió a crítica su teoría sobre las formas incorpóreas (ideas). Osciló entre el materialismo y el idealismo. Entre sus textos están *Organom*, *Física* (que recoge amplia información sobre astronomía, meteorología, plantas y animales), *Metafísica* (sobre la naturaleza, alcance y propiedades del ser, que Aristóteles llamó primera filosofía), *Ética a Nicómaco* (dedicada a su hijo), *Retórica*, *Poética* (que ha llegado a nosotros incompleta), *Política* (también incompleta) y *Moral a Eudemo* entre otros. Marx lo llamó el pensador más grande de la antigüedad.

Arrufat, Antón (1935). Poeta, narrador y dramaturgo cubano nacido en Santiago de Cuba. De su narrativa se destaca: *La caja está cerrada, ¿Qué harás después de mí?, De las pequeñas cosas, Ejercicios para hacer de la esterilidad virtud* y *La noche del Aguafiestas* (Premio Novela Alejo Carpentier 2000). Ha escrito varios poemarios (*En claro, Repaso final, Escrito en las puertas, La huella en la arena, Lirios sobre un fondo de espadas* y *El viejo carpintero*) y ensayos (*Virgilio Piñera entre él y yo*), así como obras teatrales (*Teatro, Cámara de amor*). Resultó Premio Nacional de Teatro en 1968 con su obra *Los siete contra Tebas* y Premio Nacional de Literatura 2000. En tres ocasiones ha obtenido el Premio de la Crítica.

Auden, Wystan Hugh (1907-1973). Poeta, dramaturgo y crítico literario norteamericano, considerado por muchos como uno de los poetas más influyente de la literatura inglesa. Poseía un exquisito talento lírico y marcada tendencia izquierdista. Colaboró con los republicanos en la Guerra Civil española. *La edad de la ansiedad* le hizo merecedor del Premio Pulitzer de Poesía en 1948. Entre su vasta producción pueden mencionarse: *Poemas completos, El escudo de Aquiles, Poemas extensos completos*, obras de teatro y varios libretos de ópera.

Aute, Luis Eduardo (1943). Cantautor español, filipino de nacimiento. Su obra lo ha llevado a ser considerado como uno de los grandes creadores de la música popular española. También ha incursionado en la poesía, con la publicación de cuatro poemarios: *La matemática del espejo, La liturgia del desorden, Canciones y Poemas,* y *Animal*. Su estilo se mueve entre lo gótico y lo sensual, lo íntimo y lo erótico, lo apasionado y lo tierno, lo imprevisible y lo rebelde. Ha compuesto más de 20 discos. Su disco *Mano a Mano* con Silvio Rodríguez (1993) es uno de sus hitos más recientes como cantante.

Bacon, Francis (1561-1626). Filósofo y canciller inglés. Fue uno de los fundadores del materialismo y de la ciencia experimental con su libro *Instauratio magna*. Establece una clasificación metódica de las ciencias y las bases de la inducción científica en su tratado *Nuevo organon*.

Ballagas, Emilio (1908-1955). Es uno de los poetas centrales de la tradición lírica cubana. Se destacan sus elegías, su poesía de carácter confesional e íntimo, tocando desde el amor hasta temas con inclinación social y religiosos. Sobresalen entre sus obras, su libro *Sabor eterno*, considerado un hito de la poesía cubana, *Elegía sin nombre*, *Nocturno y elegía* y *Declara qué cosa sea amor*.

Balzac, Honoré de (1799-1850). Novelista francés, creador de la novela psicológica y cabeza de la escuela realista. Autor de innumerables obras en las que resalta su portentosa imaginación. Trabajador incansable, en 1834 concibió la idea de fundir todas sus novelas en una obra única, *La comedia humana*, para ofrecer un gran fresco de la sociedad francesa en todos sus aspectos, desde la Revolución hasta su época. Incluiría 137 novelas, divididas en tres grupos: *Estudios de costumbres* (abarca la mayor parte de su obra escrita), *Estudios filosóficos* y *Estudios analíticos*. Logró completar aproximadamente dos tercios del enorme proyecto. Entre las novelas más conocidas de la serie se encuentran: *Papá Goriot*, *El coronel Chabert*, *El médico de aldea*, *Eugenia Grandet*, *En busca de lo absoluto*, *Las ilusiones perdidas*, etc. Carlos Marx expresó haber aprendido más de Economía con su obra que con los libros de historia de la época.

Baquero, Gastón (1916-1997). Poeta y periodista nacido en Cuba, aunque residió la mayor parte de su vida en España. Se vinculó al grupo Orígenes en los años 40, de donde datan: su poema cimero, «*Palabras escritas en la arena por un inocente*», así como uno de sus principales textos en prosa «*Saúl sobre la espada*». Entre sus misceláneas de crítica figuran: *Ensayos*, *Escritos hispanoamericanos de hoy* y *Darío, Cernuda y otros temas poéticos*.

Baroja, Pío (1872-1956). Escritor español, considerado por la crítica el novelista español más importante del siglo XX y una de las máximas figuras de la Generación del 98. Publicó en total más de cien libros. Usando elementos de la tradición de la novela picaresca, eligió como protagonistas a marginados de la sociedad; sus novelas se distinguen por la fluidez de sus diálogos y las descripciones impresionistas. Entre sus obras se destacan las trilogías *Tierra vasca*, *La vida fantástica* y *La lucha por la vida*. *El árbol de la ciencia*, posiblemente es su novela más perfecta.

Benavente, Jacinto (1866-1954). Escritor dramático español nacido en Madrid. Escribió cerca de doscientas obras entre las cuales sobresalen la comedia *Los intereses creados*, la tragedia *La Malquerida*, *Señora Ama*, *La noche del sábado*, *Pepa Doncel*, *La ciudad alegre y confiada*, *Rosas de otoño*, *Vidas cruzadas* y *Campo de armiño*. Recibió el Premio Nóbel de Literatura en el año 1922.

Benedetti, Mario (1920). Destacado poeta y escritor uruguayo nacido en Paso de los Toros. Ha cultivado con gran éxito además de la poesía, el cuento, la novela, el ensayo, el teatro, el periodismo, y la crítica, con trascendencia en las letras latinoamericanas. De sus obras en prosa se destacan los cuentos *Montevideanos* y las novelas *Gracias por el fuego*, *Primavera con una esquina rota* y *La tregua*, entre otras. Ha escrito numerosos libros de poesía de amor y de compromiso revolucionario.

Blades, Rubén (1948). Compositor e interprete panameño. Abogado y periodista. Conocido como «el poeta de la salsa». Comenzó a cantar profesionalmente en 1965. Junto a Willy Colón hizo varios discos que dan origen a la llamada salsa pensante. Temas como *Ligia Elena*, *El plástico*, *El telefonito*, *Desparecidos*, *Pedro Navajas*, *Madame Kalalú* y *Te estoy buscando América*, sobresalen por sus textos depurados donde reflexiona sobre la realidad social. Ha trabajado como actor en varias películas, recibiendo el Premio Grammy en 1996 al mejor artista latino tropical.

Brecht, Bertolt (1898-1956). Poeta, dramaturgo, narrador, ensayista, crítico de arte y guionista de cine y ballet. Nacido en Alemania, mantuvo toda su vida una posición progresista y antifascista, que lo llevó a huir de su país en la Segunda Guerra Mundial, donde fueron quemadas sus obras en piras públicas por los hitlerianos. Aunque es conocido universalmente como dramaturgo y director teatral (creador del teatro moderno), su labor poética no es menos relevante.

Bonaparte, Napoleón (1769-1821). Emperador de los franceses (1804-1815) dueño del poder por sus victorias militares. Conquistó la mayor parte de Europa e intentó modernizar con grandes reformas las naciones en las que gobernó. Fue derrotado en 1813 por la coalición europea. Es considerado uno de los más grandes militares de todos los tiempos.

Borges, Jorge Luis (1899-1986). Escritor argentino cuyos desafiantes poemas y cuentos vanguardistas lo consagraron como una de las figuras prominentes de las literaturas latinoamericana y universal. Escribió poesía lírica centrada en temas históricos de su país, recopilada en volúmenes como *Fervor de Buenos Aires*, *Luna de enfrente* y *Cuaderno San Martín*, una *Antología de la literatura fantástica*, ensayos filosóficos y literarios (*Inquisiciones*) y colecciones de cuentos (*La historia universal de la infamia*). En 1960 su obra fue valorada como una de las más originales de América Latina. En 1961 recibe el Premio Fomentor, y en 1980 el Cervantes. *Ficciones* está considerado como un hito en el relato corto y un ejemplo perfecto de la obra borgiana; del mismo género se destacan *El Aleph* y *El hacedor*.

Buda, "El Sabio" (563-486 a.n.e.). Nombre con el que se conoce habitualmente al fundador del budismo, Siddharta Gotaza, personaje histórico nacido en Nepal, cerca de la frontera india, que creó la religión contra los brahmanes. Consideró que vivir es sufrir y que el sufrimiento resulta de la pasión. El ideal budista consiste en conducir al fiel a la aniquilación suprema. Los adeptos al budismo superan los 500 millones de personas en el mundo.

Byron, George Gordon, *lord* **(1788-1824).** Destacado poeta romántico inglés nacido en Londres, autor de obras como *La Peregrinación de Childe Harold, El corsario, Don Juan, La prometida de Abydos*. Luchó en Grecia a favor de los helenos y murió en Missolonghi.

Calderón de la Barca, Pedro (1600-1681). Poeta y dramaturgo del siglo de oro de la literatura española. De su abundante obra sobresalen con intensidad dramática sus autos sacramentales, comedias y dramas religiosos, trágicos o de honor y filosóficos. Sus obras cumbres son la comedia filosófica *La vida es sueño*, el drama *El alcalde de Zalamea* y la tragedia clásica *El mayor monstruo*.

Campoamor, Ramón de (1817-1901). Poeta español nacido en Asturias. Sus obras incluyen *Doloras, Humoradas y Pequeños poemas*. En sus composiciones cortas recurre al proverbio popular y recupera la tradición del epigrama.

Camus, Alberto (1913-1960). Filósofo y novelista francés, premio Nóbel de Literatura en 1957. Representante del existencialismo ateo. Convierte la categoría del «absurdo» en principio de su filosofía; con él expresó, a su manera, el carácter inhumano de la sociedad capitalista moderna. Es autor de ensayos (*El mito de Sísifo*), novelas (*La peste, El extranjero*), obras teatrales (*Calígula, Los fustos*) y de adaptaciones de clásicos españoles.

Cardenal, Ernesto (1925). Poeta nicaragüense considerado una de las más altas voces poéticas de nuestro continente. Sacerdote que participó desde muy joven en la lucha contra la dictadura militar de Somoza. Fue Ministro de Cultura de Nicaragua en los años en que se mantuvo la Revolución Sandinista en el poder. Su poesía ha trascendido internacionalmente. Se destacan entre los libros de sus mejores versos: *La hora O, Epigramas, Oración por Marilyn Monroe y otros poemas*.

Carpentier, Alejo (1904-1980). Escritor, ensayista y musicólogo cubano, considerado un novelista histórico que refleja en sus obras una erudición minuciosa, un abundantísimo despliegue de recursos artísticos en la narrativa y el manejo de la descripción con reiterada riqueza y maestría. Abrió una vía literaria imaginativa y fantástica (lo real maravilloso, propio y exclusivo de América), basada en la realidad americana, su historia y sus mitos. Autor de novelas como *El siglo de las Luces, El reino de este mundo, La consagración de la primavera, Los pasos perdidos* y *El recurso del método*, entre otras. Fue embajador de Cuba en París, donde vivió gran parte de su vida.

Cervantes, Miguel de (1547-1616). Nacido en Alcalá de Henares, España, es la figura cimera de las letras españolas. Novelista que cultivó todos los géneros narrativos que predominaban en su época, dejando una vasta obra literaria de grandísimo valor para la humanidad. Sin lugar a dudas el ingenio cervantino arriba a su cumbre en su inmortal creación *Aventuras del Ingenioso Hidalgo Don Quijote de la Mancha*, que es considerada una auténtica suma del arte novelístico del Renacimiento.

César, Cayo Julio (101-44 a.n.e.). General, historiador y dictador romano, fundador de la dinastía de los Césares. Destacada figura de la historia que constituyó el Imperio Romano, modernizó el Estado y todos sus sistemas (jurídico, ejecutivo y administrativo), tomó parte en la conquista de las Galias, derrotó a Pompeyo, venció a Farnaces y se proclamó dictador con poderes de soberano. Como escritor dejó *Comentarios de la guerra de las Galias* y *Comentarios de la guerra civil*.

Céspedes, Carlos Manuel de (1819-1874). Nace en Bayamo, Cuba, en rica cuna. Adquiere una gran cultura y recorre varios países. Graduado de abogado y hacendado de prestigio en la zona oriental de la isla. Cultivó la poesía y compuso, junto a Castillo y Fornaris la canción-serenata *La bayamesa*, considerada una de las primeras piezas de la trova cubana. El 10 de octubre de 1868, da la libertad a sus esclavos en su ingenio *La Demajagua*, encabezando la «Guerra de los 10 años» con la que se inician las luchas por la independencia de Cuba. Proclamado primer presidente de la República en Armas. Se le conoce como «El padre de la patria» debido a que en una ocasión, su hijo cayó prisionero de las tropas españolas y lo conminaron a deponer las armas o fusilaban a hijo. Su respuesta fue que aquel no era su único hijo, que él se sentía el padre de todos los cubanos. Muere en San Lorenzo, Santiago de Cuba, combatiendo solo contra las tropas españolas.

Chaplin, Charles (1889-1977). Director, actor y productor de cine de origen británico, creador del mítico personaje de Charlot. A lo largo de una trayectoria de 79 películas, combinó genial y prodigiosamente lo humorístico, lo dramático y lo satírico. Entre sus películas se destacan *El vagabundo, Vida de perro, Armas al hombro, El chico, Una mujer de París, La quimera del oro, El circo, Luces de la ciudad* y *Tiempos modernos*, donde se agudiza su crítica social. Su primera cinta sonora fue *El gran dictador*, en la que Charlot es la contrafigura de Hitler..La mordacidad con que criticaba problemas sociales y satirizaba muchos de los aspectos de la vida estadounidense hizo que fuera acusado de comunista en el ambiente enrarecido de la llamada caza de brujas, por lo que dejó los Estados Unidos y en de nuevo en Londres produjo: *Candilejas, La condesa de Hong Kong* y *Un rey en Nueva York*.

Cicerón, Marco Tulio (106-43 a.n.e.). Político, filósofo y orador romano. Llamado Padre de la Patria, fue partidario de Pompeyo y de César. Se inclinó por el Escepticismo y por la fusión de los principios monárquicos democráticos y aristocráticos en la actividad del Estado. Destacado por su elocuencia en las arengas políticas, lo cual sirvió de modelo para la retórica latina y su estilo enriqueció la prosa de la región. Sus tratados filosóficos y su correspondencia son de gran interés histórico y humano.

Colón, Willy (1960). Destacado músico puertorriqueño, nacido en el sur del Bronx (Nueva York), salsero por excelencia. Alcanzó notable popularidad en unión de Rubén Blades iniciando la llamada salsa pensante. El conocimiento de su entorno cultural latino, junto a la imagen, el sonido y el repertorio, lo convirtieron en un experimentador notable del ritmo afroantillano. Con él nace la salsa, música ideal para tratar temas de las clases marginadas. Asimiló los ritmos caribeños, como el son, el mambo, la guaracha, el cha-cha-cha, el son montuno, la guajira, la cumbia colombiana, el joropo venezolano y la rumba. . La discografía de Blades-Colón está compuesta por los títulos: *Metiendo mano, Siembra, Maestra vida* y *Canciones del solar de los aburridos*.

Comte, Auguste (1798-1857). Filósofo francés creador de la escuela positivista y de la ciencia sociológica. Autor de una de las obras capitales de la filosofía del siglo XIX: *Curso de filosofía positiva*.

Confucio (551-479 a.n.e.). Filósofo y político chino fundador de un elevado sistema de moral que glorifica la fidelidad a la tradición familiar y nacional.

Cortázar, Julio (1914-1984). Escritor argentino nacido en Bruselas. Trabajó como traductor de la UNESCO, desde 1951 hasta su jubilación. Fue un gran defensor de la causa revolucionaria cubana. Gran parte de su obra constituye un retrato, en clave surrealista, del mundo exterior, al que considera como un laberinto fantasmal del que el ser humano ha de intentar escapar. Considerado uno de los más importantes novelistas del llamado «boom latinoamericano». Trabajó en estrecha relación con la Casa de las Américas, siendo jurado de su premio. Entre sus obras se hacen destacar con gran originalidad su novela *Rayuela*, numerosos relatos breves como *Las armas secretas*, y otras novelas (*El libro de Manuel*, etc.).

Courteline, Georges Moinaux (1858-1929). Escritor francés que se destacó por escribir numerosas obras del género de la comedia.

Cruz, Soledad (1952). Periodista cubana autora de *Jinete en la memoria, Fábulas por el amor* y *Adioses y bienvenidas* y el poemario *Documentos de la otra*.

Cumberland, Conde de (1558-1605). Marino inglés luchador contra la Armada Invencible.

da Vinci, Leonardo (1452-1519). Artista florentino y uno de los grandes maestros del Renacimiento, famoso como pintor, escultor, arquitecto, ingeniero y científico. Su profundo amor por el conocimiento y la investigación fue la clave tanto de su comportamiento artístico como científico. Sus innovaciones en el campo de la pintura determinaron la evolución del arte italiano durante más de un siglo después de su muerte (entre sus grandes creaciones la *Gioconda, La última cena* y *La virgen de las Rocas*). Sus investigaciones científicas —sobre todo en las áreas de anatomía, óptica e hidráulica— anticiparon muchos de los avances de la ciencia moderna.

Dalton, Roque (1935-1975). Nacido en El Salvador, es uno de los poetas más sobresalientes de los años sesenta en Hispanoamérica. Estudió leyes, ciencias sociales y antropología. Se incorporó a la lucha revolucionaria de su país y militó en el Partido Comunista, por lo que fue perseguido, encarcelado y finalmente asesinado. Obtuvo el premio Casa de las Américas, vivió y trabajó un tiempo en Cuba. Su obra es el reflejo de una actitud revolucionaria ante la vida. Entre sus principales obras poéticas están: *Los testimonios, El turno del ofendido* y *Taberna y otros lugares*.

Dewey, John (1859-1952). Filósofo, psicólogo y educador estadounidense. Su trabajo y sus escritos influyeron significativamente en los profundos cambios experimentados en la pedagogía de Estados Unidos en los inicios del siglo XX. Su filosofía, llamada instrumentalismo o experimentalismo, deriva del pragmatismo de James. Es autor de *Psicología, La escuela y la sociedad, Democracia y Educación, La reconstrucción en la filosofía, Naturaleza* *humana y conducta, La búsqueda de la certeza, El arte como experiencia, Lógica: la teoría de la pregunta* y *Problemas del hombre.*

Diderot, Denis (Dionisio) (1713-1784). Filósofo materialista francés considerado uno de los más importantes propagadores de las ideas filosóficas del siglo XVIII. Fundó la *Enciclopedia*, y es autor de relatos de inspiración filosófica, dos dramas, estudios de crítica de arte y de una abundante correspondencia.

Diego, Eliseo (1920-1994). Escritor cubano nacido en la Habana. Es considerado uno de los principales representantes de la poesía y la narrativa cubanas del siglo XX. Se distingue su poesía por su lirismo vivo, su modo llano de nombrar las cosas y la profundidad e intensidad con que aborda los temas desde los más cotidianos hasta los más universales. Fue merecedor del Premio Cervantes. Entre sus libros de versos están *En la Calzada de Jesús del Monte, Por los extraños pueblos, Nombrar las cosas* y muchos más.

Disraeli, Benjamín (1804-1881). Político inglés, líder del Partido conservador. Primer ministro de Inglaterra en 1874, fue de las principales personalidades del imperialismo francés del siglo XIX. Escribió varias novelas donde expuso sus ideas políticas y religiosas: *Vivian Grey, Subil*, etc.

Dossi, Carlo (1849-1910). Nacido en Zenevredo, Italia. Escritor y periodista. Es autor de la novela *Educazione pretina*. Utilizaba un modo expresivo original, basado en un lenguaje extremadamente heterogéneo que lograba una reinvocación del pasado, forma literaria de elementos dialécticos y naturales.

Duhamel, Georges (1884). Novelista francés autor de *Vida y aventuras de Salavin* y *La crónica de los Pasquier.*

Duncan, Isadora (1877-1927). Bailarina estadounidense cuya creación de un estilo expresivo de danza, basado en su visión de las danzas de la Grecia antigua, abonó el terreno para el movimiento del ballet moderno en el siglo XX. Realizó giras por Europa y Estados Unidos dando recitales de danza y estableciendo escuelas cerca de Berlín, en París y en Moscú. Su vida personal fue trágica. Su danza estaba caracterizada por movimientos libres y fluidos que expresaban emociones internas y estaban inspirados en fenómenos naturales como vientos y olas. Para actuar se vestía con una túnica transparente, con los pies, brazos y piernas desnudos y su largo cabello suelto. Debido a su rechazo por las técnicas formales y a la utilización de los movimientos naturales, su danza parecía una constante improvisación. Su autobiografía, Mi vida, fue publicada en 1927.

Dupin, Aurore (1804-1876). Novelista francesa del movimiento romántico que usó el seudónimo de George Sand. Fue una escritora enormemente prolífica que expresaba en sus obras una honda preocupación por los problemas humanos y los ideales feministas. Tiene un primer periodo de novelas idealistas y románticas (Valentiney Lélia y Indiana). Luego en un segundo periodo expone sus ideales socialistas y humanitarios (Consuelo); y basadas en la vida campestre, François el Champi y La pequeña Fadette. Sus últimas novelas, que suponen una vuelta a cuestiones sociales de carácter más amplio, están consideradas lo mejor de su producción (El Marqués de Villemer y Jean de la Roche).

Einstein, Albert (1879-1955). Físico alemán, que contribuyó más que cualquier otro científico a la visión de la realidad física del siglo XX. Formuló La Teoría de la relatividad de gran trascendencia en la ciencia moderna. Revolucionó la física. Sus estudios son un gigantesco paso que posibilitó el uso de la energía atómica.

Eliot, Thomas Stearns (1888-1965). Poeta, ensayista y crítico literario nacido en San Luis, Estados Unidos. Personalidad literaria de vastísima cultura, cuya poesía es de gran complejidad formal e intelectual y plasma con gran nitidez la angustia, la soledad y la incomunicación del hombre en la sociedad capitalista, a pesar de sus posiciones conservadoras y a veces reaccionarias. Se destaca su obra "*La tierra baldía*", además de "*La Canción de Amor de J. Alfred Prufrock*" y "*Cuatro cuartetos*". En 1949 recibe el premio Nóbel de Literatura.

Eliot, George (1819-1880). Seudónimo de Mary Ann o Marian Evans, novelista inglesa cuyos libros, de una profunda sensibilidad y retratos certeros de las vidas sencillas, le otorgaron un puesto relevante en la literatura del siglo XIX. Su fama fue internacional y su obra influyó en gran medida en el desarrollo del naturalismo francés. Escribió varios relatos reunidos en un libro con el título de *Escenas de la vida clerical*. Entre sus obras más famosas se encuentran las novelas *Adam Bede*, *El molino junto al Floss*, *Silas Marner*, *Romola*, *Felix Holt, el Radical*, *Middlemarch* y *Daniel Deronda*, el libro de ensayos *Las impresiones de Theophrastus Such*, y entre su poesía incluye *La gitana española*, *Agatha* y *La leyenda de Jubal y otros poemas*. Fue admirada por contemporáneos como Emily Dickinson y escritores posteriores como Virginia Woolf, y actualmente ha suscitado una crítica feminista favorable.

Emerson, Ralph Waldo (1803-1882). Filósofo norteamericano. Autor de *Hombres representativos* y creador del Trascendentalismo.

Feliú, Santiago (1962). Compositor e intérprete. Uno de los más destacados exponentes del movimiento de la nueva trova cubana. Hermano de otro trovador, Vicente, comenzó muy joven a componer. Con su potente voz y peculiar estilo de tocar la guitarra (a la zurda, con las cuerdas a la derecha) y la poética de sus canciones, es uno de los más seguidos por la juventud cubana. Temas como *Para Bárbara*, *Vida*, *Amigo dibujo* y *Ansias del alba*, figuran entre las más importantes de la trova cubana. Su discografía incluye los títulos *Vida*, *Trovadores*, *Nauseas de fin de siglo*, *Para mañana*, *Futuro inmediato* y *Sin Julieta*.

Feliú, Vicente (1947). Compositor e intérprete fundador del movimiento de la nueva trova cubana. Desde los inicios de la actividad del grupo de jóvenes trovadores, alrededor de 1967, estuvo presente con su voz, sus canciones y su guitarra. Autor de canciones como *El seguidor, Monumento al obrero desconocido, Mira como te quiero mujer* y *la antológica Créeme*, entre otras. Ha musicalizado textos de poetas como Federico García Lorca y Javier Heraud.

Fernández Retamar, Roberto (1930). Reconocido ensayista, poeta y crítico literario cubano. Su poesía se enmarca en la corriente coloquialista, habiendo hecho aportes a la poesía cubana. Se destacan entre sus obras el poema *¿Y Fernández?, El otro, Usted tenía razón, Tallet, somos hombres de transición* y *Felices los normales*.

Figueroa, Carlos (1965). Realizador radial nacido en Colon, Cuba. Graduado en Dirección de radio, cine y televisión. Ha conducido programas en Radio Ciudad de la Habana, TV cubana y actualmente en Radio Santi Spiritus. Obtuvo el gran premio de la radio por el 80 Aniversario del ICRT.

Fuller, Thomas (1710-1790). Considerado en la actualidad un matemático y pensador, fue un africano, nacido en Benin, llevado a Norteamérica y vendido como esclavo a los 14 años. Allí demostró sus tremendas potencialidades en los cálculos aritméticos que asombraron a cuantos le conocían. Su extraordinario dominio de las matemáticas a pesar de no saber leer ni escribir, incentivó la creación de grupos abolicionistas, así como el estudio por psicólogos y científicos, por desmentir en su propia persona la hipótesis de la inferioridad mental de la raza negra.

Galeano, Eduardo (1940). Escritor uruguayo de una larga y muy importante carrera que incluye tanto su trabajo como periodista e historiador como su participación activa en la política, específicamente socialista. Ha publicado muchos libros sobre la realidad sociopolítica de América Latina. Se destacan: *Las venas abiertas de América Latina, La canción* de nosotros, *Días y noches de amor y de guerra*, la trilogía *Memoria del fuego*, *Las nacimientos*, *Las caras y las máscaras*, y *El siglo de viento*. En estos combina elementos de la novela, la poesía, y la historia. Otros libros son *El libro de los abrazos*, *Las palabras andantes*, y *El fútbol a sol y sombra*. Ha recibido los premios Casa de las Américas en 1975 y 1978, y en 1989, el premio American Book.

Garay, Sindo (1867-1968). Compositor, cantante y guitarrista nacido en Santiago de Cuba. Considerado el más alto exponente de los creadores de canciones trovadorescas en Cuba. A los 10 años de edad compuso su primera canción. Trabajó como payaso y maromero de circo. Aprendió a leer y escribir copiando los carteles de los establecimientos santiagueros. Sirvió de enlace entre los insurrectos durante la guerra independentista contra España. Puso a todos sus hijos nombres indios en memoria de los aborígenes. Se inició en el movimiento trovadoresco en Santiago de Cuba junto al maestro Pepe Sánchez y otros. En 1906 pasó a residir en La Habana donde cantó acompañado por su guitarra. Poseyó una intuición extraordinaria. Innovador con la guitarra. Entre sus piezas más conocidas están Perla Marina, La bayamesa

García Abás, Juana (1950). Poetisa y ensayista cubana y española. Su poemario *Circunloquio*, traducido al inglés y al italiano, cuenta con nueve ediciones y con referencias en libros y revistas. Ha recibido premios internacionales de traducción y de teatro. Poemas suyos figuran en *Conspire*, Barnes & Noble, New York y en Ediciones UNION, La Habana.

García, Ireno (1954). Trovador e ilustrador cubano. En 1978 se dio a conocer con la canción tema del XI Festival de la juventud y los estudiantes. Ha grabado discos y musicalizado a poetas como Eliseo Diego. Se ha desempeñado como ilustrador de diversas publicaciones. Entre sus canciones sobresalen *Andar la Habana* y *Canción para despertar a María*.

García Márquez, Gabriel (1928). Escritor colombiano y uno de los grandes maestros de la narrativa contemporánea y de las letras universales. Fue merecedor del Premio Nóbel de Literatura en 1982. Entre sus destacadas novelas figuran *Cien años de soledad*, *La mala hora*, *El otoño del patriarca*, *Crónica de una muerte anunciada*, *El amor en los tiempos del cólera*, *El general en su laberinto* y *El secuestro*. Además ha escrito varios libros de cuentos (*Ojos de perro azul*, *La increíble y triste historia de la cándida Eréndira y de su abuela desalmada*).

García Marruz, Fina (1923). Poetisa y ensayista cubana de mérito, vinculada en sus inicios al Grupo Orígenes. Su obra poética se destaca por su gran contenido humano. Miembro de la Academia Cubana de la Lengua. Sobresalen entre sus poemas *Hombre con niño pequeño*, *Del tiempo largo* y *El esqueleto*.

Gardel, Carlos (1890-1935). Cantor y compositor argentino que revolucionó el tango y lo expandió por el mundo. Todo un hito de la música latinoamericana, su voz y su sentida manera de interpretar marcó pautas en las primeras décadas del siglo XX. Hizo varias películas en Hollywood, entre las que se encuentran *Cuesta abajo* y *El día que me quieras*. Dejó una amplia obra discográfica. Su muerte, en un accidente aéreo, cuando emprendía una gira por Latinoamérica, en plena fama, lo convirtió en todo un mito.

Gautier, Théophile (1811-1872). Poeta, crítico y novelista francés. Figura prominente durante cuarenta años de la vida artística y literaria de París. Sus primeros poemas, escritos en la década de 1830, seguían fieles a los principios del romanticismo, pero en 1832 se alejó de estas doctrinas para abrazar la idea de *l'art pour l'art* (el arte por el arte), puesta de manifiesto en las obras *Albertus* y *Esmaltes y camafeos*, su obra maestra. Como novelista, se le conoce principalmente por su *Mademoiselle de Maupin*, aunque escribió también magníficas narraciones cortas de carácter exótico, entre las cuales cabe destacar *La muerta enamorada* y *El capitán Fracasa*. Además, se cuenta entre los mejores y más influyentes críticos de su época.

Geraldy, Paul (1885-   ). Poeta francés, autor del famoso libro *Tú y yo*.

Giacomo, Giovanni (Casanova). (1725-1798) Aventurero de Venecia cuyas aventuras de galanteos han hecho de él el prototipo del Don Juan. Escribió unas *Memorias*, interesantes relatos de su agitada vida.

Gibrán, Kahlil (1883-1931). Escritor y poeta libanés, considerado uno de los más importantes del mundo árabe. Para algunos de sus contemporáneos era como un profeta. Agudo crítico de las costumbres impuestas por las religiones cristiana y musulmana que frenaban el desarrollo social y oprimían al pueblo.

Gide, André (1869-1951). Escritor francés, destacado analista que revela gran profundidad en sus escritos sobre la búsqueda de la felicidad y la liberación del hombre de los prejuicios morales. Es autor de *Alimentos terrestres*, *El inmoralista*, *Las cuevas del Vaticano*, *Sinfonía pastoral*, *Los monederos falsos* y de un *Diario*. Resultó Premio Nóbel en 1947.

Goethe, Johann Wolfgang (1749-1832). Poeta alemán nacido en Frankfurt del Main considerado figura cimera de las letras en su país y uno de los genios de la literatura universal. Ha dejado una grandiosa obra literaria, dentro de la cual se destacan dramas como *Egmont*, *Clavijo* y *Goetz de Berlichingen*, novelas como *Los sufrimientos del joven Werther*, *Los años de aprendizaje de Guillermo Meister* y *Las afinidades*. En poesía (*Elegías romanas* y *Hermann y Dorotea*) y su gran creación filosófico-poética *Fausto*, considerada *un clásico de la literatura universal*.

González, Ronel (1971). Poeta e investigador cubano, nacido en Holguín. Graduado de Historia del Arte. Ha publicado más de diez libros de poesía y décimas, de los cuales el más conocido es *La curiosa eternidad*.

Goldman, Emma (1869-1940). Anarquista rusa que a Estados Unidos en 1885, donde llegó a ser líder del movimiento anarquista. Después de criticar al gobierno en numerosos discursos, fue arrestada y encarcelada en la ciudad de Nueva York acusada de incitación a la rebelión. Tras ser puesta en libertad en 1894, se trasladó a Europa, donde ofreció varias conferencias. Regresó nuevamente a Estados Unidos para exponer sus ideas, y durante 11 años editó y publicó *Mother Earth*, una revista anarquista mensual. Hizo públicas sus profundas convicciones pacifistas durante la I Guerra Mundial, y criticó el conflicto por considerarlo un acto de imperialismo. Fue juzgada y condenada en 1917 por conspirar para violar las leyes sobre el servicio militar obligatorio de Estados Unidos. Fue encarcelada durante dos años y luego se le deportó a la URSS. Aunque había sido una ferviente admiradora del régimen soviético durante su fase inicial, no tardó en criticar duramente la política bolchevique, por lo que fue expulsada del país. Pasó una temporada en Gran Bretaña, colaboró con el gobierno español republicano en Londres y Madrid durante la Guerra Civil española, y falleció en Toronto. Escribió *Mi desilusión ante Rusia*, *Anarquismo y otros ensayos* y su autobiografía *Viviendo mi vida*.

Gracián, Baltasar (1601-1658). Escritor español, maestro del estilo conceptista. Es autor de varios tratados de carácter moral (*El héroe, El discreto, El político Don Fernando, El oráculo manual y arte de Agudeza y arte de ingenio*). Además la novela *El criticón*, considerada su obra maestra.

Granada, Fray Luis de (1504-1588). Escritor y orador español nacido en Granada. Predicador y autor de numerosos trabajos de carácter ascético, en los que se muestra su amplia riqueza de estilo, entre los que se nombran: *Introducción al símbolo de la fe, Memorial de la vida cristiana, Libro de la oración y* la *meditación* y la más destacada de sus obras, *Guía de pecadores*.

Guillén, Nicolás (1902-1989). Nacido en Camagüey, es considerado uno de los poetas mayores de la nacionalidad cubana. Su obra es extensísima e incluye entre otros: *Sóngoro Cosongo, West Indies, LTD, Cantos para soldados y Sones para turistas, El son entero, La paloma de vuelo popular, Tengo, El gran Zoo, La rueda dentada* y *Elegía a Jesús Menéndez*. Es el principal cultor de la "poesía afrocubana" y su obra poética en general combina sus condiciones líricas y una tendencia a la epicidad social. Por ser su poesía representativa de lo más propio y esencial de nuestra cultura fue nombrado Poeta Nacional.

Guitry, Sacha (1885-1957). Actor y escritor francés autor de comedias y películas.

Hemingway, Ernest (1898-1961). Escritor y periodista norteamericano que escribió novelas de gran realismo con estilo conciso y directo. Participó como reportero en las dos guerras mundiales y la guerra Civil Española. Recibió el Premio Nóbel de Literatura en 1954. Vivió en Cuba, donde escribió buena parte de su obra. Se construyó su residencia en la finca Vigía donde vivió hasta sus últimos días. Se destacan entre su obras literarias *Por quién doblan las campanas, Adiós a las armas, El viejo y el mar* y *Muerte en el atardecer*, entre otras.

Hernández, Miguel (1910-1942). Poeta y dramaturgo nacido en Orihuela, España. Su obra es estimada como una de las más altas expresiones del humanismo contemporáneo. Escribió una poesía de carácter militante, llena de símbolos, entre la que se destacan los poemarios *Perito en lunas, El rayo que no cesa* y *Vientos del pueblo*, y dos obras teatrales (*El labrador de más aire* y *Quién te ha visto y quién te ve*). Su vida constituye un gran ejemplo y fue mutilada con sólo 32 años, muriendo en una cárcel franquista tras varios años de lucha antifascista. Entre sus poemas más conocidos están: *Para la libertad, Menos tu vientre, Elegía a Ramón Sijé, Niño Yuntero* y *La nana de la cebolla.*

Hernández, Oscar (1831-1967). Compositor e intérprete de la música cubana. Recibió lecciones musicales del maestro Félix Guerrero, padre. Entró al mundo de la canción trovadoresca, formó, seguidamente, trío con Manuel Corona y Juan Carbonell, aportando su voz y su guitarra. En 1919 se deshizo la agrupación y se unió a otros trovadores, junto a los cuales estuvo varios años; luego se dedicó sólo a la composición. Sus canciones y boleros se cantan incesablemente; anotamos *Rosa roja, Ella y yo* (conocido por *El sendero*), *Mi ruta, Para adorarte*. En 1955 obtuvo Primer Premio en el Concurso de la Canción Cubana, con *Justicia de amor.*

Humboldt, Alexander von (1769-1859). Geógrafo y naturalista alemán, viajero infatigable que realizó importantes aportes con sus observaciones. Es autor de *Viaje a las regiones equinocciales del Nuevo Continente, Cuadros de la naturaleza, viajes asiáticos* y *Cosmos o Descripción física del mundo.*

Hugo, Víctor (1802-1885). Escritor francés reconocido como la principal figura literaria de su país en el siglo XIX. Aportó en los más variados géneros literarios. Publicó poesía (*Odas, Cromwell, Hermani*), novelas (*Nuestra Señora de París, Los Miserables, Los trabajadores del mar*), obras líricas (*Hojas de otoño, Cantos del crepúsculo, Las voces interiores*), dramas (*Marión Delorme, Lucrecia Borgia, Ruy Blas*) y además *Los castigos, Las contemplaciones* y la epopeya *La leyenda de los siglos.*

Issa (1763-1827). Poeta japonés que ha cultivado el haikus, composición poética muy breve, que capta el instante, como un reflejo de la emoción que invade al poeta. Su verdadero nombre fue Kobayashi Nobuyuki. Perdió a su madre de niño, se fue de su casa y vagabundeó como poeta-monje hasta los 40 años. Tuvo varios hijos y todos murieron. Su obra maestra, *Un año de mi vida*, recoge sucesos tristes de su vida, incluyendo la muerte de una hija. Sólo superado por los japoneses Basho y Buson, a Issa se le considera un poeta muy misericordioso (quizá por sus propios sufrimientos) que mostraba compasión hasta por los caracoles.

Jamís, Fayad (1930-1988). Poeta, pintor y diseñador cubano. Obtuvo el Premio Casa de las Américas en 1962 por su libro *Por esta libertad*. Es autor de varios libros de poesía (*Los párpados y el polvo, Los puentes, Abrí la verja de hierro*) Entre sus poemas se destacan *Cuerpo del delfín, Auschwitz no fue el jardín de mi infancia* y *La breve historia de Cuba*.

Jefferson, Tomás (1743-1826). Político norteamericano, tercer presidente de los Estados Unidos.

Jiménez, Juan Ramón (1881-1958). Galardonado con el premio Nóbel en 1956, este poeta, nacido en Moguer, España, es una de las máximas figuras de la lírica española. Su obra poética se destacó por su exquisita inspiración, la pureza de su estilo y lo sutil, sencillo y profundo de su emoción. Escribió varios volúmenes de poesía –*Rimas, Arias tristes, Elegías, Poemas mágicos y dolientes, Sonetos espirituales, Diario de poeta y mar, Eternidades o Piedra y cielo*, entre otros– y la autobiografía lírica en prosa *Platero y yo*.

Joubert, Joseph (1754-1824). Moralista nacido en Francia. Su obra más conocida y prominente se titula *Pensamientos*.

Kavafis, Konstantinos Petrous (1863-1933). Poeta nacido en Alejandría cuya obra fue un canto de evocación a la antigüedad clásica y al amor homosexual. Llegan a nuestros días 154 poemas suyos que fueron publicados tras su muerte en 1936.

Kepler, John (1571-1630). Astrónomo alemán. Enunció las llamadas *Leyes de Kepler*.

Kipling, Rudyard (1865-1936). Poeta y novelista inglés. Premio Nóbel en 1907. Fue el cantor del imperialismo anglosajón. Escribió los relatos *El libro de la jungla* y *Kim*.

La Rouchefoucauld, Francois, *duque de* (1613-1680). Escritor moralista francés que dejó el resultado de su intensa experiencia humana en su obra cumbre *Máximas*.

Lennon, John (1940-1980). Nacido en Liverpool, Inglaterra. Cantante, guitarrista, compositor y fundador del afamado cuarteto The Beatles, que marcó un hito en el desarrollo de la música occidental, estableciendo pautas creativas. Fruto de su trabajo fue el disco titulado '*Imagine*', un sueño de un mundo mejor. Estaba alzando su voz en favor de la paz y en contra de la guerra de Vietnam. El 8 de diciembre de 1980, fue asesinado a balazos en una calle de Estados Unidos.

Lewis, Jerry (1926). Actor, guionista, director y productor estadounidense, uno de los cómicos más populares del mundo durante las décadas de 1950 y 1960. Su verdadero nombre es Joseph Levitch. Entre las películas que dirigió están *Delicado delincuente*, *El botones* y *El profesor chiflado*, está ultima considerada su mejor obra. A finales de la década de 1960, abandonó la producción cinematográfica aunque continuó su actividad en la televisión como actor principal. De esa segunda etapa son *El rey de la comedia*, *Arizona Dream* y *Los comediantes*.

Lezama Lima, José (1910-1976). Escritor cubano considerado uno de los poetas capitales de la lengua española y del continente americano. Forjó un complejo sistema poético que se manifiesta también en sus narraciones y ensayos. Su obra maestra «*Paradiso*», un clásico de la novelística de nuestra lengua, es considerada por algunos un gran poema de escenarios y personajes . Entre su obra poética se hacen notar especialmente «*Ah, que tú escapes*», «*Una oscura pradera me convida*», «*Rapsodia para un mulo*, «*Oda a Julián del Casal*» y «*Discordias*».

Loynaz, Dulce María (1903-1997). Escritora y poetisa cubana, una de las voces líricas femeninas de las letras más reconocidas en nuestro país y el habla hispana. Su poesía se distingue por un profundo lirismo y un refinamiento del vocabulario y las imágenes. También es destacada su prosa, de la que se sobresale la novela *Jardín*. Se le concedió el Premio Nacional de Literatura en 1987 y fue galardonada con el Premio Cervantes de la lengua castellana.

Lope de Vega, Félix (1562-1635). Poeta español cultivador de todos los géneros literarios, pero sobresalió esencialmente en el teatro, para el que escribió cientos de comedias. De su obra poética se hacen notar *Rimas divinas y humanas, El Isidro, La gatomaquia, La hermosura de Angélica y La Jerusalem libertada*.

Machado, Antonio (1875-1939). Poeta, prosista, filólogo y educador nacido en Sevilla, España. Fue una de las figuras cimeras de la Generación del 68. Su obra poética es amplia y de un intenso y humano lirismo. Fue un decidido defensor de la causa republicana frente al fascismo español, falleciendo en Francia como refugiado en 1939 sin doblegarse. Entre sus obras se destacan varios libros de poemas: *Soledades, Campos de Castilla, Nuevas canciones, Cancionero apócrifo, Juan de Mairena y La Guerra*.

Mann Thomas (1875-1955). Novelista alemán que vivió en los Estados Unidos considerado uno de los maestros del arte de la narración en la literatura universal. Es autor de *Los Buddenbrooks, Tonio Krogger, Muerte en Venecia, La montaña mágica, Doctor Faustus y Alteza Real*, entre otras. Fue galardonado con el Premio Nóbel de Literatura en el año 1929.

Maquiavelo (Macchiavelli) Niccolo (1469-1527). Político, secretario italiano de la segunda cancillería de la Republica de Florencia. Logró imponer una política en opciones claras y seguras y en una fuerte organización interior. Estos principios los desarrolló en el "*Discurso sobre los acontecimientos de Pisa*". Su obra más conocida es

"*El príncipe*"; en la que expone sus ideas sobre la política moderna del príncipe, en el momento en que se constituían en Europa los modernos estados nacionales. Maquiavelismo: interpretación inexacta de la doctrina de Maquiavelo, consistente en un utilitarismo que considera el éxito como único criterio de valoración de todas las actividades. Modo de proceder con astucia y engaño.

Martí, José Julián (1853-1895). Héroe Nacional de Cuba y una de las figuras cimeras de la literatura hispanoamericana. Poeta, ensayista, narrador, crítico, periodista, orador. Dejó un vastísimo ideario socio-político y revolucionario en el orden estético que se levanta como la más pura voz y de mayores quilates de la lengua hispana. Su poesía marca el surgimiento del Modernismo y abarca como temas fundamentales el amor, la patria, la naturaleza.

Martínez Villena, Rubén (1899-1934). Cubano, ejemplo de revolucionario y una de las figuras más sobresalientes de la década del 20 en Cuba. Abogado, participa en La Protesta de los Trece, en el Primer Congreso Revolucionario de estudiantes y luego se incorpora al Partido Comunista. Lucha contra Machado, organiza la Huelga General que apresuró la caída de la dictadura en el 33 y muere al año siguiente enfermo. Su poesía es profunda, en ocasiones irónica y siempre intensa. Sobresalen sus poemas *Canción del sainete póstumo*, *Insuficiencia de la escala y el iris* y *El Gigante*, entre otros.

Matamoros, Miguel (1894-1971). Músico cubano fundador del son. Compositor, guitarrista y director del famoso trío de su nombre. Desempeñó diversos oficios, entre ellos, chofer, carpintero, pintor de brocha gorda, etcétera, en su ciudad natal, al tiempo que se iba adentrando en el aprendizaje de la guitarra y el cultivo de su voz. Cantaba y rasgaba su instrumento en serenatas santiagueras, penetrando al mundo de la trova. Músico natural, espontáneo, intuitivo. En 1912 hizo su primera presentación pública en el teatro

Heredia de Santiago de Cuba. Se unió, en 1925, a Siro Rodríguez y Rafael Cueto, dando origen al renombrado Trío Matamoros. Se dirigió, al frente de su trío, dos años más tarde, a New York, donde obtuvo éxito, grabando discos. Con sus compañeros recorrió toda América y muchos países de Europa. Autor de boleros y sones: *Lágrimas negras, Juramento, Reclamo místico, Mariposita de primavera, Mientes, Triste muy triste, Olvido, Mamá son de la loma, El que siembra su maíz, Que te están mirando, Alegre conga...*

Maurois, André (1885-1967). Biógrafo crítico francés nacido en Elbeuf cuyo nombre original fue Emile Herzog, Participó como oficial del Ejército francés en la I y la II Guerra Mundial. Entre sus obras se encuentran: el relato humorístico *Los silencios del coronel Bramble*, las biografías noveladas escritas en estilo popular *Ariel o la vida de Shelle* y *Lelia o la vida de George Sand* entre otras, una *Historia ilustrada de Francia* así como diversas novelas (*Climas*) y crónicas autobiográficas. En 1938 fue elegido miembro de la Academia Francesa.

Milanés, Pablo (1943). Cantautor cubano nacido en Bayamo. Es uno de los fundadores de la nueva trova. Como compositor ha recorrido diversos géneros de la música popular cubana, sobre todo el son. Posee una de las mejores y más versátiles voces de la canción cubana de todos los tiempos. Perteneció en 1968 al centro de la Canción Protesta de la Casa de las Américas. Integró desde su fundación y hasta sus últimas presentaciones el Grupo de Experimentación Sonora del ICAIC. Ha hecho música para cine. Ha realizado actuaciones en numerosos países de Europa, África y América y ha grabado numerosos discos, entre los que se encuentran: *Buenos días América, Guerrero, Años volúmenes I, II y III, Querido Pablo, Identidad* y *Pablo Querido*.

Miller, Joaquín (1837-1913). Poeta norteamericano nacido en Cincinnatus Hiner Miller. Sus libros más conocidos son *Canciones de las Sierras, Selecciones de Escritos de Joaquín Miller,*

Historia no escrita y *Vida entre los Modocs*. Es conocido como «el poeta de las Sierras».

Monroe, Marilyn (1926-1962). Su verdadero nombre era Norma Jean Baker. Trabajaba en una tienda cuando fue captada para la publicidad y más tarde para el cine, convirtiéndose en todo un mito de Hollywood en los años 50. A pesar de su fama, quizás por ella misma, fue creciendo su angustia existencial fue deprimiéndola hasta que fue encontrada muerta en su alcoba. Todavía se especula si fue accidental, debido a los somníferos, una sobredosis de droga, y hay quienes especulan que envenenamiento. Entre sus películas sobresalen: *Los caballeros las prefieren rubias, Bus stop, Con faldas y a lo loco, Vidas rebeldes y Niágara.*

Montaigne, Michel Eyquem de (1533-1592). Moralista y pensador francés. Después de unos años de vida dedicados a la política, se enfrascó en el estudio y la meditación, resultando en su gran obra de *Ensayos*, que constituye un auténtico documento de la civilización occidental. En ellos descubre la importancia de la búsqueda de la verdad y la justicia para el hombre.

Moré, Beny (1919-1963). Cantante y compositor nacido en Santa Isabel de las Lajas, Cuba. Unánimemente considerado uno de los más geniales artistas que ha producido nuestra música popular. Brilló en todos los géneros. Su nombre era Bartolomé Moré. Desde niño aprendió a tocar la guitarra, cantando acompañado por ella, febrilmente, en fiestas y serenatas en Lajas y en pueblos vecinos. En 1940 se trasladó a La Habana, donde estuvo durante algunos años cantando, al modo de los trovadores, por cafés, calles y parques. En 1945 se fue a México con el conjunto de Miguel Matamoros permaneciendo allá, donde se presentó en centros nocturnos aztecas, hasta unirse a la orquesta de Pérez Prado. Con el «Rey del Mambo» grabó discos, filmó películas y cantó exitosamente por un tiempo; regresó luego a Cuba. Fundó, tiempo después, su orquesta, con la que ingresó plenamente en la cumbre de la fama y el amor popular. Su estilo abrió un camino ignorado a nuestro canto y ritmo. Personalidad original, fue culminación de todo un sendero recorrido por el arte musical entre nosotros. Su voz, que recorría todo el registro vocal, tonalidades y *tempos*, se doblaba en frases y gritos, acompañada de pasos bailables, creando una atmósfera *envolvente*. Desconociendo la técnica, dirigía su gran orquesta, imprimiéndole un sello cubanísimo. Conocido como «El bárbaro del ritmo». Recorrió, al frente de su tribu —así llamaba a su orquesta— muchos países americanos. Alto y delgado. Vestía de manera muy peculiar, coronado por un enorme sombrero.

Neruda, Pablo (1904-1973). Nació en Chile en 1904. Su extensa obra evolucionó desde la temática amorosa hasta la preocupación política y social. En 1924 publicó *Veinte poemas de amor y una Canción desesperada*, libro que lo llevó a la fama. Más tarde se destacaron *Canto General*, *Residencia en la Tierra* y *Canción de Gesta*. Fue premio Nóbel de Literatura. Es considerado uno de los más altos valores de la lírica hispana.

Nogueras, Luis Rogelio (1945-1985). Poeta y narrador cubano. Su obra es de extraordinaria significación literaria. Escribió literatura policíaca, de la que se destaca *Y si muero mañana* y *El cuarto círculo*. Fue guionista de películas como *El brigadista* y *Guardafronteras*. Fue fundador de la revista cultural *El Caimán Barbudo*, donde ejerció el periodismo. Su poesía sorprende por la gama de tonos con que aborda diferentes temas con amplio dominio de los recursos técnicos y de las posibilidades de nuestra lengua, por lo que recibe premios David y Casa de las Américas por sus libros de poesía *Cabeza de zanahoria* e *Imitación de la vida*.

Oliver, Carilda (1924). Poetisa cubana. Su poesía es de clara fuente neorromántica y tiene como tema más constante el amor. Se reconoce como una de las principales representantes de la poesía erótica en Cuba. Premio Nacional de Literatura. El libro *Al sur de mi garganta* es representativo de su poesía y su poema más popular es «Me desordeno amor, me desordeno».

Ovidio, Publio Nasón (43 a.n.e.-17 n.e.). Poeta latino nacido en Sulmona. Escribió *Arte de amar* y *Metamorfosis*, consideradas la Biblia de los temas mitológicos. Otras de sus obras son *Tristes*, *Heroidas* y *Pónticas*.

Páez, Rodolfo -Fito- (1963). Músico nacido en Rosario, Argentina. Junto a Charly García, Juan Carlos Baglietto, Lito Nebia, Luis Alberto Spinetta y León Gieco, marca la vanguardia del rock nacional argentino. Su discografía incluye títulos como *Giros*, *Ciudad de pobres corazones* y *Abre*. Su poética se adentra en los problemas sociales, en la vida cotidiana y los intrincados caminos del amor, con aliento solidario y defensor de la identidad de su pueblo y nuestro continente.

Pedroso, Regino (1896-1963). Poeta cubano iniciador de la tendencia proletaria dentro de la poesía social cubana. En su obra se reúnen las diferentes etnias conformadoras de la nacionalidad cubana enfatizada en textos llenos de reflexión. Su libro *El Ciruelo de Yuan Pei Fu* alcanzó a ser uno de los hitos de la poesía cubana del pasado siglo.

Pessoa, Fernando (1988-1935). Poeta portugués nacido en Lisboa, que introdujo en la literatura europea el modernismo portugués, pero que sólo alcanzó reconocimiento tras su muerte. Aparecieron post-morten sus *Obras Completas* publicadas con diferentes nombres: I-*Poesías*, II-*Poesías*, III-*Poemas*, IV-*Odas*, 1946, V-*Mensajes*, 1945; VI-*Poemas dramáticos*; y VII y VIII-*Poesías inéditas*. Destaca también *El libro del desasosiego* que se compone de aforismos, divagaciones y fragmentos de su diario. Es reconocido uno de los grandes poetas europeos del pasado siglo.

Platón (428-347 a.n.e.). Filósofo griego nacido en Atenas. Alumno de Sócrates y maestro de Aristóteles. Funda en Atenas la Academia, primera escuela de filosofía organizada como una universidad, a la que acuden alumnos de toda Grecia y el mundo mediterráneo. Allí expuso su filosofía, cuyo método era la *dialéctica* y defendió que por encima de todo está la Idea del *Bien*. Es autor de múltiples obras, entre ellas los diálogos *Critón, Fedón, Fedro, Gorgias, Ion, Menexeno, Eutidemo, El Cratilo* y *La República*.

Plinio (23-79) Naturalista latino, autor de una enciclopedia de la ciencia de la Antigüedad en 37 tomos (*Historia natural*).

Plutarco (50-125?). Historiador griego autor de biografías de grandes hombres griegos y latinos de la Antigüedad reunidas con el título de *Vidas paralelas*. También dejó numerosos escritos sobre política, filosofía y religión.

Pound, Ezra (1885-1972). Poeta nacido en Idaho, Estados Unidos. Vivió gran parte de su vida en Europa, donde promovió dos grandes movimientos de vanguardia: el imaginismo y el vorticistmo. Entre su obra poética se destaca *Personae* (1926), recopilación de poemas breves, y *Cantos* (1970), considerada la epopeya en lengua inglesa más importante del siglo XX. Como critico literario contribuyo a la renovación de la poesía.

Prats, Jaime (1883-1946). Compositor, director de orquesta y flautista cubano. Nacido en Sagua la Grande. Tocó, además, clarinete, violín, contrabajo y piano. En 1899 se ubicó en la capital cubana y ocupó la plaza de primer flauta en la orquesta de la Compañía de Ópera de Azzali. Desde 1906 dirigió orquestas de compañías teatrales, viajando con ellas a Centroamérica. En 1913 se graduó de doctor en Farmacia en la Universidad de La Habana. Un año más tarde dio un concierto de música cubana, con orquesta, en New York. En 1922 funda la Cuban Jazz Band, primera orquesta de este género, cuyos integrantes eran músicos cubanos. Musicalizó obras teatrales. Entre sus composiciones sobresale el bolero *Ausencias*.

Prieto, Abel. (1950). Escritor cubano nacido en Pinar del Río, actual Ministro de Cultura. Ha publicado libros de cuentos *Los bitongos y los guapos* (1980), *No me falles, Gallego* (1983) y *Noche de sábado* (1989). Así como la novela *El vuelo del gato* (1999). Ha recibido el Premio Nacional de cuento (1969) y el Premio de la Crítica.

Quevedo, Francisco de (1580-1645). Escritor español cultivador de varios géneros literarios y representante del conceptismo. En su poesía (Sonetos y letrillas) pone de manifiesto un profundo lirismo. También se destaca su prosa, entre la que se conoce *El caballero de la tenaza*, los relatos *Los sueños*, la novela *Historia de la vida del Buscón llamado Don Pablos* y varios escritos políticos.

Rodríguez, Arsenio (1911-1972). Compositor y tresero nacido en Güira de Macurijes, Matanzas Desde su adolescencia comenzó a hacer música en su región de origen. Al pasar a La Habana, alrededor del año treinta, se unió a los soneros de la capital. Entró como tresero al Sexteto Boston, pasó luego al Bellamar. Sobre 1940 fundó su conjunto de sones, que alcanzó enorme popularidad. Conocido por «el ciego maravilloso», debido a que perdió la vista a los trece años de edad. Su nombre oficial, sin embargo, es Ignacio Luyola Rodríguez, pero nunca ha sido llamado por otro nombre que el de Arsenio Rodríguez. Durante la década del cuarenta tuvo renombre entre los bailadores que acudían a los jardines de La Tropical en busca de su ritmo. Entrados los años cincuenta, abrumado por la carencia de clima propicio, marchó a New York donde sostuvo su conjunto cubanísimo. Autor de los inmortales sones *Bruca Maniguá, Triste lucha, Fuego en el 23, Tumba palo cocuyé, No me llores, Lo dicen todas*; y los boleros *Zenaida, La vida es sueño, En su partir, Nacer y morir, Acerca el oído y Nos estamos alejando*. Falleció en Los Ángeles, California.

Rodríguez, Silvio (1946). Fundador de la Nueva Trova nacido en San Antonio de los Baños, ha aportado su obra a un movimiento que revitalizó la canción cubana y la catapultó en el plano internacional. Es considerado uno de los poetas más talentosos de su generación. Su obra rebasa las 1000 composiciones y ha editado un total de 15 discos en Cuba y otros tantos en el extranjero, entre los que sobresalen: *Días y flores, Al final de este viaje, Mujeres, Rabo de nube, Tríptico, Causas y azares, Trilogía*

Silvio Rodríguez-Domínguez, Oh, melancolía y Expedición.

Rolland, Romain (1866-1944). Escritor nacido en Clamecy, Francia. Obtuvo en 1913 el Gran Premio de Literatura Francesa y recibió en 1915 el Premio Nóbel de Literatura. Su obra más representativa fue *Juan Cristóbal*, primera gran novela cíclica de la época. Además escribió dramas, biografías (*Beethoven, Miguel Ángel, Tolstoi*) y relatos.

Rousseau, Jean Jacques (1712-1778). Escritor francés, nacido en Ginebra. Autor de una doctrina sobre la bondad humana y el papel de la sociedad que influyó poderosamente en la Revolución Francesa. Entre sus obras principales están: *El contrato social, Julia o la nueva Eloísa, Las confesiones* y *Reflexiones de un paseante solitario.*

Ruiz de Alarcón, Juan (1581-1639). Dramaturgo mexicano que escribió numerosas obras, entre las que sobresalen las comedias *La verdad sospechosa, Ganar amigos, Las paredes oyen, Mudarse por mejorarse* y *No hay mal que por bien no venga*. Su teatro se distingue por su intención ética y su pulcritud formal.

Sade, Donatien marquis de (1740-1814). Escritor francés, autor de novelas cuyos protagonistas disfrutan el placer satánico de hacer sufrir a almas inocentes. De su nombre deriva el término *sadismo*.

Safo (600 a.n.e.). Se considera la poetisa más antigua de la lengua europea. Nació en Lesbos, isla del mar Egeo. Su poesía, destinada a ser cantada con el acompañamiento de la lira, surge como correlato a una asociación femenina dedicada al culto de Afrodita que la poetisa dirigía. Su obra es una de las cumbres de la poesía universal de todos los tiempos.

Saint-Exupery, Antoine de (1900-1944). Escritor y aviador francés. Escribió varios reportajes de exaltación heroica: *Vuelo nocturno, Correo del Sur* y *Piloto de guerra*, pero sin dudas su obra más trascendente fue el relato poético

El principito (editado también como *El pequeño príncipe*). Muere en misión aérea durante la Segunda Guerra Mundial.

Salustio (86-35 a.n.e.). Historiador latino, autor de *La conjuración de Catilina* y *La guerra de Yugurta*.

Samuel Alexander (1859-1938). Filósofo británico, nacido en Sydney Australia). Fue uno de los pocos filósofos del siglo XX que desarrolla un sistema metafísico global, cuyos principios básicos están expresados en su obra principal, *Espacio, tiempo y deidad*. Se ocupó de los problemas filosóficos tradicionales, tales como la relación entre el alma y el cuerpo, los valores morales, y la naturaleza del conocimiento. Es autor también de *Lo bello y otras formas de valor*.

Saquito, Ñico (1902-   ). Su verdadero nombre era Antonio Fernández. Compositor, cantante y guitarrista nacido en Santiago de Cuba. Trabajó durante años como fundidor. Aprendió guitarra y comenzó su vida de trovador. Por la década del 30 organizó un cuarteto pero enseguida lo disolvió, ingresó luego en el Cuarteto Castillo donde estuvo 10 años. En la década del 40 actuó en el grupo Típico Oriental de Guillermo Mozo, en el cabaret Montmartre de La Habana. Luego de un período en su ciudad natal, se trasladó a La Habana al frente de su quinteto Los Guaracheros de Oriente. Solía interpretar en programas de radio canciones donde comentaba la actualidad nacional con sentido crítico. Entre sus creaciones más notables están la guajira *Al vaivén de mi carreta*, y las guarachas son *Compay gallo*, *María Cristina*, *Jaleo*, *No dejes camino por vereda*, *La negra Leonor*, *Qué te parece mi compay* y *Volveré*. Junto a Carlos Puebla, fue uno de los animadores de la afamada «Bodeguita del Medio» café restaurante habanero donde se reunía la intelectualidad cubana.

Schweitzer, Albert (1875-1965). Filósofo, teólogo, pastor protestante, humanista, médico, músico y filántropo francés. Fue fundador del hospital de Lamberené, en Gabón. Galardonado con el Premio Nóbel de la Paz en 1952.

Schiller, Friedrich (1759-1805). Escritor alemán cuya obra influyó grandemente en los dramaturgos románticos europeos. Es autor de dramas históricos (*Los Bandidos, Guillermo Tell, La conjuración de Fiesco, Don Carlos, La doncella de Orleáns*, etc), de la *Historia de la Guerra de los Treinta Años* y de poesías líricas (*La canción de la campana*).

Schopenhauer, Arthur (1788-1860). Filósofo alemán representante del pesimismo con su obra capital *El mundo como voluntad y como representación*, en la que hace un análisis de la representación del mundo en la conciencia humana y expone la oposición de la voluntad.

Séneca, Lucio Anneo (4?-65). Filósofo hispano-latino, que dejó un legado de tratados de filosofía moral (*De vita beata, Consolatio ad Martiam, De Clementia*) inspirados en la doctrina estoica *Las epístolas a Lucilio* y las tragedias *Medea, Las Troyanas y Agamenón*. Su ética influyó notablemente en la ideología cristiana. Fue educador del emperador Nerón.

Serrat, Joan Manuel (1943). Uno de los más grandes creadores de la música popular española, nacido en Barcelona. Representante de una generación de artistas e intelectuales progresistas que irrumpió en los años 60-70 del pasado siglo. Su canción es comprometida, cargada de poesía y humanismo y en ella se hacen recurrentes los temas del amor, la amistad, lo cotidiano. Su voz ha trascendido las fronteras de Europa para invadir Latinoamérica. Ha grabado más de 20 discos (entre éllos *Mediterráneo, Dedicado a Antonio Machado, Miguel Hernández, Para piel de manzana, Cada loco con su tema, Bienaventurados, El sur también existe, En tránsito, Tarres*).

Shakespeare, William (1564-1616). Poeta y dramaturgo inglés considerado figura cimera de la Literatura de todos los tiempos. Compuso obras de disímiles temas y profundo carácter filosófico y humanista para el teatro (*Romeo y Julieta, Otelo, Macbeth,*

Hamlet, El mercader de Venecia, etc.), comedias (El sueño de una noche de Verano, La fierecilla domada, Mucho ruido para nada, Como gustéis, Cuento de invierno, etc.) poesía (Sonetos), obras de elevado contenido histórico (Antonio y Cleopatra, Julio César, Tito Andrónico, Vida y muerte del Rey Juan, El Rey Ricardo II, La tragedia de Ricardo III, La famosa historia de la vida del rey Enrique VIII, etc.)

Shaw, George Bernard (1856-1950). Dramaturgo irlandés galardonado con el Premio Nóbel de Literatura en 1925. Escribió entre otras obras *Cándida, Héroes, La profesión de la Señora Warren, César y Cleopatra, Santa Juana, Hombre y Super-hombre*, cargadas de un ingenioso humorismo lleno de sátira.

Shelley, Percy Bysshe (1792-1822). Poeta ingles, uno de los más importantes e influyentes del romanticismo. Considerado por muchos críticos entre los mejores poetas de la literatura inglesa por sus poemas líricos y odas familiares: *A una alondra, Oda al viento del oeste* y *La nube*. También escribió obras teatrales en verso: *Los Cenci* y *Prometeo desencadenado*.

Siena, Santa Catalina de (1347-1380). Virgen, esposa mística de Cristo, y segunda mujer proclamada Doctora de la Iglesia, dominica terciaria y consejera de papas. Es autora del «Diálogo». Patrona de Ayas de Italia, Prevención de Incendios. Sus cortos 33 años de vida fueron de gran impacto para la Iglesia. Tenía un profundo amor a la Eucaristía, a la Santísima Virgen y a los pobres.

Sócrates (470-399 a.n.e.). Filósofo griego, erudito símbolo del genio de su civilización. Su pensamiento arriba a nuestros días a través de los *Diálogos* de Platón. Puso en práctica la máxima de "*Conócete a ti mismo*" y aplicó la dialéctica en sus análisis. Fue acusado de ataque a los dioses, por lo cual fue condenado a muerte, enfrentándola con gran valor.

Sófocles (496?-406 a.n.e.). Poeta trágico griego. Autor de numerosas tragedias, de las cuales sólo han llegado a nuestros días: *Antífona, Electra, Edipo rey, Las Traquinias, Ayax, Filoctetes* y *Edipo en Colona*. En estas se aborda la búsqueda del fundamento de la acción de la voluntad humana con soltura y naturalidad en el leguaje de la tragedia.

Stevenson, Robert Louis (1850-1894). Célebre novelista inglés, autor de las novelas de aventuras *La isla del tesoro, El extraño caso del Dr. Jekyll y de Mr Hyde* y *Las flechas negras*.

(Stendhal) Beyle, Enrique (1783-1842). Escritor francés, uno de los grandes maestros de la novela anlítica. Escribió novelas (*El rojo y el negro, Armancia, La cartuja de Parma*) y obras de crítica (*Racine y Shakespeare*). Analiza en sus obras, con estilo sobrio, gran lucidez y extremado rigor crítico el carácter de sus héroes, generalmente sumergidos en pasiones violentas.

Swift, Jonathan (1667-1745). Escritor irlandés, gran defensor de la causa de su patria. Escribió la célebre *Los viajes de Gulliver* donde hace una crítica profunda a la sociedad inglesa y sus tendencias.

Tagore, Rabindranath (1861-1941). Poeta, narrador, dramaturgo, músico, ensayista y pintor nacido en Calcuta, la India. Su obra poética es grandiosa y tiene un sello de profundo lirismo. Acompañó su obra poética de música. Pintó varios cientos de cuadros. Recibió el premio Nóbel de Literatura en 1913. Fue un activo luchador por la paz. Se le considera el más importante escritor hindú y uno de los grandes humanistas del siglo pasado.

Tallet, José Zacarías (1893-1989). Poeta, profesor y periodista cubano que cultivó la poesía de carácter social y es considerado uno de los iniciadores de la llamada «poesía negra».

Además logró trascendencia no sólo por la calidad de su obra sino por haber influido en la corriente coloquialista de la poesía cubana. Entre sus principales poemas se conocen «Elegía diferente», «Si....», «Te amo», «Proclama», «La rumba», etc.

Terencio (190?-159 a.n.e.). Poeta cómico italiano. Entre sus comedias están El heautontimorúmenos, El eunuco, Los hermanos, etc.

Thoreau, Henry David (1817-1862). Escritor norteamericano. Fue discípulo de Emerson y partidario de la "desobediencia civil". Escribió Walden o la vida en los bosques y Un yanki en el Canadá.

Tolstoi, León (1828-1910). Escritor y pensador ruso. Autor de importantes obras de la literatura mundial: La guerra y la paz, Ana Karenina, Resurrección y La sonata a Kreutzer, mostrando en ellas la dura realidad rusa de su tiempo y criticándola, pero al mismo tiempo predicando la sumisión, con idealismo religioso y gran humanismo. Era un pacifista a ultranza, no oponía la violencia a la violencia.

Torres, Raúl (19?). Cantautor oriundo de Bayamo. Entre sus composiciones se destacan como sus mayores éxitos «Candil de Nieve» y «Se fue». Ha grabado dos discos: Candil de nieve y Ala de luz. Es miembro fundador de la Academia Latina de Artes y Ciencia de la Grabación, Inc.

Twain, Mark (1835-1910). Seudónimo del escritor norteamericano Samuel Langhorne Clemens. Escribió relatos humorísticos y aventuras. Entre otras Las Aventuras de Tom Sawyer es la más conocida de sus obras mundialmente.

Unamuno, Miguel de (1864-1936). Escritor español cultivador de todos los géneros literarios: poesía (El Cristo de

Velásquez, Rosario de sonetos líricos, Romancero del destierro, etc.), teatro (*Sombras de sueño, Fedra, El otro, El hermano Juan,* etc.), novela (*Amor y pedagogía, Paz en la guerra, Niebla, La tía Tula,* etc.), ensayo (*Del sentimiento trágico de la vida, La agonía del Cristianismo, Vida de Don Quijote y Sancho, Andanzas y visiones españolas,* etc.) Fue maestro de los intelectuales de su época.

Vallejo, César (1892-1938). Poeta peruano que llegó a ser uno de los más grandes representantes de la poesía hispanoamericana de todos los tiempos. Fue luchador antifascista. Entre su obra poética se hace destacar *Los heraldos negros, Trilce, Poemas humanos* y *España, aparta de mi ese cáliz* de gran contenido humano. Escribió así mismo la novela de carácter social *Tungsteno*.

Varela, Carlos (1963). Cantautor cubano nacido en La Habana. Destacado exponente del movimiento de la Nueva Trova. A partir de la década del 1980 se da a conocer entre la juventud junto a Santiago Feliú, Gerardo Alfonso y Frank Delgado, entre otros. Canciones como *Guillermo Tell, Jalisco Park, Tropicollage* y *Memorias,* marcan sus primeros éxitos caracterizados por la reflexión sobre el entorno social. Su discografía incluye los títulos *Nubes, Como los peces* y *Monedas al aire*.

Verne, Julio (1828-1905). Escritor francés, maestro de la novela científica y geográfica. Trascienden mundialmente: *Viaje al centro de la tierra, De la Tierra a la Luna, Los hijos del capitán Grant, Veinte mil leguas de viaje submarino, La vuelta al mundo en 80 días* y *La isla misteriosa,* entre otras de sus fantásticas obras.

Viera, Félix Luis (1948). Poeta, narrador y periodista cubano, nacido en Villa Clara. Además es realizador radial. Obtuvo los Premios David de Poesía en 1977 con su libro *Una melodía* *sin ton ni son bajo la lluvia* y de la Crítica en 1983 con su novela *Con su vestido blanco*. Publicó recientemente su novela *Inglaterra Hernández*. En la actualidad reside en México.

Vitier Cintio (1921). Nació en Cayo Hueso, La Florida. Destacado poeta y ensayista cubano, uno de los estudiosos más profundos de la obra de José Martí. Integró el grupo de Orígenes junto a su esposa Fina García Marruz, José Lezama Lima, Gastón Baquero, Rodríguez Feo y el padre Gaztelu, entre otros. Entre sus libros de poemas más importantes se encuentran *Vísperas* y *Testimonios*. De su ensayística resaltan los títulos: *Experiencia de la poesía, Diez poetas cubanos, La voz de Gabriela Mistral, Las mejores poesías cubanas, Los poetas románticos cubanos* y *Poetas cubanos del siglo XIX*.

Voltaire (Francisco María Arouet) (1694-1778). Poeta, filósofo, historiados y dramaturgo francés. Desempeña una ardua labor como propagador de ideas filosóficas, lo cual se evidencia en sus *Cartas filosóficas* y su *Diccionario filosófico*. Es uno de los guías del movimiento de la Ilustración francesa. En su poesía se reconocen la epopeya (*La Henriada*), la tragedia (*Zira, La muerte de Cesar, Mahoma*, etc.) y la lucha filosófica (*Discurso sobre el hombre*). Además escribió obras históricas que establecen las bases de la concepción moderna de la historia (*Historia de Carlos XII, Ensayo sobre las costumbres, El siglo de Luis XIV*).

Washington, George (1732-1799). Militar y político norteamericano. Fundador de la república de los Estados Unidos. Derrotó a los ingleses y al obtener la independencia, organizó al país e hizo votar, siendo elegido como su primer presidente. Fue una figura admirable por su rectitud y la elevación de su espíritu.

Wilde, Oscar (1854-1900). Uno de los escritores ingleses más brillantes de su época por su originalidad y exquisito de su estilo. Escribió poesía (*Baladas de la cárcel de Reading*), comedias (*Una mujer sin importancia, El abanico de lady Windermere, La importancia de llamarse Ernesto*), cuentos y una novela (*El retrato de Dorian Gray*).

Whitman, Walt (1819-1892). Escritor norteamericano. Su poesía es un canto a la democracia y la fraternidad universal en vigorosos versos líricos. Es considerado el más grande poeta de su país. Participó en la guerra de secesión entre el Norte y el Sur de los Estados Unidos como enfermero voluntario. También trabajó como reportero y periodista. Fue ampliamente criticado en su tiempo por sus criterios antiesclavistas y por abordar sin inhibiciones la ventura del amor carnal en sus versos. En su antología poética *Hojas de Hierba* reúne una primera etapa de su obra de 1838 a 1853, a la que luego se suman nuevos poemas (hasta 1891) en reediciones posteriores.

Yáñez, Mirta (1947). Escritora, periodista y profesora nacida en La Habana, Cuba. Doctora en Ciencias Filológicas en la Universidad de La Habana, entre sus principales obras publicadas están *Algún lugar en ruinas* (poesía), *Narraciones desordenadas e incompletas, Poesía casi completa de Jiribilla el conejo* (poesía para niños), *Todos los negros tomamos café y otros cuentos* (cuento), *El diablo son las cosas* (cuento), *Una memoria de elefante* (testimonio), *La narrativa romántica en Latinoamérica* (ensayo), *Notas de clase* (poesía) y *Serafín y su aventura con los caballitos* (novela infantil). Además ha hecho guiones para el cine y la televisión (el filme cubano *Madagascar* está basado en uno de sus cuentos).

Yeats, William Butler (1865-1939). Poeta y dramaturgo irlandés galardonado en 1923 con el premio Nóbel. Figura central del renacimiento literario en Irlanda, en sus obras refleja las raíces genuinas de la cultura de su país. Se destacan entre ellas el poema *"La isla del Lago: Innisfree"*, la recopilación de poemas *"La Torre"*, el libro de poemas *"Las peregrinaciones de Oisin"* y el drama en verso *"La condesa Kathleen"*.

Zamora, Bladimir (1952) Poeta cubano, realizador de programas de radio y televisión; ha incursionado en el cine documental, es redactor de la revista cultural *El Caimán Barbudo*. Durante años ha ejercido el periodismo crítico y la investigación histórica. Es autor de la antología *Cuentos de la remota novedad*, de *Papeles de Panchito*, compilación de los escritos de Panchito Gómez Toro y de *Sin puntos cardinales*, de poesía.

Las diabluras suelen tener culpables,
estas tienen madrinas:
Juana García Abás, asesora de creación
y Ana Beatriz Pérez que, aparte de su vigilia,
se encargó de compilar a los autores citados.

Especial agradecimiento al hechicero José Luis Fariñas,
creador de ese mágico mundo que hace que este diablo
sea realmente ilustrado.

Esta reedición es un brindis por el Mandy,
quien puso su humilde pasión en este libro.
Ya no la podrá ver,
pero su bien está hecho.

ÍNDICE

- Prefacio 7
- Yo vivo para amar. 9
- Donde hay alma no hay fantasmas. 17
- Quien pida amor ha de inspirar respeto. 25
- Hay locuras que son poesía. 33
- Las respuestas no tienen fin. 43
- Lo bueno es siempre bello. 53
- La vida se nos da y la merecemos dándola. 63
- Converso con el hombre que siempre va conmigo. 73
- No se fue ningún día de tus manos. 85
- Cuando el infierno son los demás, el paraíso no es uno mismo. 95
- ¿Es que la satisfacción del amor mata el amor? 103
- Supe que lo sencillo no es lo necio. 113
- Hijo soy de mi hijo. 123
- El primer deber de un hombre es pensar por sí mismo. 135
- De la ausencia y de ti. 147
- No hay mejor almohada que la propia conciencia. 159
- No es tu cuerpo —mi amor— lo que apuestas. 171
- Guarda a tu amigo bajo la llave de tu propia vida. 183
- Quien tiene mucho adentro, necesita poco afuera. 195
- Ellos son dos por error que la noche corrige. 207
- La memoria es la dueña del tiempo. 217
- Puedes venir desnuda a mi fiesta de amor. 227
- Nunca es triste la verdad, lo que no tiene es remedio. 241
- La angustia es el precio de ser uno mismo. 251
- Alma con alas. 263
- Soy el destino del mar. 273
- Vida, muerte, amor. Ahí quedan, escritos sobre tus labios. 287
- A fe de diablo honrado. 301
- Sobre autores citados. 305

A los lectores:
La revista Somos Jóvenes, sigue siendo la mensajera de El diablo; todas las culpas o gracias que quieras dirigir a este personaje, puedes enviarlas a:

Revista Somos Jóvenes, Casa Editora Abril. Prado No. 553, entre Teniente Rey y Dragones. Habana Vieja, Ciudad de La Habana. Cuba. CP 10 200

Correo electrónico: editora@editoraabril.co.cu

Imprenta
Federico
Engels